Bevlogen

Van Joe Treasure verscheen eveneens
bij uitgeverij Anthos

Het mannelijk oog

Joe Treasure

Bevlogen

Vertaald door
Nan Lenders

Anthos|Amsterdam

2 6. 09. 2011

De vertaler ontving voor deze vertaling een werkbeurs
van het Nederlands Letterenfonds

ISBN 978 90 414 1273 7
© 2010 Joe Treasure
© 2011 Nederlandse vertaling Ambo|Anthos *uitgevers*,
Amsterdam en Nan Lenders
Oorspronkelijke titel *Besotted*
Oorspronkelijke uitgever Picador
Omslagontwerp Marry van Baar
Omslagillustratie © Benoit Paillé, www.benoitp.com
Foto auteur David Zeiger

Verspreiding voor België:
Veen Bosch & Keuning uitgevers n.v., Antwerpen

Voor Rita Looney

Kilross, augustus 1982

Om de tijd te doden volgde Michael de oude Cork Road van-af het dorpsplein over de brug naar de weilanden. Het was drukkend heet, maar lopen gaf wat verlichting. Als hij geen afleiding had, voelde hij de ongerustheid als iets zwaars en tastbaars, dat hem neerdrukte en hem de ademhaling be-moeilijkte. Hij was het huis uit gelopen toen zijn moeder aan het proberen was de administratie van school te berei-ken, maar er was iets mis met de telefoon van zijn oma, dus misschien zouden ze er pas na hun terugkeer in Engeland achter komen hoe grondig hij de boel had verpest.

Voorbij de rij lage huisjes lag de veemarkt. Hij liep de binnenplaats op, tussen de hokken door, waar je de koeien kon horen schuren en snuiven. Hij schrok op van een stier die met kletterende hoeven de laadklep van een veewagen afkwam. Binnen in de schuur werd hij overrompeld door de verstikkende hitte en de geur van vee. Hij dacht dat ze hem vast zouden vragen wat hij hier te zoeken had, maar als de mannen hem al opmerkten, mompelden ze slechts een begroeting, vergezeld van een knipoog of een knikje.

Een jonge priester vroeg hem of hij nu voorgoed thuis

was en of hij bij Keilly boven bleef wonen. Michael haalde zijn schouders op en zei dat hij geen Keilly kende. 'Neem me niet kwalijk,' zei de priester. 'Ik dacht dat je iemand anders was.' Gegeneerd stond hij zijn handen te wringen, de zoom van zijn soutane vies van het stof.

In de veehal viel door een raam in het golfplaten dak meer licht naar binnen. Rondom de keurring, tegenover de verhoging van de veilingmeester, stonden oplopende banken in een halve cirkel. De boeren zaten met hun knieen uiteen, handen op de dijen en hun hemd nat van het zweet. Michael liet zich op een bank glijden en schoof wat verder naar het midden om alles beter te kunnen zien. Hij had zijn schetsboek in zijn zak maar was niet van plan om hier, waar misschien iemand over zijn schouder zou meekijken, te gaan tekenen. Vijf vaarzen verdrongen zich in de ring en deponeerden spetterend hun vlaaien op het beton. Nummer zes stond te dralen bij het hek. Een verschrompelde man in een bruine jas gaf de achterblijfster een klap op haar achterste en ze voegde zich bij de andere.

'Je komt uit Engeland.' De jonge priester schoof naast hem op de bank.

'Ja.'

'Dus je bent op bezoek, net als ik.'

'Een weekje maar. Overmorgen gaan we weer terug.'

'Zaterdag. Ik ook.'

'Maar u komt niet uit Engeland.'

'Nee, uit Dublin. Ik ga terug naar Dublin.' Het gesprek stokte. De ogen van de priester gingen wijd open en werden donker, en in zijn schoot vlocht hij ongemakkelijk zijn lange vingers ineen.

Michael vroeg zich af of hij wel echt een priester was. Hij droeg geen priesterboord. Hij had voor evenveel geld een misdienaar kunnen zijn die zo uit de ochtendmis kwam en zijn superplie in de sacristie had achtergelaten.

'Ik ben trouwens Fergal Noonan.' Hij gaf Michael een hand. 'Sorry van daarnet. Ik dacht dat je heel iemand anders was.'

Michael haalde zijn schouders op. 'En bent u nu hier om de koeien te zegenen of zo?'

'O, nee!' Fergal Noonan lachte langer dan nodig. 'De koeien hebben mijn zegen niet nodig. Mijn oom vindt dat ik me meer moet verdiepen in het leven van gewone mensen als ik ze ooit moet voorgaan, en dat ik iets moet leren over handel. Daar logeer ik, bij mijn oom in Kilross. Ik moet eigenlijk studeren, maar nu zit ik hier om te zien hoe ze vee kopen en verkopen. Waarschijnlijk word ik naar Engeland gestuurd, naar een stad, tussen de fabrieksarbeiders, dus...' Zijn stem stierf weg en hij draaide verlegen zijn hoofd opzij om naar de veiling te kijken.

Het was niet alleen de soutane die hem van de anderen onderscheidde. Hij had een kaarsrechte houding. Zijn gezicht had iets leergierigs, maar was niet bleek als van een boekenwurm en evenmin rood aangelopen, zoals dat van de boeren om hem heen, maar had een sterke, aardse kleur. Hij was ouder, schatte Michael, dan zijn onbeholpenheid hem deed voorkomen.

De veilingmeester gaf een klap met zijn hamer en de vaarzen verdrongen zich naar de uitgang terwijl de verschrompelde man ze porde met zijn stok. Een jichtige hand viel op Fergal Noonans schouder en hij draaide zijn hoofd om de oude boer die achter hem zat te begroeten.

'Hebt u mijn vaarzen gekocht, meneer pastoor?'

Fergal lachte om te laten zien dat hij wist dat hij in de maling werd genomen, om te laten zien dat hij dat niet erg vond. 'Kom, kom, meneer Crottie, u weet dat ik nog niet gewijd ben.'

'En hoe lang duurt het nog voordat u zelf de weg op mag?'

'Ik denk nog een hele poos, meneer Crottie.'

'En hebben we hier de zoon van Moira Doyle?'

'Doyle?' Fergal draaide zich weer naar Michael toe en keek hem met nieuwe belangstelling aan. 'Ben jij een Doyle?'

'Nou, eigenlijk een Cartwright. Michael Cartwright. Maar mijn moeder heet Doyle van haar meisjesnaam.'

'Nou, tot ziens dan maar,' zei de oude man. Zijn stem klonk geknepen, alsof er langs de randen lucht uit lekte. 'Zeg maar tegen de oude Doyle dat hij de groeten moet hebben van Sprinter en dat ik hem misschien weer eens zie voor een pint bij Docherty.' Hij kwam stijf overeind, steunend op een stok, en liep weg in de richting van de veehokken.

'Dus jij bent een Doyle,' zei Fergal. 'Dan zijn wij achterneven, of zoiets. Ken je Dennis O'Connor misschien?'

'Weet ik eigenlijk niet.'

'Hij verkoopt kostuums en colberts. Verderop naast de kerk in Freemantle Street. Dat is mijn oom. Ik denk dat je oma een O'Connor is.'

Michael haalde zijn schouders op. 'Misschien.' Hij had zich nooit zo verdiept in familienamen.

'En ben je hier alleen?'

'Nee, met mijn ouders en Kieran en mijn zusjes.'

'Kieran?'

'Mijn broer.'

'Ouder of jonger?'

'Jonger, maar wel maar zeven minuten.'

'Een tweeling. Dus de volgende keer dat ik je zie, zie ik misschien wel hem in plaats van jou.'

'We zijn geen identieke tweeling. De mensen verwachten dat we ons hetzelfde gedragen en goed zijn in dezelfde dingen, maar we zijn eigenlijk gewoon broers.'

'Het lijkt me evengoed fantastisch om een tweelingbroer te hebben.'

De stem van de veilingmeester klonk boven de mompelgesprekken en de dierengeluiden uit, terwijl het ritme veranderde onder de knikjes van de bieders. De vreemde melodie deed hem denken aan hoe zijn oma de rozenkrans bad, aan hoe ze telkens inviel met het volgende weesgegroet nog voordat de rest klaar was met de responsorie. Op de eerste avond van hun vakantie in Kilross hadden ze tussen de meubels in de woonkamer op hun knieën gezeten, onwillig en humeurig na de benauwde autorit en de oversteek met de veerboot. Zodra ze klaar waren, nog voordat ze overeind konden komen, was zijn moeder losgebarsten in de Litanie van de heilige Maagd Maria – *Heilige Maria, moeder van God, maagd der maagden, moeder van Christus, moeder van de Kerk*. Misschien deed ze het om haar eigen moeder te behagen, of om hen voor straf nog langer te laten knielen. *Allerreinste moeder, zeer kuise moeder, spiegel van gerechtigheid, zetel van wijsheid, mystieke roos, ivoren toren, deur van de hemel, morgenster...* En in zijn hoofd was Michael begonnen zijn eigen nonsenslitanie voor de Gezegende Moedermaagd te improviseren – *koningin der martelaren, toren van vaat, verhaspelaarster van taal, kampioene van wispelturigheid, deur van de voorraadkast, Avondgazet...* Toen hem dat was gaan vervelen, was hij met zijn vader begonnen.

Nu kromp zijn maag ineen als hij eraan dacht hoe kwaad zijn vader zou zijn.

'Zit je iets dwars, Michael?'

Over de schouder van Fergal zag hij het silhouet van de kleine Emily tussen de veehokken. Ze kwam in zijn richting en door een hoog raam viel er licht op haar gezicht. Haar ogen stonden ernstig onder haar pony. Hij voelde de knoop in zijn maag.

Fergal draaide het hoofd om te zien waar hij naar keek.

'Ze komt me halen,' zei Michael.

'Moet je nu al weg?'

'Ik kan maar beter meegaan.' De school had vast teruggebeld met zijn resultaten. Hij wrong zich langs Fergals benen en liep de treden af naar de betonnen vloer beneden.

'Nou, misschien zie ik je nog een keer.'

'Ik weet het niet,' zei Michael. 'Ik weet niet wat ik ga doen.' Hij volgde Emily de binnenplaats op. Ze fronste alsof ze op het punt stond hem de les te lezen – ze was erg serieus voor een elfjarige. De overtuiging dat hij was gezakt balde zich in hem samen en even kreeg hij nauwelijks lucht. De gedachte aan bidden kwam bij hem op, maar die verwierp hij onmiddellijk. Er was niets waar hij om kon vragen, afgezien van een wonder.

De voorkamer was benauwd en rook naar roet. Er klonk gekletter van pannen uit de keuken en het geluid van zagen in de achtertuin. Michaels tweelingbroer zat met een boek aan de tafel bij het raam.

'Jij hebt het zeker goed gedaan?' vroeg Michael.

'Ja hoor, best.'

'Beter dan goed zeker?'

'Ik had maar een zeven voor Frans,' zei Kieran op defensieve toon, alsof hij de band tussen hen kon aanhalen door die kleine misser.

Katherine was onder aan de trap verschenen. Haar gezicht stond somber. Ze was dertien en had net de tragische kanten van het leven ontdekt. 'Mikey,' zei ze en rende naar hem toe. 'Ik vind het zo rot voor je.' Ze sloeg haar armen om zijn middel. 'Die stomme leraren ook. Wat weten ze nou helemaal?'

'Nou, een heleboel,' zei Emily. 'Ze weten alles van elk vak dat er is.'

De achterdeur zwaaide open en daar stond hun vader. 'Ik heb een klusje voor je Michael, als je toch niks anders te doen hebt dan lanterfanten.' Hij liep weg. Even later hoorden ze de handzaag weer.

'Ze hebben op je zitten wachten,' zei Kieran.

Michael maakte zich los van Katherine. 'Ja, weet ik.' *Toren van steigers*, dacht hij, terwijl hij aan zijn litanie begon, *lezer van pamfletten, gesel van de geestelijkheid, vloek van de gemeente, verzuiper van jonge katjes, zak van zelfgenoegzaamheid.* Om de een of andere reden kwam het hem niet zo grappig voor als die van zijn moeder.

Zijn oma kwam de keuken uit, een frêle gedaante, van top tot teen in het zwart gekleed. Er bungelde een halve sigaret aan haar onderlip die op- en neerging als ze ademde. 'Ah, daar hebben we hem,' zei ze alsof die woorden beladen waren met een diepe betekenis. Haar blik was doordringend en verdrietig. 'Je bent een goeie jongen.' Met knokige vingers stopte ze hem een munt in de hand en vouwde die eromheen. 'Neem je meisje maar mee uit,' zei ze en strompelde naar de voordeur. Michael keek wat ze hem had gegeven. Het was een oud muntje van drie pence, donker geworden van alle handen die het hadden vastgehad.

Zijn vader stond te zagen. Hij had de deur uit de buitenplee gehaald en was een centimeter van de onderkant aan het verwijderen. Hij had een wilde blik in de ogen alsof die deur zijn verdiende loon kreeg. Van tijd tot tijd veegde hij met een snelle beweging van zijn linkerhand een sliert grijs haar weg van zijn voorhoofd. Hij was ouder dan de meeste vaders en begreep niets, maar hij had een energie in zich die hem gevaarlijk maakte. In de deuropening, tegen de gewitte muur achter hem, gonsde het van de vliegen.

Michael keek door de tuin naar de rivier en dacht dat hij daar het liefst doorheen zou waden en dan zou willen blijven doorlopen zonder te stoppen, tot hij op de grond viel van uitputting.

De losse strook aan de onderkant van de deur begon op en neer te flapperen.

'Hou eens vast daar,' zei zijn vader.

Met twee zuivere halen van de zaag kwam het losse stuk eraf en stond Michael ermee in de handen.

'Nou, het ziet ernaar uit dat je het hebt verknald.'

Michael staarde naar het bladderende oppervlak van de deur.

'Ik ga er verder geen woorden aan vuilmaken. Je bent er niet voor in de wieg gelegd om te leren en meer valt er niet over te zeggen.'

'Wat was de uitslag?'

'Wat ga je doen om voor je onderhoud te zorgen, dat is de vraag. Toen ik zo oud was als jij gaf ik mijn ouders elke vrijdag een loonzakje.'

'Michael!' Zijn moeder was in de achterdeur verschenen. Er klonk een snik door in haar stem. Ze had een stuk papier in haar hand. 'Hoe kón je? En Kieran doet het zo goed.'

'Ik heb de pest aan die school, mam. Je hebt geen idee hoe het daar is.'

'Och, Michael, als ik er niet was geweest hadden ze je er al jaren geleden vanaf geschopt. Alsof ik ooit die ouderavond in de derde klas vergeet en dat pater Brendan zei: *Als die jongen een nieuwe start maakt, mevrouw Cartwright, dan sta ik achter hem tot het bittere eind.* En dat ik hem verzekerde dat je het in je had en als dank krijg ik dit hier.' Ze zwaaide met het blaadje naar hem.

'Michael is een dromer en meer niet.' Zijn vader rommelde door zijn gereedschap op zoek naar iets. 'En hij wordt niet wakker voordat hij zijn eigen kost moet verdienen.'

'Wat had ik voor tekenen?'

'Tekenen? Laat dat tekenen nou maar zitten. Het is altijd de weg van de minste weerstand bij jou – als het maar makkelijk is. Met tekenen kun je de kost niet verdienen.'

'Natuurkunde had je best kunnen halen,' zei zijn moeder, 'als je gewild had. Kijk naar Kieran. Negen maanden hebben jullie samen in mijn buik gezeten. Je had wel iets van hem kunnen leren. En Christopher? Die heeft zijn examen op zijn sloffen gehaald. Eileen is zelfs voor biologie geslaagd, ook al had ze er een hekel aan en had ze er die druktemaker van een zuster Patrick voor. Arme Eileen! Brand vanmiddag een kaarsje voor me, zei ze op een keer, want ik moet een rat ontleden.'

Christopher, die alles kon waar hij zich op toelegde, en Eileen de harde werker, en Matt die het zwarte schaap van de familie was sinds hij was gestopt met de lerarenopleiding en in een kraakpand was gaan wonen – ze waren allemaal het huis uit, de bofkonten, maar evengoed waren ze er nog, zaten ze nog bij iedereen in het hoofd, dromden ze in de lucht samen vanuit de achtertuin.

Emily kwam naar buiten geslenterd. 'Volgens mij is het tijd voor het middageten,' zei ze.

'Jij gaat nú stofzuigen en vlug wat, of je kunt een klap krijgen. Jack, praat met die jongen.'

Toen ze alleen waren, zei zijn vader: 'Ik denk dat jij een boel hebt om over na te denken.'

Samen hingen ze de deur weer in. Michael hield de scharnieren tegen de deurstijl. Zijn vader draaide de schroeven erin met ritmische handbewegingen, waarbij de pezen in zijn onderarm zich steeds aanspanden en zijn opgerolde mouw op en neer flapperde bij zijn elleboog.

Toen hij klaar was, liet hij de schroevendraaier in zijn gereedschapstas vallen en bukte zich om de zaag op te rapen. 'En dat wil niet zeggen dat je nu de hele dag maar wat rond kunt hangen. Ik kan dat geniks van jou niet meer aanzien.' Hij draaide zich om in de deuropening. 'Kom maar naar mij als je iets te doen wilt hebben.'

Verderop in de rivier wierpen twee mannen met lieslaarzen hun lijn stroomopwaarts en het groene water wervelde rond hun benen. Een van hen stak een hand op ter begroeting. Michael imiteerde het gebaar en stelde zich voor dat hij het autonome wezen was waar de hengelaar hem voor aanzag, een volwassene die zijn hand opstak ter begroeting van een andere volwassene. De man hief zijn hengel naar achteren. Toen de lijn naar voren zwiepte, ving Michael een glimp blauw op, hoog tegen de bomen. Hij ademde langzaam in en de lucht voelde heet en loom in zijn mond.

Hij sprong over het muurtje en volgde de rivier stroomafwaarts achter de huizen van Strand Street, langs de kerk de weilanden in, waar de koeien bijeen groepten in de schaduw van bomen en heggen, te verdoofd door de hitte om te bewegen.

Hij trok zijn schetsboek uit zijn zak en ging tegen een

boomstam zitten. Een tijdlang probeerde hij de vorm van dingen te vangen, arceerde de schaduw op het papier en liet ruimte open om het licht te suggereren, maar hij kreeg de zinderende heiigheid niet te pakken. Hij haalde een pocket tevoorschijn en probeerde te lezen, maar de woorden waren even betekenisloos als het gezoem van de insecten op de rivieroever.

Hij zat te denken aan dingen die eerder dan verwacht ten einde waren gekomen – tekenlessen in de kloostergangen en bij het sportveld met een kruk en een tekenbord, godsdienstles van pater Kenton, orkestrepetities. En hij dacht aan Salema die elke week kwam, samen met de andere meisjes van de kloosterschool en die naast de begeleider zat om de bladzijden om te draaien en soms, wanneer de begeleider er niet was, zelf pianospeelde. Hij vroeg zich af hoe haar resultaten waren geweest. Perfect waarschijnlijk, net als haar pianospel, net als alles aan haar. Zelfs haar naam was verfijnd en mysterieus. Salema Nikolaidis. Het klonk Grieks, maar iemand had gezegd dat ze Indisch was en naar haar uiterlijk te oordelen was dat heel goed mogelijk. Vanaf zijn plek tussen de trombones had hij gehoord dat de paukenist haar Salami Nicotinis noemde en de andere koperblazers hadden gelachen en hij had zichzelf toegestaan om te grijnzen en zich vervolgens onmiddellijk schuldig gevoeld over dat kleine verraad. Verder dan een onbeholpen poging om haar mee uit te vragen was hij niet gekomen. En nu zag hij haar misschien nooit meer terug.

Het schemerde al toen hij terugkwam, achterom tussen lage, gewitte huisjes met hun tinnen daken door. Voorbij de bomen was de kleur uit de hemel aan het weglekken. Er hing een zweem van vocht in de lucht alsof het benauwde weer misschien ten einde zou komen. Hij duwde tegen de achterdeur en ontdekte dat die op slot zat. Hij bleef even met zijn hoofd tegen het hout staan. Er was een briesje opgestoken dat de bomen langs de rivieroever beroerde en door de pronkbonen en de fuchsia bij het keukenraam rimpelde.

Uit een van de kamers boven klonk een klaaglijk geluid. Geschrokken haalde hij de zaagbok van zijn vader en plaatste die tegen het uiteinde van de aanbouw op de ongelijke grond naast de composthoop. Hij zette zijn voet op de tuinmuur en klauterde de dakleien op. Voorover hangend hield hij zich stevig vast aan het dak en liet zijn hart tot bedaren komen. Het geluid klonk opnieuw, vertrouwd nu – een lange, lage toon op een viool. Hij ging rechtop staan, balancerend op het schuine dak. Door het raam zag hij zijn broer, het hoofd schuin, de arm met de strijkstok geheven in de richting van de klerenkast.

Kieran had zijn muziekstandaard opgezet naast het ijzeren bed. Zijn blik ontmoette die van Michael, maar hij reageerde niet. Zijn aandacht was gevestigd op het geluid dat hij ontlokte aan het instrument, met zijn elleboog en zijn gebogen pols en de strijkstok die hij langs zijn lichaam haalde. Michael tilde zijn armen spiegelbeeldig op, mimede het gebaar van een linkshandige violist. Hoe was het om Kieran te zijn, vroeg hij zich af, hoe zou het zijn als alles wat er bij je opkwam precies dát was wat de volwassenen van je verwachtten, als je er vandaag toe gedreven werd dingen te doen waar je morgen blij om zou zijn? Hij boog zijn hoofd naar zijn rechterschouder en probeerde Kierans blik te vangen. Hij was onzichtbaar, realiseerde hij zich, aangezien hij aan de donkere kant van het raam stond. Als Kieran al iets anders kon zien dan de kleur van de toon die hij speelde, dan was het zijn eigen spiegelbeeld.

Toen Michael met zijn vingers tegen het raam tikte, tuurde Kieran geschrokken het duister in. Hij liep de kamer door om het raam open te doen. 'Waar zát je?' vroeg hij met een brede grijns van blijdschap dat hij zijn broer zag.

'Ik weet niet. Ik heb wat rondgelopen. Er is daar kilometers lang helemaal niks.'

'Wat heb je dan gedaan?'

'Niks eigenlijk. Ik heb wat getekend. Ik heb geprobeerd om een paar ezels te tekenen, maar ze bleven niet stilstaan.'

'Mag ik het zien?'

'Nee, het stelt niks voor. Ik kan niet tekenen.' Hij klom over de vensterbank de slaapkamer in.

'Je hebt er een tien voor.'

'Een tien. Nou, fijn! Dat betekent nog niet dat ik kan tekenen. Waar is iedereen?'

'Mam is met oma naar de bingo. Pap is gaan wandelen met de meiden.'

'Wat hebben jullie gegeten?'

'Gekookte ham met wortels. Heb je niet gegeten?'

'Al een hele tijd niet meer.'

'Er staan vast nog wat kliekjes in de koelkast.'

Michael liet zich op het bed zakken. Hij dacht aan gekookte ham, aan de weeïge, zoute geur. Hij had zowel het middag- als het avondeten overgeslagen. 'Misschien zo meteen,' zei hij.

Met de viool tegen zijn borst genesteld was Kieran begonnen zijn vingers over de snaren te bewegen. Hij keek naar Michael, toen naar niets in het bijzonder, zijn hoofd schuin gebogen naar het instrument. Op de tast, van noot naar noot, speelde hij een langzame frase.

'Klinkt mooi,' zei Michael toen het geluid wegstierf.

'Als het een klaagzang was misschien, maar die zestiende noten hier, kijk.' Hij wees met de punt van zijn strijkstok en tikte ermee tegen de bladmuziek. Hoog op hun stokjes fladderden de noten boven de notenbalk.

'Ziet er moeilijk uit.'

'Het chromatische deel is niet zo moeilijk. Het is die overgang hier...' Hij speelde de sequens nogmaals en stopte even bij de lastige interval. 'Als ik het in tempo doe, is het een puinhoop.' Hij speelde het sneller, struikelde over dezelfde twee noten. Kreunend van ergernis liet hij de viool op het bed vallen en begon de spanning van zijn strijkstok bij te stellen.

'Maakten ze zich zorgen over me – toen ik weg was?'

Kieran haalde zijn schouders op. 'Ze bleven maar aan de gang over je resultaten.'

'Nog steeds?'

'Wat bedoel je: nog steeds? Vind jij het dan niet belangrijk?'

'Ja, zeg, begin jij ook nog.'

'Ik begin helemaal niks, ik zeg het alleen. Ze hadden er ruzie over.'

'Waarover?'

'Mam vindt dat ze de school moeten vragen om je terug te nemen. Pap zei dat hij niet van plan is om onderdanig, pet in de hand enzovoort, naar pater Brendan te gaan. Toen is hij op het dak geklommen om een lek te repareren.'

'Wat voor lek?'

'Weet ik veel. Een lek, zei hij.'

'Er is geen lek. Hoe kan hij nou weten dat er een lek is?

Het heeft nog geen een keer geregend sinds we hier zijn.'

'Nou, hij ging in ieder geval het dak op.'

'Ik had verwacht dat ze jouw resultaten wel zouden vieren als ik niet in de buurt was. Jullie hadden met z'n allen champagne kunnen drinken, of zoiets.'

'Nou, mooi niet dus. Ze hebben alleen over jou zitten ruziën.'

'Dus wat heb je er nou aan gehad, aan al dat harde werken?'

'Ik werk niet om hun een plezier te doen, als je dat soms bedoelt.'

'Nee, je werkt omdat je een uitslover bent.'

Kieran keek hem kwaad aan en de strijkstok bewoog in zijn hand alsof hij er iets gewelddadigs mee wilde doen. 'Man... val toch dood.'

'Val zelf dood.' Michael was al halverwege de trap toen de slaapkamerdeur achter hem dichtknalde en hij de bedompte lucht om zich heen voelde bewegen.

In de keuken deed hij de koelkast open en ging er op zijn hurken voor zitten. Op een bord lag een dikke plak ham in gestold vet. Hij maakte een plaatsje vrij op het aanrecht door wat vuile vaat, een moersleutel en de *Cork Gazette* opzij te schuiven. Hij sneed een paar sneetjes sodabrood af en een plak ham. De eerste hap van zijn boterham was dik en droog in zijn mond. Boven in de slaapkamer was Kieran weer aan het oefenen geslagen. Steeds opnieuw wervelden dezelfde zes noten de lucht in alsof ze aan het proberen waren te leren vliegen.

Het had haast aangevoeld alsof het zou gaan regenen, maar de volgende ochtend was er niets veranderd. Lusteloos van de hitte staarde Michael naar de rekken met overhemden, stropdassen en bretels in de herenmodezaak van O'Connor en luisterde hoe O'Connor zijn vader uithoorde.

'En hoe maakt zij het? O, da's mooi Jack, da's mooi. En dit is je vierde? En de drie oudsten op de universiteit. Da's een hele verdienste voor jou en Moira. En binnenkort zul jij wel aan de beurt zijn, neem ik aan.' O'Connor had zich naar Michael toe gedraaid. 'Zag ik jou gisteravond niet bij de rivier met een boek in de hand? Ik durf te wedden dat jij net zoveel met je neus in de boeken zit als de anderen. En vertel eens, wat was je aan het lezen?'

Michael knipperde met zijn ogen. Een meisje met een lading sokken in haar armen stond naar hem te kijken. Ze kauwde kauwgom met opgetrokken lippen. Ze was zo'n beetje van Michaels leeftijd. De manier waarop ze hem maar bleef aankijken had iets onbeschaamds.

'Schopenhauer,' zei Michael. '*De wereld als wil en voorstelling.*'

'Goeie god, wat een zeldzaam stel hersenen heeft die jongen, vind je ook niet?' O'Connor keek de anderen theatraal aan, alsof Michael zijn circusaapje was en hij op het punt stond de hoed te laten rondgaan.

Michael voelde zich overgeleverd. Door eerlijk te antwoorden had hij zichzelf in de val laten lopen. Hij had iets anders moeten verzinnen.

'Hij heeft de hersenen van zijn moeder,' zei Jack Cartwright.

Steunpilaar van Engelsheid, dacht Michael, *minachter van winkeliers, teisteraar van de gekwelden, mesthoop van bekrompenheid.*

'Dat is 'n ding dat zeker is en 't is bovendien nog een knappe jongeman ook. En we gaan een pak voor hem zoeken dat hem recht doet.'

Terwijl O'Connor het rek afspeurde, sprak Michael zijn vader dringend toe, zachtjes, zodat het meisje het niet kon horen. 'Eerlijk, pap, waar heb ik nou een pak voor nodig?'

'Niemand neemt je aan als je eruitziet als een punker.'

'Ik ben geen punker.'

'Als een anarchist dan.'

'Ik ben geen anarchist, pap. Iedereen heeft zulke kleren aan.'

'Niemand van mijn bekenden. Ze zouden het maar niks vinden bij W.H. Smith als de nieuwe stagiair eruitzag als een anarchist.'

Michael wilde weten wat W.H. Smith hier in godsnaam mee te maken had, maar O'Connor stond weer naast hen met een stel pakken. Aangezien geen enkel daarvan hem aanstond, paste Michael het eerste wat hem werd aangeboden. Het zat strak waar het los moest zitten en los waar het strak moest zitten. De revers staken uit als vleugels en de broek had, geloof het of niet, uitlopende pijpen. Het was zo'n pak dat een leraar aan zou kunnen hebben, een van de niet-geestelijken, zoals meneer Hughes, die rugbytactieken uitlegde op het bord wanneer hij geacht werd Europese geschiedenis te geven.

Het meisje met de kauwgom keek op van de legplank die ze aan het vol stapelen was. Michael voelde zijn gezicht warm worden en het zweet prikte op zijn huid. Zijn vader stond voorzichtig te knikken.

'Het is een pietsie te lang in de mouw,' zei O'Connor, 'maar dat kunnen we veranderen zonder dat je er iets van ziet.' Hij vouwde een van de mouwen naar binnen en stak er een speld in die hij uit zijn revers had getrokken. 'Ik kan het aan het eind van de ochtend aan huis bezorgen, Jack. Wat vind je ervan?'

Toen Michael in zijn eigen kleren het pashokje uit kwam, stond het meisje ineens naast hem met haar armen vol broeken. 'Schopenhauer,' zei ze. 'Da's zeker een filosoof.'

Michael haalde zijn schouders op. 'Ik heb het alleen uit de bibliotheek gehaald om pater Kenton te treiteren. Dat is mijn godsdienstleraar op school. Ik weet eigenlijk niks over filosofie.'

'En wat heeft meneer Schopenhauer te zeggen over de wereld en de wil?'

'Nou, ik heb het nog niet uit, maar voor zover ik er iets van begrepen heb, zegt hij dat de wereld eigenlijk een soort schaduw is van wat er werkelijk achter steekt, en dat noemt hij dan de voorstelling. Een beetje zoals Plato.' Zijn stem was schor geworden. Hij proefde hoe droog zijn mond was, slikte en schraapte zijn keel. 'En dat we de werkelijkheid het dichtst benaderen via kunst. En over de wil zegt hij dat je nergens controle over hebt omdat het leven in feite lijden is, dus is moraliteit irrelevant. Sorry, ik denk dat ik de dingen door elkaar aan het halen ben.'

'Dat moet haast wel. Moraliteit irrelevant, zeker! Ik zou weleens willen horen wat pastoor O'Leary daarover te zeggen had.'

Michael lachte. 'Toen pater Kenton het me voor de les zag lezen zei hij dat het goed is om te weten wat de oppositie denkt en waarom probeerde ik niet eens *Das Kapital* of de Koran, maar ik wist niet zeker of hij het serieus bedoelde want dat weet je nooit bij pater Kenton...' Hij zweeg, voelde zich opgelaten omdat hij zoveel stond te praten.

Het meisje stond er met wijd opengesperde ogen bij, alsof hij haar bij een complot had betrokken. 'Nou, Michael Cartwright, je bent inderdaad wonderbaarlijk.' Ze lachte naar hem en er spanden zich roze kauwgomsliertjes tussen haar tanden. 'Zie ik je strakjes nog op de dansavond?'

'Ik weet niet. Wat voor dansavond?'

'Gewoon, een dansavond. In de parochiezaal bij de kerk.'

'Ik dans eigenlijk niet.'

'Maakt niet uit. Het is toch niet meer dan meiden die staan te kletsen en jongens die zich bezatten. Wie wil er nou dansen met deze hitte? Misschien kun je me dan wat meer vertellen over Schopenhauer.'

'Ik moet het eerst vragen.'

Het meisje wierp een blik naar O'Connor, die achter Michaels vader aan naar de deur liep. 'Ik zie wel of je komt.' Ze gunde hem nog een laatste blik op haar tanden en de dot kauwgom, voordat ze weer aan het werk ging.

Michael maakte zich de rest van de ochtend uit de voeten. Toen hij terugkwam in het huis hing er een moordzuchtige sfeer. Zijn moeder stond voor de haard, de handen op de heupen, haar gezicht strak van woede. Katherine maakte zich klein op de trap.

Ineengedoken in een stoel met zijn blik op de grond mompelde Kieran: 'Ik zei alleen maar nee. Je hoeft er niet over aan de gang te blijven.' De viool lag op tafel naast de openstaande kist.

Jack kwam binnen, zwetend van zijn werk op het dak.

'O, Jack!' zei Moira die haar tranen probeerde te bedwingen. 'Om zo vernederd en voor gek gezet te worden voor Dennis O'Connor en zijn neef die al zo ongeveer priester is.'

'Wat is er nu in 's hemelsnaam weer aan de hand?'

Michael zag zijn nieuwe pak aan de gordijnrail hangen en begreep al wat er was gebeurd zonder dat het hem verteld was. O'Connor was langsgekomen, samen met Fergal Noonan, en Kieran had geweigerd iets op de viool te spelen.

Kieran zat nog steeds boos naar de grond te kijken. 'Waarom kon je me ook niet gewoon met rust laten?'

'Ja, ja.' Moira's stem trilde van misprijzen. 'Dat zou mooi zijn, als we je allemaal maar gewoon met rust zouden laten en je zouden laten verhongeren in de goot en dan, als je je familie niet meer ziet staan, zou je er snel genoeg achter komen hoe weinig hulp je kreeg van die slimme vrienden van je die je leren om zo onbeschoft tegen je moeder te praten.'

'Goed, speel het dan zelf maar.' Ineens woedend, sprong Kieran overeind, griste de bladmuziek van de standaard en wapperde met de blaadjes onder zijn moeders neus. 'Hier, pak aan, stom mens. Als je dat verrekte stuk wilt horen, oefen dan zelf maar zeven jaar lang twee uur per dag, tot je pijn in je rug hebt en een lamme pols en een rode bult in je hals, dan kun je het spelen wanneer je maar wilt.' Hij smeet de muziek de lucht in. De blaadjes fladderden boven Moira's hoofd en maakten een duikvlucht in de richting van de open haard.

Nog voor ze op het haardkleedje neerkwamen, had Jack Cartwright Kieran een draai om de oren gegeven. 'Je bent er nog niet te oud voor,' zei hij terwijl hij hem bij de arm greep. 'Ik geef je er met een stok van langs.'

'Zij is begonnen.'

'Zo tegen je moeder te praten.' Jacks kaken spanden zich onder de inspanning van de tweede klap. Die kwam onhandig aan omdat Kieran zich, met een wit gezicht en naar adem happend, los wurmde en naar de deur vluchtte.

Michael werd bevangen door de oude angst, maar ook door een soort vervoering, alsof hij meedeinde in het kielzog van de opstandigheid van zijn broer. Het voelde alsof het systeem onder de druk aan het bezwijken was, de waanzin onthuld werd. Hij dacht aan Caligula die zijn paard tot de senaat had benoemd – het lievelingsvoorbeeld van pater Kenton van de heidense wereld – en hij proestte van het lachen toen de spanning in zijn binnenste brak. Toen, zomaar uit het niets, had hij het liefst willen huilen. Daar, in de roetige woonkamer van zijn grootouders, te midden van woede en gesnik, voelde hij de zwaarte op zich neerdalen. Het was zijn schuld, niet die van Kieran, want hij had iedereen van streek gemaakt met zijn resultaten. En er was geen enkel excuus voor – daar hadden ze gelijk in. Het was niet zo dat het allemaal te moeilijk was. Alleen was het na al die jaren zo verschrikkelijk veel. Het leek op de kelder thuis, zo volgepropt met rotzooi dat je niet wist waar je moest beginnen.

Later, onder het avondeten, zat Moira Cartwright Kieran te betuttelen. Was de vis niet zo klaargemaakt als hij hem graag had? Wilde hij niet nog wat aardappels, of in elk geval wat erwten? Ze had iets kruiperigs in haar stem waardoor Michael haar wel had willen slaan.

Alleen Jack hield de schijn van luchthartigheid op, deed alsof het hem allemaal niet deerde, door stukjes uit *The Times* voor te lezen, maar het was duidelijk dat zijn humeur zo kon omslaan. Hij oefende zijn voordrachtskunst op Israëls bombardement van Beiroet. 'Jullie zouden allemaal wat meer belangstelling moeten tonen voor wat er in de wereld gebeurt,' zei hij en nam de troepen die Reagan naar Libanon ging sturen als voorbeeld. Zijn toon veranderde als het om Brits nieuws ging. 'Ze zitten nog steeds te zeuren over het tot zinken brengen van de Belgrano.'

Hij schudde ongelovig zijn hoofd. 'Wij bevrijden de Falklandeilanden en links kan het niet hebben. Kun je je voorstellen dat Churchill zich er druk over had moeten maken of hij ergens wel of niet mocht komen? Die heeft Hitler niet verslagen met een zootje advocaten dat over zijn schouder meekeek.'

Niemand ging ertegenin. Over de eettafel daalde een ongemakkelijke stilte neer. Michael zat te kieskauwen. Zijn pak hing voor het raam, een donkere vorm tegen de avondzon.

De eerste die hij herkende op de dansavond was Fergal, die er hier in zijn soutane nog misplaatster uitzag dan op de veemarkt.

Fergal leek blij om hem te zien. 'Dus je bent gekomen. Peggy zei al dat je misschien kwam.'

'Peggy?'

'Mijn nichtje Peggy. De dochter van oom Dennis.'

Dus ze was de dochter van O'Connor. 'Ik was bijna niet gekomen. Ze hadden me het liefst thuisgehouden. 't Is dat hij het niet kan maken, anders zou mijn vader me waarschijnlijk in de kelder opsluiten.'

Ze bleven even bij elkaar staan en keken naar de band en de dansers alsof die hen interesseerden. Michael vroeg zich af waarom hij dat had gezegd, over dat opsluiten in de kelder.

'Mij zit het ook al niet mee,' zei Fergal. 'Peggy is chagrijnig omdat ze met mij opgescheept zit – en ik kan het haar niet kwalijk nemen.'

'Waarom ben je dan meegekomen?'

'Omdat oom Dennis het wilde.'

'Je had toch nee kunnen zeggen?'

'Zoals je broer vanmiddag, toen je moeder hem vroeg of hij iets op de viool wilde spelen?'

'O, dat ja. Was het heel erg?'

'Een tamelijk gespannen toestand, zou ik zeggen.'

'Toen jullie weg waren, had mijn moeder een zenuwinzinking en mijn vader draaide finaal door.'

'Zo praat je toch niet over je ouders.'

'Je kent ze niet. Ze zijn compleet gestoord.'

'Volgens mij overdrijf je een beetje.'

'Hoe weet jij dat nou?'

Toen Michael zag hoe ongemakkelijk Fergal zich voelde, kreeg hij spijt van zijn scherpe antwoord. 'Ze zijn boos,' legde hij uit, 'omdat ik gezakt ben voor mijn O-levels.'

Fergal keek verbaasd. 'Daar hebben ze niets over gezegd.'

'Nee, dat lijkt me ook niet iets waar ze graag over praten, toch?'

De leden van de band droegen een fluwelen pak en een overhemd met ruches. Ze speelden synthesizer en zongen met onvaste stem over een vrouw die Mona heette en uit de achterbuurten van Havanna kwam, en die haar gevoelens wegstopte om op het podium tekeer te gaan als een luipaard, als een tijger, als een poema, arme liefdeloze Mo, oh, oh, ona.

'Je moet je geen zorgen maken,' zei Fergal ten slotte. 'Er zijn meer wegen die naar Rome leiden.'

Michael wilde hem vragen wat hij daar in godsnaam mee bedoelde, toen er iemand tegen hem aan viel en bier over zijn T-shirt en spijkerbroek morste. Het was een oudere jongen met een markant, pokdalig gezicht, die zich onvast omdraaide om te zien wie er tegen hem aan was gebotst en die zei: 'Ga godverdomme uit de weg, stomme klootzak.'

'Let op je woorden, Dan Sheahan.' Peggy O'Connor kwam vanaf de dansvloer op hen af. Ze droeg enkellaarsjes en een mosgroene jurk. 'Mijn neef Michael hoort dat soort taal niet graag. Mijn neef Michael leest heel veel boeken. Hij weet alles van de wereld en de wil. Toch, Michael?' Ze keek hem ondeugend aan door het haar dat voor haar ogen hing.

'Niet echt,' zei Michael.

'En het vlees en de duivel dan?' vroeg Dan Sheahan hem. 'Komen die ook voor op je leeslijst?'

'Ik geloof niet dat Schopenhauer in de duivel geloofde,' zei Michael. 'Ik weet het niet zeker, ik ben nog niet zover.'

'Schopenhauer kan de klere krijgen.' Dan Sheahan greep Michael bij de schouder en ademde alcoholdampen in zijn gezicht. 'Ik geloof wel degelijk in de duivel en die loopt met z'n verwaande kop door Derry en Belfast, op zoek naar mensen die hij aan stukken kan rijten, met zijn automatische geweer en zijn wegblokkades, en hij is zo'n klere Engelsman.'

'Nou, Dan, kom op, je mag wel wat beleefder zijn tegen iemand die in ons land te gast is.'

'Als-ie tenminste vindt dat-ie een gast is en niet een landheer die de pachters komt bezoeken.'

'Ik weet zeker dat Michael dat niet vindt, toch Michael?' zei Peggy.

Michael deed zijn mond open om iets terug te zeggen, toen hij tegen haar aan werd geduwd. Ze rook naar muskus en zonnebrandlotion. Haar bh-bandje gleed langs haar arm omlaag.

'Nou Michael,' zei ze, 'wat wilde je gaan zeggen?'

'Ik ben maar half Engels.'

'Nou, misschien dat je Ierse helft dan een meisje ten dans zou kunnen vragen?'

'Ja, natuurlijk. Neem me niet kwalijk. Eerlijk gezegd is dit niet echt mijn soort muziek.'

'Nou, de mijne ook niet echt, maar in Kilross pak je wat je krijgen kunt.'

'Neem me niet kwalijk,' zei Dan die Michaels accent imiteerde, 'eerlijk gezegd niet echt mijn soort...'

'Hoor eens, Peggy,' zei Fergal, 'misschien is het tijd om naar huis te gaan.'

'Ik ben even in gesprek, als je 't niet erg vindt.' Ze schudde Fergals hand van haar arm.

Fergal kroop terug in zijn schulp en beet op zijn lip.

'Zevenhonderd jaar,' zei Dan, 'en nog steeds Britse soldaten in ons land en van die Thatcher-clan krijgen we alleen maar meer van hetzelfde.'

Peggy keek Michael uitdagend aan. 'Kom je nog?'

Zonder op een antwoord te wachten liep ze de menigte in, haar laarsjes klikkend op de houten vloer.

Michael wilde achter haar aan lopen, maar Dan Sheahan hield hem vast aan zijn elleboog en zei in zijn oor: 'Iemand zou een bom onder die teef moeten leggen.'

Peggy stond uit de maat op en neer te springen, één schouder naar voren en vervolgens de andere zodat haar oorbellen rinkelden. Ze had haar ogen dicht. Michael keek weer naar Dan, verbaasd over zijn heftigheid. 'Ze is alleen maar aan het dansen.'

'Ik heb het niet over Peggy, imbeciel. Ik heb het over je premier.'

'Ze is niet mijn premier. Ik heb niet op haar gestemd.'

'Kom, Dan,' zei Fergal, 'dit is niet het moment om over politiek te praten.'

'Jawel, hoor, Fergal, dit is wel het moment, een beter moment is er niet en ik zal je tien goede redenen geven waarom: tien goede mannen die een marteldood sterven in de Maze-gevangenis, tien families die rouwen.' Dan bracht zijn gezicht vlak bij dat van Michael en begon de namen op te sommen. 'Bobby Sands, Patsy O'Hara, Mickey Devine...'

Michael wist van de hongerstaking – het langzame drama werd thuis breed uitgemeten in de televisiejournaals en de oudere gezinsleden hadden onder het eten gediscussieerd over wat er goed en verkeerd aan was – maar het was een schok om geconfronteerd te worden met Dans boosheid, om erin verwikkeld te worden, te weten dat hij er te weinig aandacht aan had besteed.

Hij voelde Dans greep verkappen, trok zich los en liep naar Peggy op de dansvloer. Toen hij omkeek, ving hij Fergals verwijtende blik op. Dan, die een grote slok van zijn bier had genomen, veegde zijn mond af met de rug van zijn hand en knipoogde. Michael bewoog van de ene voet op de andere en probeerde zich te voelen als iemand die danst.

Peggy sloeg haar armen om zijn hals en zei in zijn oor: 'Heb je het naar je zin?'

De dansvloer begon vol te raken, maar Michael voelde nog steeds Dan Sheahans blik op zich gericht. 'Wat is dit voor muziek? Waarom noemen ze zich Chateau Nuremberg?'

'Hoe moet ik dat weten?'

'Zijn het soms Duitsers, of Fransen, of wat?'

'Ze komen uit Cork en ze zijn waardeloos.'

'Wie is Dan?'

'Wil je misschien ergens naartoe gaan waar we onszelf kunnen horen denken?'

'Is hij je vriendje?'

Ze trok hem mee langs het podium. Haar jurk glansde

in de lichten waar ze langs liep. In de hoek van de zaal leidde een klein trapje omlaag naar een smalle deur. De gang erachter stond volgepropt met opgestapelde stoelen en instrumentenkoffers. Het was koeler onder het podium en het lawaai van de band was gedempt.

'Wie is hij nou, Dan?'

'Dan is een professionele rukker.' Ze duwde een nooduitgang open en ze stapten naar buiten.

'Dus hij is niet je vriendje?'

'Ja, nee, misschien. Wat kan jou dat schelen? Wil je soms met me trouwen? Vind je dat we er samen vandoor moeten gaan?' Ze lachte naar hem.

'Ik wil het gewoon weten.'

'Ik ben een paar keer met hem uit geweest. Misschien denkt hij dat hij mijn vriendje is. Kom mee, ik wil je iets laten zien.'

Ze trok hem mee langs de zijkant van het gebouw over een smal paadje tussen hoge bakstenen muren. Er woei een licht briesje. Het voelde koel waar zijn shirt vochtig was. Aan de achterkant van de zaal liep het paadje langs de rand van een kerkhof. De grafstenen stonden erbij als losse groepjes grazende koeien. De grond liep op naar een ijzeren hek en een handjevol bomen. Peggy draaide zich om en drukte haar open mond op de zijne. Ze kuste hem energiek, woelde haar handen door het haar op zijn achterhoofd op een manier die hem volwassen voorkwam, zoals vrouwen in films kusten. Haar mond smaakte naar alcohol en sigaretten. Hij voelde de rits van haar jurk langs haar rug omlaag lopen. Dus ik word van school geschopt, dacht hij, en ik zal van negen tot vijf een pak dragen bij W.H. Smith, maar er is altijd nog dit.

Ze trok haar hoofd terug en keek hem aan met een vaste

blik. 'Word je soms ergens voor gestraft?'

'Gestraft? Waarvoor?' Hij was van zijn stuk gebracht door haar vraag, alsof ze zijn gedachten kon lezen.

'Zeg jij het maar. Wie komt er nou uit Londen om een pak te kopen bij O'Connor?'

'Ik woon niet in Londen.'

'Uit Engeland dan.'

'Het is de winkel van je vader.'

'En die mag hij houden ook.'

Toen hij haar nog eens wilde kussen, draaide ze haar hoofd opzij. 'Moet je die zielenpieten zien.'

Michael draaide zich snel om omdat hij dacht dat ze werden bespied. Maar ze wees naar het kerkhof. Er stonden engelen en kruizen en grafstenen met een gewelfde bovenkant en de hemel erachter die rood kleurde.

'Dat wilde ik je laten zien. De helft van mijn voorouders ligt hier begraven. Ze liggen daar in de aarde te rotten, de O'Connors en Sheahans en Doyles en Keneally's. En daar weer de helft van was al aan het rotten voordat ze doodgingen.'

'Dan geldt dat ook voor sommigen van mijn voorouders.' Het was een raar idee. Al die mensen van wie hij niets af wist.

Peggy stond nog steeds met één hand in zijn haar, de andere bij haar mond; met haar tanden trok ze verwoed aan een nagel. 'Er zijn er die het liefst zouden willen dat ik mijn leven in Kilross sleet en er doodging, al zou ik dat geen leven noemen.'

'En ga je dat doen?'

'Jezus, nee! Ik ben hier weg voordat iemand het in de gaten heeft. Ik ga doen wat jouw moeder heeft gedaan.'

'Mijn moeder?'

'Weet je niet dat ze van huis is weggelopen? Deed ijs-koud alsof ze naar haar werk ging. Ze had ergens een tas met kleren verstopt. Die avond belde ze vanuit Fishguard. Ze was vijftien.'

'Echt waar?'

'Zo is het mij altijd verteld.' Ze leunde achterover tegen de muur. 'Daarom is mijn vader jaloers op haar.'

Dat was een nieuw idee voor hem, dat iemand jaloers kon zijn op zijn moeder. 'Omdat het haar gelukt is om weg te gaan?'

'Ja, ik denk het wel. Maar dat niet eens zozeer – weg-gaan is onze belangrijkste bezigheid. Aan boord gaan van schepen en vliegtuigen en niet meer terugkomen, daar zijn we altijd al goed in geweest. En er dan liedjes over schrijven – hoe verscheurd ik wel niet ben, hier in Ameri-ka, terwijl ik thuis bij mijn moedertje lekker zou kunnen verhongeren, snik, snik. Je moeder was de eerste niet, en ze zal ook niet de laatste zijn. Maar de manier waaróp ze het deed – dat was niet niks. Ze heeft lef, jouw moeder.' Ze keek hem aan alsof hij haar had tegengesproken. 'Het is niet makkelijk. Niet iedereen is zo vrij als jij.'

'Hoe bedoel je?'

Ze fronste en trok hem naar zich toe. 'Als ik jouw her-sens had, zou ik de wereld veroveren.' Ze was hem aan het plagen, maar dat gaf niet. Ze schoof met één voet het laars-je van de andere en bewoog die tussen zijn benen. Hij voel-de de warmte.

'Ik heb nog nooit met een nichtje gezoend,' zei hij.

'Jezus, ik ga je kind niet krijgen.'

Hij liet zijn lichaam tegen het hare leunen. Haar ribben-kast ging op en neer met haar ademhaling. Toen hij zijn ogen dichtdeed, waren er alleen nog maar gewaarwordingen – haar tong in zijn mond, haar been dat zich om zijn knieholte krulde. Door de muur heen voelden ze het bonken en dreunen van de muziek. Haar hand had zich onder zijn T-shirt gewurmd en lag warm op zijn onderrug.

Na een poosje hoorden ze stemmen en ze trok hem een hoek van het gebouw om waar het naar aardappelschillen en kool rook. Zijn voeten bonkten tegen een vuilnisbak toen ze tegen de muur gingen staan.

Het was al donker, zonder maan of sterren, en nog steeds zo warm dat het aanwakkerende briesje aangenaam voelde op zijn huid. Hij wist niet goed wat hij met haar kleren aan moest, behalve dat hij er met zijn hand onder moest gaan, uitzoeken hoe ver hij kon gaan. Ze drukte zich tegen hem aan alsof ze niet dicht genoeg bij hem kon komen. Toen stond ze in zijn hals te ademen en waren haar handen niet meer in zijn haar en op zijn rug en zijn borst, maar bezig zijn riem los te maken, de knoop van zijn broek open te doen, aan zijn rits te trekken. En toen hield ze hem vast, had ze haar handen daar, waar nog nooit andere handen dan die van hemzelf waren geweest. Het kwam ineens bij hem op dat ze een onderzoek aan het instellen was naar iets aanstootgevends en nu het belangrijkste bewijsstuk presenteerde – dat haar gebaar betekende: *Hoe durf je?* En: *Wat heeft dit te betekenen?* – voordat hij begreep dat ze hem met dat gebaar juist haar zegen gaf. Ze had de diepste bron van zijn schaamte aangeraakt. Het was een gevoel van opluchting dat door hem heen stroomde, zich samenbalde tot een overweldigende sensatie, en met een kreun voelde hij alle spanning uit zich weglekken en zijn benen slap worden.

'Dat was snel,' vermaande ze hem hijgend. 'Ben je altijd zo snel?'

'Ik weet niet.' Hij leunde tegen haar aan alsof hij de kracht had verloren om te staan. Eerst voelde haar hand in zijn zij geruststellend, maar toen realiseerde hij zich dat ze hem afveegde aan zijn shirt.

Ze bleef hem nog even vasthouden, losjes om de hals, terwijl ze haar kleren schikte. Toen zei ze: 'Jezus, hoe laat is het?'

'Geen idee.'

'Ik moet ergens naartoe. Ik kom veel te laat.'

Hij wist dat het een smoes was om bij hem weg te komen.

'Je gaat zeker al snel weg,' zei ze, 'terug naar Engeland?'

'Ja, morgen.'

'Dan zal ik je wel niet meer zien voordat je gaat.'

'Waarschijnlijk niet.'

'Jammer.' Ze aarzelde. Hij voelde het in het donker – dat ze weg wilde, maar dat ze het rot vond om hem daar te laten staan. 'Red je je wel?'

'Ja, hoor.'

'Goeie reis. Misschien zie ik je in Londen.'

'Ik woon niet in Londen.'

'Nou, als je wel in Londen woont, dan. Als je de wereld gaat veroveren.'

En weg was ze. Hij was blij dat ze weg was want hij had het gevoel dat hij misschien moest huilen. Hij ging in het gras liggen bij de grafstenen. Hij stelde zich voor dat zijn lichaam aan het wegrotten was, in de aarde werd opgenomen. Hij dacht aan Bobby Sands die in het parlement was gekozen terwijl hij in zijn cel aan het verhongeren was. Zijn naam zou niet snel worden vergeten. Wie zou zich Michael Cartwright nog herinneren als die langzaam het leven liet?

'Ben jij dat, Michael?' Fergals soutane ging op in de

schaduwen van de parochiezaal. Alleen zijn gezicht werd beschenen door het verdwaalde licht uit een open deur. 'Wat doe je hier tussen de doden? Ben je dronken?'

'Nee, jij?'

'Misschien een beetje. Ik dacht wel dat ik je hier zou vinden. Ik ben je daarstraks ook al komen zoeken, Peggy komen zoeken. Ik wilde naar huis, maar ik wilde niet zonder haar bij haar vader aankomen, en ik dacht dat ik jullie had gevonden, maar ik wist het niet zeker. Ik hoorde alleen maar geluiden waar ik geen touw aan vast kon knopen. Was het soms een ezel, vroeg ik me af, die van het gras stond te eten aan de rand van een grafsteen?'

Michael hoorde het sarcasme en voelde de gêne die daarachter schuilging. Hij ging rechtop zitten. 'Was je ons aan het bespioneren?'

'Ik was niet aan het spioneren, Michael. Dit is een openbare plek.' Fergal ademde luidruchtig in het donker. 'Peggy is mijn nichtje, en nog maar een kind. Ik ben, zogezegd, in loco parentis.'

'Maar niet voor mij, als je dat maar weet. Ik heb meer dan genoeg aan eigen ouders.'

Fergal liep weg en kwam toen weer terug. Michael hoorde zijn schoenen piepen op het gras. 'Ik heb niet het recht om jou de les te lezen, sorry.' Hij sprak nu zachter, zijn gezicht zweefde in het donker in de lucht. 'Moet ik je overeind helpen?'

'Het lukt wel.' Michael pakte de dichtstbijzijnde grafsteen beet en trok zich overeind.

'Het spijt me. Het was pretentieus wat ik zei. Ik wilde alleen maar helpen. Wát ik al weet over hoe mensen denken, weet ik uit boeken. Ik word naar de veemarkt gestuurd om te zien hoe vee wordt verhandeld. Maar wat er zich afspeelt tussen een man en een vrouw, Michael, dat kan ik dan in theorie wel weten, maar dat kan ik nauwelijks kennis noemen. Snap je? Je kunt niet altijd met je hoofd studeren. Er moet ook iets van in het hart doordringen. Zelfs de Drie-eenheid is niets anders dan een trucje met getallen als je je hart niet openstelt voor het mysterie.'

'Waar heb je het over?'

'Wat moet ik tegen oom Dennis zeggen?'

'Godallemachtig, Fergal, je hoeft helemaal niets tegen hem te zeggen.'

'Hij maakt zich zorgen om haar.'

'En het biechtgeheim dan? Er is trouwens niks gebeurd.'

'Het biechtgeheim is hier niet van toepassing. Niemand heeft bij mij gebiecht.'

'Nou goed, dan ga ik wel biechten. In de naam van de Vader, de Zoon en de Heilige Geest, amen. Het is zes weken geleden dat ik voor het laatst heb gebiecht, misschien zeven...'

'Zeven weken!'

'Het is zomervakantie. Eigenlijk had ik afgelopen zaterdag moeten gaan toen we hier aankwamen, maar ik kon het niet. Jullie pastoor O'Leary is nogal een rare vogel. Hoe dan ook, hier zijn mijn zonden. Je kunt niet weigeren mijn zonden aan te horen.'

'Ik ben nog niet tot priester gewijd.'

'Nou, dan kun je vast oefenen. Ik heb gemeen gedaan tegen mijn zusje Emily, en ik ben brutaal geweest tegen mijn moeder...'

'Hoe vaak?'

'Ik weet niet. Twintig keer.'

'Wat – dat je gemeen was of brutaal?'

'Allebei. Wat maakt dat nou uit? En ik ben op de meeste vakken gezakt voor mijn O-levels. Nu is iedereen chagrijnig, en mijn moeder is suïcidaal omdat ik nooit naar de universiteit kan gaan, en mijn vader wil dat ik ga werken, en ik had ruzie met Kieran omdat Kieran een uitslover is. Mijn vader zegt dat ik lui ben. Maar ik ben niet lui. Ik ben altijd bezig – alleen niet met de dingen die mensen van me willen. Er is niets gebeurd met Peggy. We hebben gezoend, meer niet. En áls we al iets hebben gedaan, hoe zou ik daar met jou over kunnen praten? Of met pastoor O'Leary, of met pater Kenton op school? Vandaag of morgen ga ik gewoon liften, een heel eind, naar Bristol of Birmingham, en dan ga ik daar een kerk binnen waar niemand me kent en biecht ik alles op en begin helemaal opnieuw... Dat was het.'

'Dat was het?'

'Dat was het. Nu kun je me de absolutie geven.'

'Nee, dat kan ik niet. Dat zou ik zelfs niet kunnen als ik gewijd was. Je moet een volledige biecht afleggen.'

'Nou, jammer dan! Meer biecht ik niet. En nu ga ik naar huis.' Michael liep het pad af langs de zaal zonder zich iets aan te trekken van het duister.

Fergal holde achter hem aan. 'Je mag niet de draak steken met een sacrament van de kerk.'

'Waarom niet? Als het nou eens allemaal flauwekul is?'

'En als het allemaal geen flauwekul is?'

'Dan zal ik wel naar de hel gaan. Mijn moeder denkt dat ik toch al naar de hel ga.'

'Je gaat niet naar de hel, Michael. Er zijn theologen die geloven dat niemand naar de hel gaat. Door het mysterie van Gods liefde en genade zal de hele mensheid worden verlost.'

'Waar is het dan goed voor? Waarom is er dan een hel? Waarom zou je een martelkamer inrichten als er niemand is om te martelen?'

'Van wie leer je zulke dingen?' Fergal klonk gechoqueerd. 'Er is geen martelkamer. De hel is de afwezigheid van God. De hel is wat wij over onszelf afroepen wanneer we Gods liefde buitensluiten.'

Michael kreunde smalend om die ontwijkende verklaring, die God onthief van verantwoordelijkheid voor zijn oordeel.

Ze liepen de schaduw van het gebouw uit, de weg op, waar het lichter was. Na zo'n honderd meter in stilte te hebben afgelegd hoorden ze de muziek. Aanvankelijk was het niet meer dan wat gemurmel, een suggestie van trommels. Naarmate ze er dichterbij kwamen, waren er afzonderlijke instrumenten te onderscheiden – een viool en een fluit. De klankstructuur werd dichter, de ingewikkelde patronen overstemden hun voetstappen op de stoep. Ze sloegen een hoek om en alle geluiden smolten samen tot een onstuimige melodie. De ingang van de bar lag aan de straatkant.

'Wacht even,' zei Michael. Hij moest zijn hoofd buigen om door de lage deur binnen te gaan. Hij tuurde door het rokerige licht en zag in de verre hoek de muzikanten zitten. Ze keken strak naar de tafel, waardoor Michael even dacht dat de muziek daarop geschreven stond, maar er was geen muziek, alleen een heleboel glazen. De viool werd bespeeld door een meisje met een smal gezicht en warrig haar. Naast haar raffelden knoestige vingers over de toetsen van een accordeon. Een jongere man blies vanuit zijn mondhoek op een *tin whistle*. Er was nog een meisje dat enorm tekeerging op een trommel. Van waar Michael stond was alleen haar hand te zien, waarmee ze met razendsnelle polsbewegingen beurtelings met de uiteinden van een stok op het trommelvel sloeg. Tussen hen in, met zijn pompende elleboog op de balg van zijn doedelzak, zat Dan Sheahan. De rook van een sigaret in een asbak kringelde langs zijn gezicht omhoog.

Michael vond dat het net leek alsof die mensen niets te maken hadden met de tonen die uit hun instrumenten stroomden, dat ze de noten voortbrachten alsof ze muntjes uitstrooiden over de vloer. Niet dat de muziek nieuw voor hem was, maar hij had het gevoel dat hij haar nu pas voor het eerst echt hoorde. Het was alsof er tussen twee keer ademhalen door een boom wortel schoot in de vloerplanken en zijn takken omhoogduwde door het vergeelde plafond. Hij realiseerde zich dat het dit was waarnaar hij in Kilross op zoek was geweest zonder het te weten, zonder te weten dat hij überhaupt iets zocht, dit levende ding waar zijn moeder niets om gaf en waar zijn Engelse vader part noch deel aan had. Hij had er nu spijt van dat hij niet bij Dan Sheahan was gebleven om naar diens verhaal over Ierland te luisteren, in plaats van achter Peggy aan de dansvloer op te gaan. Er was zoveel dat hij niet wist over zijn eigen geschiedenis.

De drinkers die naar de muziek stonden te luisteren en hem het zicht belemmerden, gingen op een andere plek staan en nu zag Michael dat het Peggy was die de trommel bespeelde. Ze hield haar ogen dicht. Dus het was waar wat ze had gezegd, dat ze ergens naartoe moest. Omdat hij niet wilde dat ze hem zag, liep hij weer naar buiten. Fergal was nergens meer te bekennen.

De muziek achtervolgde hem toen hij naar huis liep. Het lawaai stierf weg tot een fluistering, werd overstemd door het gedruis van de wind om bij een straathoek weer op te duiken, als een verwijt.

Hij ging het huis binnen. Zijn grootmoeder zat met Emily te kaarten in de gloed van een lamp. Zijn nieuwe pak hing nog steeds voor het raam. Hij bleef even staan en keek naar het kaartspel. Emily had haar pyjama aan. Ze zwaaide naar hem, alsof hij buiten gehoorsafstand stond, en glimlachte heimelijk naar hem. Er klonk gekletter uit de keuken en het zachte geluid, boven ergens, van zijn moeder die zong. Emily gooide een kaart op tafel en krabde aan haar been. De oude mevrouw Doyle blies haar adem uit waardoor er as van haar sigaret over de tafel dwarrelde. Ze mompelde: 'Ah, kijk nou,' en tuurde naar haar kaarten.

Emily zei: 'Michael is terug,' en lachte weer naar hem.

Mevrouw Doyle draaide zich verrast om. 'Je bent net zo knap als je vader,' zei ze, 'en op weg om de meisjes het hart te breken.'

De keukendeur ging open waardoor er licht over het linoleum viel. Jack Cartwright stond in de deuropening en veegde een moersleutel schoon met een oude theedoek. 'Ah, ziedaar,' zei hij opgewekt. 'De zwerver keert terug.' Hij was met zijn hoofd bij zijn loodgieterswerk.

Michael bleef even liggen, heet onder de zware vracht dekens. Er was geen overgang geweest van slapen naar waken, geen droom die hij zich kon herinneren. Hij was op slag klaarwakker, zijn lichaam bruisend van de energie, een gewaarwording op zijn huid die de herinnering vormde aan Peggy O'Connor. De wind deed het raam rammelen. Hij draaide zijn hoofd en zag dat Kieran weg was. Hij was alleen. Zijn hart klopte als een razende. Er klonk gerommel van onweer en er bonkte iets tegen een buitenmuur. De afbeelding boven de schoorsteenmantel keek naar hem omlaag – Jezus met een blootliggend hart waar bloed uit druppelde. Hij schopte de dekens van zich af en ging op de rand van het bed zitten.

Volgens de wekker was het halfzes. Over twaalf uur zou de veerboot aanleggen en zouden ze het laatste stuk naar huis rijden. Verder dan daar kon hij zich nauwelijks een voorstelling van zijn leven maken. Er zouden geen middagen meer zijn in het tekenlokaal, dat stond vast, en hij zou niet meer wachten op het minibusje van de kloosterschool om Salema Nikolaidis verlegen, met gebogen hoofd, te zien uitstappen. Wat er kwam was het pak en alles wat daarbij hoorde.

Hij deed een stap naar het raam en tilde een hoek van het gordijn op. Aan de overkant van de rivier zwaaiden de bomen als dronkaards heen en weer. Hij liep in zijn onderbroek de overloop over en de trap af. Terwijl hij uit de keukenkraan dronk, luisterde hij naar de donder en de krakende gewrichten van het oude huis. Er klonk een gedempte bons. Hij rilde in een stroom lucht en opeens was het geluid van de storm binnen. Toen hij de woonkamer in liep, zag hij dat de voordeur tegen de rug van een leunstoel aan was opengewaaid. Hij pakte de deur vast om hem dicht te duwen. Op straat stond een bleke gedaante in een flapperende pyjama. De hemel flikkerde van de bliksem en een ogenblik lang werd Kieran in het licht gezet.

Michael liet de deur klapperen en liep naar het raam waar zijn pak aan de gordijnrail hing. Hij haalde de broek van de hanger en vervolgens het jasje en trok ze snel aan. Buiten had hij ineens de aandrang om te lachen toen er een tintelende opwinding door zijn lijf sloeg. Hij leunde tegen de wind in, zonder acht te slaan op zijn blote voeten op het asfalt en het fladderende jasje om zijn borstkas. Hij liep naar zijn broer toe, pakte hem zachtjes bij de arm en zei zijn naam, maar het geluid van zijn stem ging verloren in een donderklap. Toen kwam de regen. Het water sijpelde langs zijn nek omlaag en doorweekte de stof. Opeens wakker, staarde Kieran hem door slierten nat haar met een schok van herkenning aan.

Londen, februari 2003

Op de voorgrond een tramraam waar de condens vanaf stroomt. Buiten op de stoep staat, onscherp door het natte glas, een oude man. Hij heeft een uitgemergeld gezicht. Zijn haar is wit, in korte stoppeltjes. Achter hem op de muur heeft iemand een galg gekalkt met aan het eind van het touw een vijfpuntige ster. Er staan woorden bij in een taal die Michael niet kan lezen en de man kijkt strak naar één punt.

Hij klikt naar het volgende beeld. Een spoorlijn die in de verte verdwijnt tussen berken en sneeuw. Eigenlijk is het een kleurenfoto, maar er is geen kleur. De schors van de bomen is grijs en zilverkleurig, net als de rails.

Nog een tram, deze genomen vanaf de buitenkant. Stevige vrouwen, warm ingepakt en anoniem, schieten te hulp. Dit is ergens in een voorstad van Warschau. Er had een hondje gestaan, herinnert hij zich, net voordat hij de foto nam, dat aan de rand van de straat met zijn neus in het rooster boven de rioolkolk had staan snuffelen. Toen de tram knarsend was komen aanrijden had hij een van de vrouwen geschrokken horen gillen. Ergens klonk gejank van het hondje en de tram leek al die geluiden samen te ballen in een enkele, metalige krijs. De hond was ongedeerd gebleken, maar de vrouwen op de foto weten dat nog niet.

Dan een jonge vrouw op een parkbank die met een bedachtzaam lachje omhoogkijkt naar de camera – Irena Lipska. Het is een schok om haar te zien, niet in zijn hoofd, maar op het scherm. Ze zit in het verkeerde bestand. Daar moet hij straks even iets aan doen. Zijn hand trilt op de muis als hij de volgende foto aanklikt. De glazen flessen glanzen van het gebroken zonlicht, het blauwe oppervlak rimpelend als water. In de achtergrond de stijlen van een raam en daar weer achter een waas van bomen. Een oude flessenfabriek in Letland. Deze was bijna gekozen voor de Letse reisgids.

De zwerversgids, waar Michael voor werkt, geeft de voorkeur aan dit soort onconventionele foto's dat mensen aanspreekt die zichzelf liever niet als toeristen zien. De foto's op Michaels scherm zijn afgewezen, zelfs voor *Zwerversgids*-reizigers te onconventioneel. Nu Michael even is gestopt met werken kan hij zien wat er allemaal is overgebleven. Misschien vallen deze foto's, die geen andere functie hebben, wel in de categorie kunst.

Wanneer de zoemer van de intercom klinkt, kijkt hij verward om zich heen omdat hij even niet weet waar het geluid vandaan komt. Hij is nu tien dagen in deze flat, maar het geluid is nog steeds vrijwel nieuw voor hem. Hij staat op en tilt de hoorn van het toestel aan de muur. De zoemer klinkt opnieuw, dus drukt hij een knopje in.

'U hebt bezoek.'

'Weet je zeker dat je bij mij moet zijn?'

'Het is een meisje. Ze zegt dat ze uw nichtje is.'

'Mijn nichtje?'

'Dat zegt ze. Zal ik vragen hoe ze heet?'

Het is de Russische jongen, Yuri, die tegen hem praat.

'Ja, doe maar. Of, nee, stuur haar maar naar boven.'

'Nou, welke naam moet ze zeggen? Hoe heet uw nicht-je?'

'Godsamme, Yuri!'

'Sorry?'

'Waarom zou iemand zich voor mijn nichtje uitgeven?'

Yuri luistert niet. Michael hoort hem vragen stellen en een vrouwenstem die antwoordt. Zijn nichtje – maar welk van zijn diverse nichtjes, vraagt hij zich af, van diegenen die oud genoeg zijn om hier in hun eentje te komen opda-gen? En hoe wist ze waar ze hem kon vinden?

'Yasmin,' zegt Yuri, 'ze zegt dat ze Yasmin heet.'

'Yasmin? Dat kan niet kloppen. Weet je het zeker?'

'O, wacht even.' Er klinkt opnieuw gepraat dat Michael niet kan verstaan en vervolgens Yuri's stem die in de hoorn mompelt: 'Nu zegt ze weer dat ze Trinity heet. Is dat een naam?'

'Trinity. Ja, natuurlijk. En heeft ze nog iemand bij zich?'

'Nee, alleen dat meisje dat zegt dat ze uw nichtje is.'

'Yasmin, zei je.'

'Precies. Eén meisje, twee namen.'

'Nou, wie het ook is...'

'Ik vond dat ik het even moest checken, oké, want ze ziet er nogal uit als...'

'Als wat?'

'Niks. Sorry.'

'Vertel haar nou maar gewoon op welke verdieping ik woon, ja?' Yuri heeft opgehangen.

Dus Trinity is hier en noemt zichzelf Yasmin, naar haar grootmoeder.

Michael doet de deur open en kijkt de gang in, in de richting van de lift. Vanaf de andere kant hoort hij een sleutel in een slot draaien en er komt een vrouw op hem af, die haar rok gladstrijkt, een oorbel goed doet. Ze is ouder dan Michael – waarschijnlijk in de veertig – maar knap en elegant, gekleed voor een avondje uit. Hij ademt in en voelt de lucht zijn longen ingaan, is zich bewust van zijn eigen hartslag. Hij realiseert zich ineens dat hij nog steeds in zijn ochtendjas rondloopt, een afgedragen katoenen geval dat hij ongestreken uit een koffer heeft getrokken. Op een zeker moment gedurende de dag heeft hij er sokken bij aangetrokken om zijn voeten warm te houden, maar meer heeft hij ook niet aan. Hij brengt gegeneerd een hand naar zijn gezicht en voelt de stoppels. Hij knikt naar de vrouw als ze langsloopt. Ze richt haar blik snel op de lift met een strak glimlachje. Michael blijft even staan om haar na te kijken en ziet aan haar houding dat ze zich niet meer op haar gemak voelt. De vleug parfum herinnert hem aan iets wat hij heeft verwaarloosd.

Hij doet de deur op de klink en loopt de slaapkamer in om zich aan te kleden. Met één been in zijn broek hoort hij dat er wordt aangeklopt en dat de deur openzwaait.

'Oom Mike.'

'Hoi, ogenblikje.'

'Mag ik binnenkomen?'

'Natuurlijk. Ik kom er zo aan.'

Er wordt een tas op de grond geploft, langzame voetstappen, schoenen die piepen op vinyl.

Hij treft haar aan in de woonkamer waar ze uit het raam staat te kijken. Ze is somber gekleed – een donkere jurk tot op de knieën met een soort flodderige pyjamabroek eronder. Door die broek ziet de jurk eruit als een

kurta – misschien is het wel een kurta, al lijkt de hele outfit geïmproviseerd, bijeengeraapt in een tweedehandswin-
kel, uit de garderobe van andere mensen, en dat spijkerjasje er lukraak overheen. Ze draagt een hoofddoek die
van achteren is samengebonden zodat alleen in haar nek
het donkere haar te zien is.

Ze draait zich om en slaat haar armen om hem heen,
haar gezicht tegen zijn borst, en houdt hem stevig vast.
Haar handen zijn koud. Hij voelt de spanning uit haar
wegtrekken. Als ze hem weer aankijkt, staan er tranen in
haar ogen. Haar gezicht is smaller dan vroeger, maar niet
zo verfijnd als dat van haar moeder.

'Je laat je baard staan, oom Mike,' zegt ze, terwijl ze een
papieren zakdoekje tevoorschijn haalt. 'Ik kan me je niet
voorstellen met een baard.'

Ze draait zich abrupt om, om de kamer te bekijken, een
witte rechthoek met een bureau aan het ene uiteinde bij
het raam en een tafel en vier stoelen aan het andere uiteinde bij de keuken. De muren zijn leeg, afgezien van de
schroefgaten en schilderijhaakjes die zijn achtergelaten
door een vorige bewoner.

'Dus hier woon je.'

'Niet echt. Ik heb het te leen van iemand van mijn werk.'

'Mag ik de rest zien?'

'Als je wilt.'

Ze loopt de gang door. Ze doet Michael denken aan een
kat die eerst een paar rondjes draait voordat ze zich neer-
laat. Terwijl ze uit de slaapkamer komt, zegt ze: 'In elk geval geen rommel. Dat is al iets. Je moest het bij ons eens
zien. Op een goeie dag graven we een tunnel naar buiten
en mogen de spinnen er blijven wonen.'

Hij moet lachen om haar verontwaardiging. Hij ziet het

kind in haar. Het is de hoofddoek die haar ouder doet lijken dan zeventien. Ze heeft de teint van haar moeder. Was dat het, die hoofddoek die het haar uit haar gezicht hield, die okerbruine huid, die Yuri's achterdocht hadden gewekt?

Ze komt naast hem staan bij het raam en ze zwijgen even, uitkijkend over de daken in de richting van de krachtcentrale van Battersea. Het uitdunnen van de gebouwen in het middenplan duidt op de bochtige loop van de rivier. Recht onder hen staan steigers in de achterstraatjes. Er klinkt een knarsend geluid vanuit een slooppand.

'Trin, gaat het wel goed met je?'

'Natuurlijk, het gaat fantastisch.' Bij dat laatste woord klinkt haar stem ineens breekbaar en even lijkt het alsof ze het zichzelf niet toevertrouwt om door te praten.

Michael is ineens van zijn stuk gebracht door een herinnering aan Salema, aan die keer dat hij haar had aangetroffen in de straat waar hij op kamers was in Brighton, verward en wezenloos, alsof ze wakker was geworden tussen het afval en de gebroken flessen en geen idee had hoe ze daar terecht was gekomen.

Trinity staat nu met haar armen voor zich uitgestrekt, de handpalmen naar beneden gekeerd, als een dirigent die het volume tempert. Ze blaast langzaam haar adem uit. Rond haar mond een zweem van een glimlach. 'Maar het is niet Trin,' zegt ze, 'en niet Trinity. Niet meer. Dat hele drievuldigheidsgedoe van een-in-drie, drie-in-een heb ik achter me gelaten. Ik gebruik nu mijn tweede naam.'

'Ik wist niet dat Yasmin je tweede naam was.'

'Maar geen mens die dat weet, toch? Ik bedoel, eerlijk, oom Mike, hoe verzint ze het?'

'Je moeder?'

'Alsof het niet genoeg was dat ze zelf steeds weer in het gekkenhuis belandde. Moest ze me nou zo nodig een naam geven waarbij je meteen aan een gespleten persoonlijkheid moet denken?'

Michael lacht. 'Ze heeft haar geloof altijd erg serieus genomen.'

'Maar waarom dan niet Maria? Of Bernadette?'

'Bernadette had visioenen, hoor. Maria trouwens ook als je de Annunciatie meerekent. Allebei rijp voor het gekkenhuis.'

'Hoe dan ook, ik vind Yasmin mooi. Dat is wie ik ben.' Ze verkondigt dit met een schouderophalen terwijl ze wegloopt om haar inspectie van de flat voort te zetten, doet een bovenkastje in de keuken open, laat haar hand over het aanrecht gaan.

'Mis je haar, je grootmoeder?'

'Ik heb haar niet vaak genoeg gezien om haar te missen. Oma mis ik wel.' Ze bedoelde zijn moeder natuurlijk – nu bijna een jaar dood. 'Waarom was je niet op de begrafenis?'

'Ik was in Warschau.'

'Er zijn vliegtuigen. Zelfs in Warschau, mag ik aannemen.'

In Warschau – waar hij achter Irena Lipska had aan gezeten, die hem met grote ogen had aangestaard toen hij haar uiteindelijk had verteld dat hij van haar hield, en die haar lippen tot een O had gevormd alsof ze bellen ging blazen. *O, wat lastig! O, wat spijt me dat nou! O, wat een belachelijke misvatting!* Voor Irena Lipska had hij de begrafenis van zijn moeder overgeslagen – althans, het eerste bedrijf van haar begrafenis. Katherine had het allemaal uitgelegd in een mail. Moira Cartwright had in haar testament vastgelegd dat ze wilde dat haar lichaam aan een academisch ziekenhuis werd gedoneerd. Later zou er dan een cremate volgen. In de tussentijd moest haar stoffelijk overschot onvakkundig gefileerd worden door een student en moest de familie het stellen met een dodenmis. En stond Michael in een met gevallen bladeren overdekt park Irena Lipska's gezicht af te speuren naar de betekenis van de O die haar lippen vormden en haar blik die schichtig de bevroren bloembedden opzocht.

'Vonden ze het erg dat ik er niet was?'

'Weet ik niet. Ik vond het erg. Het was afschuwelijk toen ze doodging. Het huis leek zo koud. Ze hield altijd theemiddagen in de zitkamer en dan kwamen alle nonnen en soms de pastoor. Ik weet nog dat ze een stapel krantenknipsels onder de piano vandaan viste, en elk knipsel ging over een van jullie, die een prijs had gewonnen of een beurs had gekregen.'

'Nou, dan ging het in elk geval niet over mij.'

'Over papa, dan, er waren er een boel over papa, en oom Chris en tante Eileen.'

'En die stukjes stonden alleen maar in de krant omdat ze ze zelf had geschreven en ingestuurd. Ze was een eenvrouwspubliciteitsmachine.'

'Maar ze was zo trots op jullie allemaal. En ik moest toen om haar lachen, omdat ze daar met haar achterste in de lucht onder de piano stond te graaien. Ik had niet moeten lachen. Ik had beter naar haar moeten luisteren. Ik heb dagen niet kunnen eten toen ze dood was. En papa ging raar doen en opa, die altijd al raar was, werd nog raarder, maar ik dacht dat ik jou nu tenminste weer zou zien.'

Michael schrikt van deze aanhankelijkheidsverklaring. Hij vraagt zich af wat hij ooit gedaan heeft om die te verdienen, afgezien van het land verlaten. 'Zeg eens, Trin...'

'Yasmin. Je kunt me Yas noemen als je wilt.'

'Yas. Hoe wist je waar je me kon vinden?'

'Tante Kath had me verteld dat je voor *De zwerversgids* werkte. Die heb ik toen gegoogeld en het kantoor gebeld en uitgelegd wie ik ben.'

'Wat ondernemend van je.'

Ze kijkt hem uitdagend aan, alsof hij kritiek heeft geleverd. 'Oké, ik ben een cyberstalker. Maar iedereen doet het.'

'Ik vind het niet erg. Ik ben blij je te zien. Echt.'

'Maar?'

'Weet Kieran dat je hier bent?'

'Ik ben bijna achttien. Ik ga zo vaak ergens naartoe. Ik ga uit met mijn vrienden.'

'In Londen?'

'Soms. Waarom niet?'

'Misschien moet je hem even bellen.'

'Als je dat zo'n goed idee vindt, waarom bel je hem dan zelf niet?' Ze ploft neer op een van de eetstoelen. Met haar ellebogen op tafel laat ze haar hoofd in haar handen rusten.

Michael aarzelt. *Omdat ik hem, eerlijk gezegd, nogal intimiderend vind* – dat zou hij tegen haar kunnen zeggen. In plaats daarvan zegt hij: 'Omdat ik geen telefoon heb.'

Ze kijkt hem met open mond aan. 'Zelfs papa heeft een telefoon. Hoe kun je nou zonder?'

'Hoe kan ik wát zonder?'

'Je doet echt raar, weet je dat?'

'Ja, waarschijnlijk wel, ja. Sorry. Ik heb de laatste tijd niet veel met mensen gepraat. Ik ben niet meer in vorm.'

Ze haalt haar schouders op. 'Ik weet hier in de buurt

trouwens de weg. Mama heeft een tijdje in Camberwell in het ziekenhuis gelegen. Nu is ze in Peckham, in een soort doorgangshuis.'

Heel even krijgt hij een indruk van hoe het geweest moet zijn voor Trinity, met een moeder die heen en weer zwerft tussen thuis en elders, tussen de realiteit en de psychose – zoveel kieren waar je doorheen kunt vallen – en hoe het voor Kieran moet zijn geweest om haar op te voeden.

'Je bent toch niet van huis weggelopen, hè?'

'Doe niet zo dramatisch. Ik ben alleen maar een weekend weg.'

'Het is vandaag toch donderdag?'

'En morgen is het vrijdag.' Ze staat met een zucht op alsof ze zijn vragen vermoeiend vindt. 'Dus hier werk je.' Ongeduldig ijsberend is ze aangekomen bij het bureau. Ze raakt de muis aan en de monitor vult zich met kleur.

'Voorlopig wel.'

'Waar is dit voor?'

Het zijn de Letse flessen. Zijn hoofd staat er niet naar om over kunst te praten, als het dat al is, als het dat misschien wordt. 'Dat weet ik nog niet.'

'Het is prachtig.' Ze tuurt ernaar, opeens weer vol aandacht. 'Komt dat in een van je reisgidsen?'

'Nee. Ik ben even klaar met reisgidsen.' Nu hij het hardop zegt, klinkt het beangstigend leeg. 'We staan op het punt om een gids online te lanceren – een weekendje weg voor de prijs van een tandenborstel. Voorlopig ben ik daar wel even zoet mee.'

Ze lacht. 'Dat zou ik maar niet aan papa vertellen.'

'Dat kan zijn goedkeuring niet wegdragen, zeker.'

'Je kent papa. Hij zou er een hartverzakking van krijgen. Hij vliegt nooit. Hij weigert auto te rijden. Hij scheert zich met regenwater – eerlijk waar. Als het aan hem lag zouden we ons eten uit vuilnisbakken halen en ons in oude kranten hullen.'

Michael aarzelt. Hij weet niet of hij haar moet tegenspreken of met haar moet samenzweren en zwijgt, en omdat hij Trinity aankijkt, lijkt zijn zwijgen een onbedoelde betekenis te krijgen. Hij is zich ervan bewust dat wát hij nu ook zegt, gekunsteld zal lijken. 'Ik heb je nog niks aangeboden. Wil je een kop thee? Ik heb ook instantkoffie, als je koffie wilt.' Hij loopt de kamer door naar de keuken en doet de koelkast open. 'Er is hier wat kaas, en een paar tomaten. Ik heb pasta, als je van pasta houdt.'

'Is dat alles?'

'Ik ben vandaag het huis nog niet uit geweest. Wat vind je lekker? Hier in de straat is een tent waar je de hele dag kunt ontbijten.'

Ze legt hem met een blik het zwijgen op. Het blijkt dat ze al een plan heeft. Ze herinnert zich een Grieks restaurantje in de buurt van de National Gallery waar Eileen haar op haar vijftiende verjaardag mee naartoe heeft genomen.

Michael scheert zich en neemt een douche. Hij merkt dat hij van slag is door het bezoek. Het is alsof er een exotische vogel op zijn vensterbank is geland – hij heeft de neiging om zijn adem in te houden. Hij mag haar graag, dit kind van zijn broer dat zichzelf vroeger Trinity noemde. Hij heeft haar altijd graag gemogen. En als hij nu de neiging heeft haar twintig pond te geven en te zeggen dat ze maar een pizza moet halen, dan komt dat alleen omdat hij het West End nog niet echt aankan. Het is natuurlijk ondenkbaar dat hij haar eruit zou gooien, haar niet zou beschermen nu ze zich aan zijn zorg heeft toevertrouwd. Hij ziet haar als een glas dat elk moment kapot kan vallen. Die angst is een reflectie van zijn eigen breekbaarheid, dat weet hij ook wel. Hij ziet die af en toe weerspiegeld in afgematte moeders die bij de bushalte staan te hannesen met boodschappen en baby's, in verlegen kinderen die hun schooltas omklemmen en in al die fietsers, zigzaggend over de Walworth Road. Alles is breekbaar, en hij voelt zich te rauw om het aan te zien.

Na Warschau, na Irena Lipska, was hij naar het noorden en het oosten getrokken, had hij voor *De zwerversgids* projecten bedongen die hem van de Baltische staten naar Sint-Petersburg brachten, en van Sint-Petersburg naar Krasnojarsk en Irkoetsk, waar hij de troost van de afzondering en het lichamelijke ongemak had gezocht. Bijna een jaar lang had het werk hem op de been gehouden tot zijn redacteur hem had overgehaald een pauze te nemen. En nu zweeft hij al tien dagen hier in zijn flat boven de stad rond in zijn luchtbel, als een bezetene werkend aan een project waar hij maar niet echt greep op lijkt te krijgen en heeft hij alleen contact met de West-Indische vrouwen in de supermarkt, de Afghaanse mannen in de winkel op de hoek en de jongens van de beveiliging in de hal, die uit diverse delen van Oost-Europa komen. Met zijn ontwrichting als een holle ruimte in zijn borstkas heeft hij steeds het gevoel gehad dat hij niet opgewassen is tegen nog meer thuiskomen. Hij heeft overwogen Katherine of Eileen te bellen – is van plan ze binnenkort te bellen, zodra alles weer een beetje normaal is – maar had nooit kunnen denken dat Kierans kind hem uit zijn afzondering zou komen sleuren.

Als ze door de lobby naar buiten lopen, knikt Yuri hen toe, met de telefoon aan zijn oor. Sloffend door het straatafval vraagt Michael of hij erg moeilijk had gedaan, de Russische jongen in de lobby.

'Niet echt,' zegt ze. 'Hij dacht waarschijnlijk dat ik een Tsjetsjeense was, wat weer eens iets anders is.'

'Iets anders dan wat?'

'Dan voor een Pakistaanse te worden aangezien.'

Ze lopen langs de gewelven onder de spoorbrug en draaien hun hoofd opzij tegen de koude windvlagen. Tussen de stenen pijlers en het asfalt schieten gras en onkruid op. Onder een van de gewelven is een reparatiewerkplaats voor motorfietsen. Onder een ander een matrassenwinkel. Een van de bogen is met planken dichtgespijkerd. Lukraak over het hout verspreid hangen posters waarop obscure bandjes, gebedsbijeenkomsten en clubs in Zuid-Londen worden aangeprezen. Er zit een nieuwe tussen van een café waar je internationaal kunt bellen en tegen lage tarieven geld kunt overmaken naar Nigeria. Michael blijft even staan om er een paar foto's van te nemen. Uit gewoonte heeft hij een camera meegenomen.

Trinity loopt over school te klagen en dat iedereen aan haar hoofd zeurt dat ze naar de universiteit moet. 'En aan papa heb ik ook niks. Doe iets nuttigs, zegt hij, rechten bijvoorbeeld. Rechten ook echt! Pap, zeg ik tegen hem, zie ik eruit als een advocaat?'

Daar moet Michael om lachen – de felheid, maar ook de beweging die ze erbij maakt, het hoofd dat opzijgaat, de vingers die naar de grond wijzen.

'Hij wil natuurlijk dat je slaagt in het leven, een vast inkomen hebt.'

'Nee, hij wil dat ik mijn leven wijdt aan het verdedigen van het soort mensen dat in bomen woont en inbreekt in agrochemische fabrieken. Hij denkt dat dat meer zou uithalen dan die lullige nieuwsbrief van hem en dat blog dat niemand leest. En dat heeft hij goed gezien. In wezen is hij doodsbenauwd dat ik de hele boel net zo verpest als hij.'

'Heeft hij de hele boel verpest?'

'Het was niet zijn droom, toch, om thuis bij zijn ouders te wonen en leraar natuur en techniek te worden. Dat weet ik in elk geval wel.'

'Is-ie dat dan, leraar natuur en techniek?'

'Nou, milieuworkshophuppeldepupbegeleider, dan.'

Ze lopen via een woonwijk naar het Elephant and Castle-winkelcentrum. De daklozen in de onderdoorgang zitten te suffen of vragen mompelend om wat kleingeld.

'En dan zijn er nog de dingen waar hij nooit over praat.'

'Wat voor dingen?'

'Hoe weet ik dat nou? Hij praat er nooit over. Dat is 't hem juist.' Trinity's verontwaardiging echoot tegen de betonnen muren.

Ze lopen naar boven langs de ondergrondse markstalletjes waar de urinestank plaatsmaakt voor etensluchtjes en wierook en bedompte kleren, en nemen de trap naar het metrostation.

Wanneer ze bij Trafalgar Square uit het metrostation komen, is de schemering ingevallen. Hun adem is zichtbaar in de koude lucht als ze zich een weg banen door luidruchtige massa's toeristen en werknemers die de winkels en kantoren uit stromen.

'Volgens mij is het ergens aan die kant,' zegt Trinity en ze stapt van de stoep af in de richting van St. Martin in the Fields.

Michael ziet het gevaar eerder dan zij en trekt haar terug de stoep op. Een zwerm politiemotoren komt de heuvel af denderen in de richting van het grote kruispunt op de hoek van het plein. Daar waaieren ze zijwaarts uit en houden halt. De motoragenten, anoniem achter hun vizier, blijven met hun motor tussen de benen en met glimmende helmen en laarzen staan, om met een in kaphandschoen gestoken hand in de lucht het verkeer tegen te houden. Een dikke uitlaat schittert.

'Wat is er aan de hand, oom Mike?'

'Geen idee.'

Er verschijnen er nog meer uit dezelfde richting, gevolgd door een bestelbus met donkere ramen, die door de vrijgemaakte ruimte raast en de eerste zwerm motoren achter zich verzamelt.

En dan is alles weer zoals het was. Een paar hoofden kijken nog om, het verkeer rijdt stapvoets verder.

'Er zaten gevangenen in die bus, toch?' zegt Trinity.

'Ik denk 't.'

'Waarschijnlijk bruine mensen.'

'Denk je?'

'Nou, wat dacht jíj dan? Dat is wat er tegenwoordig in dit land gebeurt. En ik durf te wedden dat het nergens voor nodig was om dwars door Londen te rijden. Het is pure intimidatie.'

'Dat lijkt me nogal stug.'

'Nee hoor, ik wed dat ik gelijk heb. Vanwege de demonstratie zaterdag. Ze hopen dat mensen dan niet komen opdagen. Ze gaan vast nog meer van dat soort stunts uithalen.'

Michael weet van de demonstratie. En hij weet dat de oorlog er niet door voorkomen zal worden. Toen hij nog aan het rondtrekken was, met net genoeg kennis van het Russisch om zich te kunnen behelpen, had hij geprobeerd om vooral niet te veel vooruit te denken. Maar de geruchten op het internet waren onvermijdelijk geweest – Afghanistan volstond niet, nu was Irak aan de beurt. En de leiders en opiniemakers die denken dat democratie als onkruid zal groeien op platgebombardeerde plekken lijken alleen maar invloedrijker te worden naarmate de oppositie toeneemt.

Dus wanneer Trinity hem uitnodigt om met haar mee te gaan naar de demonstratie bedankt hij. Ze probeert hem uit alle macht over te halen, gaat zijwaarts naast hem huppelen over de stoep om hem in de ogen te kunnen kijken en ervan te doordringen hoe hard het nodig is.

'Ik zal erover nadenken, oké?' Hij weet dat zijn aarzeling mede wordt ingegeven door andere motieven – de intuïtie om zichzelf te beschermen tegen menselijk contact en de weerstand, die al van veel vroeger stamt, om zich bij wat dan ook aan te sluiten.

'Natuurlijk vindt papa het maar niks. Tenzij iedereen op de fiets komt. Hij zegt dat het sowieso om onbenulligheden gaat – dat ze alleen maar vechten om wie er in de ligstoelen mag. Ik zei: Pap, dat er zand is in Irak wil nog niet zeggen dat het één groot strand is.'

'Waarschijnlijk dacht hij aan de Titanic.'

'Hoe kun jij dat nou weten?'

In het Griekse restaurant worden ze door een vrouw, die schuifelt als een boetelinge, naar een tafel achterin gebracht, achter een smeedijzeren hekje. Ze strijkt het tafelkleed glad, legt twee menukaarten neer en steekt de kaars aan, waarna ze terugkeert naar haar kruk bij de deur. Terwijl de kelner water inschenkt, bestelt Michael een glas rode huiswijn en vraagt Trinity of zij er ook een wil. Ze schudt het hoofd.

'Je bent oud genoeg.'

'Weet ik. Daar gaat het niet om. Ik vind het gewoon niet lekker.'

'We zouden kunnen toosten.'

'Waarop?'

'Op wat dan ook. Op je toekomst.'

'Ik drink niet! Oké?'

'Met water dan.' Hij tilt zijn glas naar de kaarsvlam. 'Op jouw fantastische carrière, wat je ook besluit te gaan doen.'

Trinity duwt haar waterglas van zich af. 'Ik wou dat niet iedereen me de hele tijd onder druk zette.'

'Ik wilde je niet boos maken.'

'Ik ben niet boos.'

'Oké, je bent niet boos.'

Hij wacht op een weerwoord. Dan laat hij haar starend naar het menu achter en volgt de pijlen naar het toilet, één enkele ruimte in de kelder, tegenover de keuken. Het schrille licht onthult het primitieve loodgieterswerk, de onzorgvuldig geplaatste tegels, de uitstulpingen van specie en kit. Hij stelt zich voor hoe zijn vader zou gruwen van dit gebrek aan vakmanschap. Er loopt een draad van graffiti in verschillende handschriften langs de muur naar de wasbak.

Te veel fokking allogtonen in Londen

Leer 'ns spellen, kneus.

Teer op, nikkervriendje.

Racisten hebben kleine hersens.

Klopt. En een kleine lul.

Michael constateert dat er drie van de vijf vóór allogtonen zijn. Zestig procent. Kon slechter. Als hij zijn handen onder de kraan heeft gehouden en ze aan zijn broek heeft afgedroogd, neemt hij een paar foto's van de beschaduwde bobbels en deuken in het pleisterwerk en van een stuk van de spiegel waarin de afvoerpijp en een halvemaanvormig stuk wc-bril te zien zijn.

Als hij weer boven komt, staat zijn wijn op tafel en wat olijven. Trinity lijkt weer de oude.

'Als er souvlaki staat, oom Mike, wat voor soort vlees zou dat dan zijn, denk je?'

'Ik weet het niet zeker. Waarschijnlijk lamsvlees.'

'Maar bij de andere dingen staat lamsvlees als het lamsvlees is. Zou vleesspies varkensvlees zijn, denk je?'

'Zou kunnen. Hoezo eigenlijk? Wat is er mis met varkensvlees? Eet je het niet omdat het vastentijd is?'

'Ik vroeg het me alleen af.' Trinity kijkt hem snel even aan en richt haar blik weer op het menu. Er is een plotse concentratie in haar ogen en één hand gaat omhoog naar haar hals in een afwerend gebaar.

En hij begrijpt het. De hoofddoek, de nieuwe naam – alles valt op zijn plek. Hij staat versteld van zijn eigen traagheid van begrip. Ze heeft varkensvlees niet opgegeven vanwege de vasten, ze heeft de vasten opgegeven. Als de kelner komt bestelt Michael kebab en Trinity vraagt om iets vegetarisch, onverschillig, alsof het er opeens niet meer toe doet wat ze eet, alsof ze hier tegen haar wil mee naartoe is gesleept.

'Zeg eens, Trin... Yasmin. Is er iets aan de hand? Is er iets waar we over zouden moeten praten?'

Ze kijkt hem aan met een dreigende blik en het onderwerp lijkt gesloten.

Michael neemt net een slok wijn als Trinity hem vraagt: 'Wat is er gebeurd voordat ik werd geboren?'

Door de onmetelijkheid van die vraag proest hij de wijn door zijn neus naar buiten. Nog steeds sputterend zegt hij: 'Hoe ver wil je dat ik terugga?' Hij realiseert zich te laat dat het lijkt alsof hij haar uitlacht.

'Zie je wel.' Ze gaat staan en duwt haar stoel naar achteren tegen het smeedijzeren hekje. 'Dat is nou precies wat ik bedoel.'

'Trinity.'

'Yasmin!'

'Yasmin, ga alsjeblieft zitten.'

'Je moet het me eerst vertellen.'

'Ik weet niet wat je wilt weten.'

Even aarzelt ze, alsof ze iets wil gaan zeggen en dan draait ze zich om en loopt het restaurant uit. Michael gaat haar achterna en is zich bewust van de mensen aan andere tafels die zich naar hem omdraaien, verveelde paren die maar wat graag speculeren. Een vader die overhooplicht met zijn humeurige tienerdochter? Een engerd die achter een meisje aan zit dat maar half zo oud is als hij? Hij komt een paar tellen na haar bij de deur aan.

De oude boetelinge roept vanaf haar krukje: 'Gaat u al weg?'

'Ik ben zo terug.'

Een troep vrouwen komt taterend aanlopen over de stoep, ballonnen aan een touwtje achter zich aan. Ze dragen hoge hakken en boa's en te dunne jurken voor het weer. Michael baant zich een weg tussen hen door en rent achter Trinity aan naar het kruispunt. 'Kom alsjeblieft terug om iets te eten,' zegt hij. 'Je voelt je vast beter als je iets gegeten hebt.'

'Ik wil me niet beter voelen. Ik wil het weten.' Ze draait zich naar hem om en kijkt hem uitdagend aan. Haar gezicht is nat van de tranen. 'Wat is er gebeurd dat alles zo raar is geworden?'

Michael haalt zijn schouders op. 'Er is een heleboel gebeurd. Het leven is gebeurd.'

'Jullie zijn een tweeling, papa en jij, maar jullie praten niet eens met elkaar. Hoe zit dat dan?'

'Een twee-eiige tweeling. We zijn tegelijkertijd geboren, dus ging iedereen ervan uit dat we het prima vonden om alles te delen. In Berlijn leerde ik een Amerikaanse vrouw kennen die me vertelde dat ik nog steeds op zoek was naar een baarmoeder alleen voor mezelf. Zij dacht dat dat de reden was waarom ik niet met haar wilde samenwonen.'

'Waarom moet je overal een grap van maken?'

'Zíj vond het anders helemaal niet grappig.'

Er klinkt een snerpend deuntje uit de zak van Trinity's spijkerjasje. Ze trekt haar mobieltje eruit, klapt het met haar duim open, trekt een chagrijnig gezicht en klapt het weer dicht.

'Was dat Kieran? Was dat je vader?'

'Nee, dat was niet mijn vader. Waarom blijf je dat maar vragen?'

'Omdat ik aanneem dat hij bezorgd om je is.'

'Waarom zou hij bezorgd zijn?'

'Omdat hij je vader is.'

'En als hij nou eens niet mijn vader is?'

Hij speurt haar gezicht af naar de betekenis van die uitspraak. 'Waar heb je het over?'

'Ik heb het over een zwangerschap van elf maanden, die alleen mogelijk is bij een paard en voor het geval het je nog niet is opgevallen, mijn moeder is geen paard en ik ook niet.'

Hij wordt omstuwd door de vrouwen met de ballonnen en Trinity neemt weer de benen, nu in de richting van Covent Garden. Ze rent de stoep op en af om fietsers, voetgangers en taxi's te ontwijken, een vogel die verschrikt opvliegt van zijn vensterbank, en in de schemering alleen te herkennen aan haar bewegingen. Wat behoedzamer dan zij zet hij de achtervolging in en voelt zich overweldigd hier midden in de drukte van de straat, ten noorden van de rivier. Geuren uit concurrerende keukens vermengen zich. Hij strekt zijn hand uit om haar arm aan te raken.

'Ik heb ze erover horen ruziën,' zegt Trinity. 'Papa en mama, na de begrafenis van oma, waar jij niet zo nodig bij hoefde te zijn. Ze maakten afgrijselijke herrie over van alles. Wat hij háár had aangedaan, wat zij hém had aangedaan. Ik zat op mijn kamer met de koptelefoon op, maar ik kon ze nog steeds horen. Mama zei dat ze mij nooit verwaarloosd had omdat ze me altijd van een afstand in de gaten had gehouden, alsof ze mijn beschermengel is of zoiets. En toen zei papa het.'

'Wat? Wat zei hij dan?'

'Dat was dan zeker een wonder, zei hij, net als je zwangerschap van elf maanden. En de rest heb ik niet gehoord omdat ik uit het raam ben geklommen naar het dak.'

'Over de steigers?'

'Hoe anders? Die hebben er mijn hele leven al gestaan. Iedereen kon zomaar mijn slaapkamer binnen klimmen. Ze hadden net zo goed een bord neer kunnen zetten, VERKRACHTERS WELKOM. Het zou ze trouwens toch niks kunnen schelen omdat mijn moeder me in feite in de steek heeft gelaten en mijn vader mijn vader niet is. Dus waar blijf ík dan?' Ze laat haar tranen de vrije loop, haalt schokkend adem en blaast die weer uit in kleine snikjes.

Michael legt zijn handen op haar schouders en trekt haar zachtjes naar zich toe. 'Dat over die zwangerschap van elf maanden – je moeder verzon vroeger voortdurend van dat soort rare dingen.'

'Maar het was papa die het zei.' Trinity's stem klinkt gedempt tegen zijn jas. 'Alsof hij haar ergens van beschuldigde.'

'Van onzin uitslaan, waarschijnlijk.' Hij beweegt zijn hand over haar rug als om haar ademhaling glad te strijken. 'Ze was altijd haar eigen wonderen bij elkaar aan het fantaseren, haar eigen hysterische mystiek uit het niets aan het spinnen.'

Ze leunt tegen hem aan en maakt kleine keelgeluidjes. Achter zich op straat hoort hij gelach en gehaaste voetstappen en het gerinkel van fietsbellen.

†

De kerk van de Heilige Ursula en
de Maagdelijke Martelaressen

Vrijdag 14 februari 2003

Beste Michael,

Mocht deze brief je ooit bereiken, dan zul je je waarschijnlijk afvragen waarom ik na zoveel jaren stilzwijgen schrijf. Je was
steeds in mijn gedachten. Of eigenlijk moet ik zeggen: je drukte
op mijn geweten. Waarom precies zou ik niet kunnen zeggen. Er
zijn dingen waarvoor ik een verklaring schuldig ben en wanneer
ik aan die verklaring denk – wanneer ik probeer de woorden in
mijn hoofd op een rijtje te zetten – betrap ik me er meer dan
eens op dat jij het bent, Michael, tot wie ik me dan richt. Ik heb,
kortom, gerepeteerd wat er gezegd moet worden en zou dus de
woorden daarvoor paraat moeten hebben. Dat zou logisch zijn,
nietwaar? Maar de ene keer dat ik repeteer gebruik ik niet constant dezelfde woorden als de andere keer. Constant is slechts
de drang om te spreken. Die drang wordt steeds sterker. En ik
ontdek nu dat ook de tijd begint te dringen. Maar ik dwaal af.

Pastoor Gerard, de pastoor uit mijn eerste parochie, merkte
ooit op dat ik een geest had die geschikt was voor theologische
disputatie. Wat hij, op zijn eigen vriendelijke manier, bedoelde,
was dat ik niet deugde voor het troosten van treurende wedu-

wen, echtgenoten die worstelen met een verslaving aan de fles of de paarden en absoluut onbekwaam was voor de kansel of de biechtstoel. Jij vroeg me ooit je de biecht af te nemen, weet je nog – als grap, neem ik aan. Maar waarom zou je je dat herinneren? Al meteen bij onze eerste ontmoeting voelde ik me tot je aangetrokken. Jij had meer belangstelling voor mijn nichtje Peggy. En zij voor jou. En waarom ook niet? Ik was te oud en te onbeholpen om je vriend te zijn. Herinner je je eigenlijk nog iets van die dag, vraag ik me af. Die hitte? En ik, smorend in mijn soutane? Je liet me achter op de veemarkt en daarna weer aan de rand van de dansvloer in het parochiehuis, en nog een derde keer in een bar waar Peggy aan het spelen was, waar je me mee naar binnen had geleid. En het duurde bijna een jaar voordat ik je weer zou zien.

Ik weet dat ik je had gekrenkt door mijn lompe schending van je privacy. Mijn aanwezigheid had Peggy de hele avond al in verlegenheid gebracht. Achteraf waren we allemaal enigszins gegeneerd, geloof ik, zelfs Peggy, al was dat nooit aan haar af te zien – haar leven lang heeft ze de wereld wijsgemaakt dat ze een heiden is, geen schaamte kent. En ik geef toe dat ik echt overrompeld was door jullie twee, daar in de schaduw van de kerk tussen de grafstenen, met jullie geluiden in het donker. Ik voelde me toen onbeholpen en ik voel me nu onbeholpen. Ik ben kapelaan geweest, Michael, en al meer dan tien jaar pastoor, en het was mijn plicht om koppels voor te bereiden op het huwelijk en om echtparen met huwelijksproblemen te begeleiden, en ik heb een taal geleerd voor zulke gelegenheden. Maar ik struikel nog steeds wanneer ik van mijn tekst moet afwijken. Ik zeg dit zonder trots. Ik hoop dat je dat begrijpt. Mocht er in mijn jongere jaren al een tijd zijn geweest waarin ik mij boven dit soort zaken verheven voelde, tegenwoordig heb ik zulke gevoelens niet meer. Het is niets dan zwakte.

Ik ben natuurlijk beschermd opgevoed, maar de deformerende onschuld die mij van mijn adolescentie tot mijn vroege volwassenheid tekende, kan niet aan de bekrompenheid van mijn opvoeding worden geweten. Mijn grootmoeder was een vrome vrouw. Ze was ouderwets en weigerde een televisie of een platenspeler in huis te nemen. Ik zou willen dat ik meer te zeggen had over mijn grootvader. Wat ik zeker weet, is dat hij bij mijn grootmoeder onder de plak zat. Hij was een reiziger in kerkelijke parafernalia – hosties en altaarwijn, houtskool en wierook, die in alle wierookvaten van County Wicklow werden gebrand. Die artikelen vormden de hoofdmoot van zijn handel. Kostbaarder stukken konden uit de catalogus worden besteld – misgewaden en geborduurd linnengoed, ampullen en kelken en andere vaten, gegraveerde kruiswegstaties ingelijst achter glas. Mocht hij tijdens zijn reizen al gedronken hebben, dan is mij dat niet bekend. Thuis dronk hij in elk geval niet. Volgens mijn grootmoeder was hij als jongeman al ridder van de blauwe knoop geworden, al heb ik hem daar nooit over gehoord. Er waren in dat huis een boel dingen waar niet over gesproken mocht worden. Ook ik zat bij mijn grootmoeder onder de plak.

Maar op school was het natuurlijk onvermijdelijk dat ik in contact kwam met mijn klasgenoten. Ik zag hen in de pauze spelen op het schoolplein en hoorde hun grappen in de klas wanneer meneer Ryan, nog voordat de bel aan het eind van de les was gegaan, naar de wc rende, of pater Byrne te laat kwam omdat hij bij Farrell aan de overkant nog even een blikje pijptabak was gaan kopen. Op straat liepen er meisjes voorbij en ze zaten samen met ons in de bus. Ik nam nota van de platvloersheid van mijn leeftijdgenoten met een gevoel van vernedering dat ik toen nog niet kon verklaren. Gold dat gevoel hun, omdat zij zulke dingen konden zeggen? Of gold het mijzelf, omdat ik het niet kon? En alles van seksuele aard wat zich tussen hen afspeelde, observeerde ik als door het rasterraampje in de biecht-stoel; ik hoorde de woorden die werden gesproken, maar zag in het duister slechts gefragmenteerde deeltjes. Dat was een blindheid die ik met me mee de wereld in droeg. De kanalen via welke anderen de gewoonten van vloeken en ontucht leren wa-ren voor mij afgesloten. Dat valt mijn grootouders niet te ver-wijten, want wie is er voor de inwijding in deze mysteriën nu af-hankelijk van de volwassenen die hem opvoeden?

Mijn grootmoeder was een vrome vrouw en van haar leerde ik de regels van vroomheid, waaraan ik mijn hele leven steun heb gehad. Zij was in alles een moeder voor mij. Mijn eigen moeder stierf toen ik nog maar net drie was. Zij was geen sterke vrouw. Ze stierf aan complicaties tijdens haar tweede zwanger-schap. Toen ze nog maar nauwelijks in leven was, werd het kind dat ze acht maanden in haar buik had gedragen met de keizer-snee gehaald. Het kind, het meisje dat mijn zusje zou zijn ge-weest, overleefde het niet en dus werd ons halve gezin wegge-scheurd. Ik herinner me mijn moeder, al is me mijn hele leven lang voorgehouden dat dat onmogelijk is, dat de geest van een driejarige nog te week is om er een herinnering in te griffen, of dat een dergelijke herinnering te diep begraven zou zijn onder de warboel van latere indrukken. Er zijn foto's waarmee ik ben opgegroeid en verhalen over mijn vroege jeugd. Daaruit, houdt men mij voor, heb ik mijn herinneringen geconstrueerd. Maar ik draag gevoelens in mijn binnenste die daar niet geplant kun-nen zijn. Ik herinner me dat mijn moeder een liedje zong terwijl ze de was ophing, opeens een vochtig laken in mijn gezicht, en haar in nylons gestoken kuiten waar ik me aan vastklemde als ik troost zocht.

Dat is waarom ik je benijdde om je familie – al die verwikke-lingen, al dat musiceren en ruziën. Ik geloof dat ik vanaf het be-gin half verliefd op jullie was. Op jou, Michael, en op jullie allemaal samen. Ik benijdde je, die eerste zomer in Kilross. Jij zag de boosheid van je ouders. Ik zag hun intense betrokkenheid bij jullie allemaal, vooral die van je moeder. Hoe kon je weten hoe sluw, hoe listig ze werkte aan een goede toekomst voor jullie? Ik heb nog niet zolang geleden gehoord dat ze is gestorven aan een beroerte en vond het jammer dat ik het niet eerder had gehoord, zodat ik bij haar begrafenis had kunnen zijn. Dat was ongetwijfeld een grootse familiebijeenkomst. Ik heb je vader geschreven, maar ik heb niets van hem gehoord.

We hebben brieven uitgewisseld, je moeder en ik – ik vraag me af of ze je dat ooit heeft verteld – toen ik in Dublin studeerde en later, toen ik kapelaan was in Londen en het idee had er niets van terecht te brengen. Er waren zoveel dingen waar mijn grootmoeder aanstoot aan nam, zoveel dingen die ik haar niet kon vertellen, dat ik haar in mijn brieven alleen maar wilde behagen. De brieven aan je moeder schreef ik om mezelf te behagen – om de scherpe randjes van mijn eenzaamheid te halen. De brieven die ze terugschreef waren in die jaren een grote troost voor mij. Ik heb ze allemaal nog ergens. Ze maakte zich zorgen om al haar kinderen, maar in die tijd was jij voor haar een bijzondere bron van zorg. Je werkte toen voor je vader als huisschilder en volgde cursussen aan de technische school waarvan zij vreesde dat ze tot niets zouden leiden. Ze vertelde me meer dan eens dat je de weg kwijt leek te zijn.

Maar ik zie dat ik mijn poging om mezelf te verklaren heb verprutst en dat ik in mijn verhaal nauwelijks verder ben gekomen dan onze eerste ontmoeting.

Natuurlijk deins ik ervoor terug om open over mezelf te spreken. Ik heb me hier niet begeven in een *apologia pro vita sua*, maar aan het afleggen van wat verborgen was. Toen ik 'afleggen' schreef had ik het simpele beeld voor ogen van iets waarvan men zich ontdoet, maar ik zie nu dat het eveneens doet denken aan een lichaam dat wordt gereedgemaakt voor het graf. En het herinnert me eraan dat deze brief is ingegeven door nog iets anders, waarover ik je nog niets heb verteld. De tijd nadert dat ik in het reine moet komen met God. En voordat ik mag hopen op absolutie, dien ik een poging te doen om alle schade die ik wellicht heb berokkend, te herstellen.

Ik vraag me af of ik nog steeds op je vriendschap mag rekenen. Ik geloof van wel. Maar het schrijven van deze brief moet een geloofsdaad zijn. Ik weet eigenlijk niet wat ik van je moet vragen, behalve dat je de brief ten einde leest. Ik hoop dat het ons dan beiden duidelijk zal zijn. En misschien zal er nog veel meer duidelijk zijn geworden wanneer dit relaas eenmaal is voltooid en naar het adres van je ouders gestuurd – of liever gezegd, van je vader – het enige adres dat ik heb, waar het, zo God het wil, bij jou terechtkomt.

Ik heb een uur verspild en er wachten mij nu andere plichten. Ik heb verlof aangevraagd en er valt daarom een boel te regelen in de parochie. Morgen, of wanneer ik in de gelegenheid ben, zal ik hiermee een nieuwe start maken.

Cheltenham, december 1982

Meneer Koppel boog zich over Michaels schouder om iets aan te wijzen in zijn tekening. Zijn wijsvinger was bij de nagel bruin van de nicotine en besmeurd met zwarte houtskoolvlekken. 'Dit begint te werken,' zei hij, 'die knie.' Hij had een diepe bromstem. 'Alleen maar een paar lijntjes, zie je, en je hebt de vorm van het bot onder de huid. Maar hier, kijk, de kin lijkt niet vast te zitten aan de hals. Deze lijn is ook een beetje grof, vind je niet? En kijk nog eens naar de verhouding van de voet. Vanuit deze hoek zou je hem meer moeten verkorten. Snap je wat ik bedoel?'

'Ja. Sorry.'

'En maak je in 's hemelsnaam niet zo druk. Je hebt nog tijd zat. Je bent op de goede weg. Oké?'

'Oké.'

Hij liep verder en Michael kwam tot de ontdekking dat hij zijn adem had zitten inhouden.

Terwijl de leerlingen hun spullen inpakten, drong meneer Koppel erop aan dat ze moesten blijven oefenen. 'Er is een vakantie in aantocht, dames en heren. Laat het niet versloffen. Het is net als fietsen. In beweging blijven of je valt om. Teken jullie familie met de kerst. Leg ze vast terwijl ze in beweging zijn – schetsjes van een minuut. Dat vinden ze vast niet erg, want ze zijn toch veel te druk met zich vol te vreten. Tante Mavis die even een uiltje knapt na het kerstdiner. Haal je schetsboek en potlood tevoorschijn. Misschien trekt ze zelfs haar kleren uit, als je het lief vraagt.'

'Meneer Koppel!' zei een van de meisjes, terwijl de jongens grinnikten van de pret.

Meneer Koppels mond opende zich in een lach die alle rimpels in zijn gezicht herschikte. Het was een hese, raspende lach waarbij zijn tanden zichtbaar werden, die kleine donkere barstjes hadden als oud aardewerk. Michael vond het interessant dat deze zoutzak van een man het respect van de klas wist af te dwingen. Dat kwam natuurlijk doordat hij zo fantastisch kon tekenen – door zijn vermogen om potloodstreepjes op papier te zetten, zo fijn als visgraatjes, of om met een paar krachtige houtskoolvegen de menselijke vorm tevoorschijn te toveren.

In de hal had iemand een paar kerstslingers opgehangen, maar dat was ook zo ongeveer alles wat erop wees dat Kerstmis in aantocht was – heel anders dan op de oude school, waar nu adventliedjes werden gezongen en de traditionele vormen van geoorloofde ordeloosheid waren losgebarsten. Gewoonlijk beviel Michael dat wel aan het technisch college, dat het er zo volwassen en zakelijk aan toeging – dat er geen tijd werd verspild, gewoon elke dag een uur voor elk vak en als je niet kwam opdagen was dat jouw probleem. Gewoonlijk voelde het goed om ergens te zijn waar je met rust werd gelaten, waar de naam Cartwright niets betekende en je met een schone lei kon beginnen aan een nieuw verhaal over jezelf. Maar toen hij vandaag de donkere straat in liep, waar de lucht tintelde en vagelijk naar houtvuur rook, vond hij het toch even jammer dat hij de eindejaarsrituelen zou mislopen.

Hij liep tussen georgiaanse huizen onder bruingebladerde beuken door in de richting van de stad, voelde de kou in zijn nek en wilde maar dat er iemand was met wie hij kon lachen om meneer Koppel en diens idee om een naakt te tekenen van tante Mavis. Hij zou het strakjes aan Kieran kunnen vertellen, maar Kieran was waarschijnlijk aan het repeteren met Salema.

Het was een schok geweest toen Kieran had verteld dat ze samen in een concert zouden gaan spelen. 'Salema Nikolaidis,' had Kieran gezegd. 'Je weet wel, dat meisje van de kloosterschool dat soms pianospeelt bij het orkest.' En toen was ze na school opeens bij hen thuis op gaan duiken en had Michael aan de gedachte moeten wennen dat ze er was, maar niet met hem.

Er reed een bus zeven weg bij de bushalte. Hij zou moeten wachten. Hij liep de krantenkiosk binnen voor de warmte. Vanaf een krant met een kop over stijgende werkloosheid staarde het gezicht van Nigel Lawson hem aan, een van de helden van zijn vader. Zijn blik ging omhoog naar de bladen op de bovenste plank.

'Michael?'

Hij keek om. Het was pater Kenton van school.

'Aan 't dagdromen?'

'Nee, pater.'

'Ik vroeg hoe het met je Schopenhauer gaat.'

'O! Best wel goed, pater.' Het was al maanden geleden dat hij nog aan Schopenhauer had gedacht.

'Mooi zo. Ik heb altijd bewondering gehad voor je verfijnde smaak.'

Michael vroeg zich af of dat een steek onder water was. Had pater Kenton gezien dat hij naar de pornoblaadjes stond te kijken? Tot zijn ergernis voelde hij dat hij bloosde.

De priester stond hem nog steeds op te nemen. 'Misschien geloof je het niet, Michael, maar ik vond het jammer om je te zien gaan.'

'Ik had weinig keus, toch?'

'Nou, dat weet ik nog zo net niet.'

Vanuit zijn ooghoeken zag Michael een groen waas voorbijgaan en toen hij zich naar het raam draaide zag hij de bus wegrijden. 'Verdomme!' Het was weer een bus zeven. Die was dus te vroeg. Of de andere was te laat geweest.

'Jouw bus?'

'Ja, pater.'

'Ik kan je wel een lift geven als je het niet erg vindt om nog een ogenblikje te wachten. Ik moet alleen nog even wat genotsmiddelen scoren.'

Dat soort dingen had pater Kenton ook altijd in de klas gezegd om je duidelijk te maken dat hij een toffe peer was, dat hij wist wat er te koop was in de wereld, ook al was hij een leraar, ook al was hij een priester. Hij droeg zijn karmelietenhabijt zo op zijn eigen manier, met het scapulier naar één kant gedraaid en het uiteinde van de riem los bungelend. Michael wachtte terwijl hij een pakje sigaretten en wat pepermuntjes kocht en toen liepen ze samen naar de auto.

'Ik hoorde van je broer dat je een paar vakken volgt aan het technisch college.'

'Ja, pater.'

'Hoe is dat?'

'Wel goed. Prima eigenlijk.'

'Prima?'

'Ja, pater.'

'En de vakken, bevallen die wel? Wat doe je precies? Volgens mij zei Kieran...'

'Alleen tekenen en economie. De rest van de tijd moet ik werken.'

'Tekenen en economie. Dat is een interessante combinatie. Waarom economie?'

'Omdat het een cursus van één jaar is, net als tekenen.' En, had hij er nog aan kunnen toevoegen, omdat het een vak was waar hij nog nooit voor gezakt was.

'Als je er nog een vak bij deed, zou je misschien verder kunnen in stadsplanning, of iets dergelijks.' Ze voegden zich in de verkeersstroom. 'Wat lees je zoal tegenwoordig?'

'Van alles. Een boel over Ierse geschiedenis.' Er viel een stilte en Michael had het gevoel dat hij nog iets moest zeggen. 'Ik had geen idee dat het al zo lang aan de gang was.'

'Ierse geschiedenis? Al zolang als er Ierse mensen zijn, neem ik aan, en er iemand was die dingen opschreef.'

'Nee, ik bedoel de vreselijke dingen die de Engelsen de Ieren hebben aangedaan.'

Pater Kenton trok een wenkbrauw op. 'Weet je zeker dat je de juiste boeken aan het lezen bent?'

Michael haalde zijn schouders op. 'Ze komen uit de gemeentebibliotheek.' Hij had geen zin in een discussie. 'Is dit uw auto, pater?'

'Hij is van de orde. Voor iedereen die hem nodig heeft. Wij hebben het communisme veel eerder uitgevonden dan Marx. Ik had hem nodig omdat ik naar een oecumenische kerkdienst in de methodistenkerk moest.'

'Dolle pret, zeker?'

'Het is leuker als zij bij ons komen. De methodisten

78

schenken geen drank, dat is een nadeel. Ze waren er allemaal, de anglicanen, de baptisten, de quakers. Ik ben ervoor om alle barrières te slechten, zei ik tegen ze. Wanneer jullie ook maar thuis willen komen, onze deuren staan altijd open. Altijd goed voor een open doekje. Ze denken dat ik het grappig bedoel.'

Michael deed een poging tot grinniken. Pater Kentons manier van doen, die hij op school altijd wel leuk had gevonden, bleek net iets te veel van het goede als je maar met z'n tweeën was.

'Het was niet nodig geweest, weet je,' zei pater Kenton met een korte blik in zijn richting. 'Ik ben ervan overtuigd dat we iets hadden kunnen regelen.'

'Wat bedoelt u, pater?'

'We zouden je teruggenomen hebben. Je had een paar herexamens kunnen doen, wat inhaallessen kunnen volgen. We zouden een programma voor je hebben bedacht.'

Ze reden stapvoets door High Street, langs de verlichte etalages, onder de kerstverlichting door.

'Je bent erg stil, Michael. Is er soms iets wat je dwarszit?'

'Nee, pater.' Dat was gelogen, natuurlijk. Er was een heleboel wat hem dwarszat, een hele zooi aan dingen. Hij was er niet op bedacht geweest dat pater Kenton zo aardig tegen hem zou doen. Hij voelde zich stuurloos nu de banden met de school die hij altijd had gehaat waren doorgesneden. Het was meer dan alleen Salema. Het was het verdriet van een deur die voorgoed was gesloten, het wrakgoed van ongelezen boeken en onvoltooide werkstukken dat hij daarbinnen had achtergelaten.

'Vertel eens, Michael. Misschien gaat het me niks aan, maar ik ben er nieuwsgierig naar. Je bent altijd een beetje een raadsel voor me geweest. Een intelligente jongen, zoals jij, die zo matig presteert. Zijn er soms problemen thuis?'

'Wat voor problemen?'

'Nou, ik weet niet. Ik kan me zo voorstellen dat het moeilijk voor je is – met al die broers en zussen – geen plekje voor jezelf. Met hoeveel zijn jullie ook weer zei je – zeven toch? En jij daar midden tussenin.'

'Samen met Kieran.'

'Klopt. Dus je zult wel geen eigen slaapkamer hebben, neem ik aan.'

'Ik slaap met Kieran op een kamer, pater. En soms ook nog met Christopher, als die van de universiteit thuiskomt. Het ligt eraan hoeveel er thuis zijn.'

'Heb je daar last van, van dat gebrek aan privacy? Zijn er ook weleens momenten alleen voor jezelf?'

'Soms ga ik hardlopen. En ik ga er vaak op uit met mijn schetsboek.'

'Maar thuis, heb je daar wel privacy? Op je slaapkamer, bedoel ik, of op de badkamer. Er zit toch zeker wel een slot op de badkamerdeur?'

Het was een rare vraag, vond Michael, en pater Kenton stelde hem op een rare manier, zo zachtjes dat zijn stem nog maar net hoorbaar was boven het geluid van de motor. Natuurlijk was er een slot, een oud vijftien centimeter lang schuifslot dat zijn vader uit een sloappand had gered. Wat voor huis had er nou geen slot op de badkamerdeur? Hij was er zich van bewust dat pater Kenton hem even van opzij opnam en toen weer door de voorruit keek. Ze hadden de warenhuizen achter zich gelaten en het enige licht dat er zo links en rechts nog was, kwam van flats en kantoorgebouwen. De priester schraapte zijn keel ter voorbereiding op de volgende vraag.

'Want ik vroeg me af... of je zo bent opgevoed dat je je op je gemak voelt met je lichaam?' Zijn glimlach was nog dunner dan anders.

Terwijl Michael zat te twijfelen wat hij hierop moest antwoorden, wat het precies inhield om je op je gemak te voelen met je lichaam, werd de stilte drukkend.

'En ik vroeg me af of we je op school misschien op bepaalde manieren teleurgesteld hebben. Onze straffen bijvoorbeeld, zou je wellicht... ongevoelig kunnen vinden. Ik weet niet of jij ooit...' Pater Kenton zweeg even alsof het hem moeite kostte om een ingewikkelde gedachte tot uitdrukking te brengen. 'Of jij ooit met het riet bent geslagen?'

Michael begon zijn antwoord met een onduidelijk geluid. Hij voelde dat hij er niet op kon vertrouwen dat hij met vaste stem kon spreken. De simpele vraag had een ongewoon gewicht gekregen. 'Ja,' zei hij ten slotte.

'En waar ben je geslagen? Je vindt het toch niet erg dat ik dat vraag, Michael?'

'Nee, ik denk het niet, pater. Op de kamer van pater Brendan, meestal.'

Er trok even een geamuseerd trekje over het gezicht van de priester. 'Ik bedoel, op je handen of ergens anders?'

'O ja, op de handen. Behalve als pater Ignatius het deed. Maar dat was maar een paar keer.'

'En dat was... anders?'

'Hij liet me vooroverbuigen over een stoel.'

De priester zoog scherp zijn adem naar binnen en maakte een beweging alsof hij kramp in de buik had. De stilte in de auto beukte tegen Michaels oren. Zijn ledematen leken opeens onhandig lang. Het voelde alsof zijn hoofd zich had losgemaakt en nu op een hoogte zweefde waar geen lucht meer was. Onder hem bleef de auto maar dreunen en slingeren en de weg als een touw naar zich toe trekken. Op de stoep duwde een jongen zijn fiets voort langs rijtjeshuizen, een vrouw in een sari draaide met een sleutel een voordeur open en stapte naar binnen.

'Je moet dat soort dingen niet verdringen, Michael.'

Hij schrok ervan dat hij de stem zo dichtbij hoorde.

'Ik zou je kunnen helpen, weet je. We zouden kunnen praten.'

'Sorry.' Michael maakte zijn gordel los en probeerde het portier open te krijgen. 'Ik ben iets vergeten. Ik moet terug naar de stad. Ik moet er hier echt uit, ik kan van hieruit wel lopen.'

'Wat doe je?'

'Ik kan een bus nemen.'

De deur zwaaide open en Michael voelde zich overhellen boven het waas van asfalt.

'Ik stop wel. In godsnaam!' De hand van de priester graaide naar zijn arm.

De wieldoppen schraapten langs de trottoirband en ze stonden stil. Michael zette zijn voet op de stoep en bleef even zitten. Een vrouw, die naar buiten kwam uit de Ster van India met haar afhaalmaaltijd in een plastic tasje, keek naar hem. Toen liep ze weg, langs de gereedschapswinkel die al gesloten was met metalen tralies voor de etalage.

'Dat was erg gevaarlijk.' De stem van pater Kenton trilde.

Michael hees zich omhoog uit de stoel. 'Ik loop wel vanhier.'

'En meer heb je niet te zeggen?'

'Sorry. Ik wilde niet...'

Nu was de priester ook uitgestapt en hij keek Michael over de auto heen aan. 'Michael! Alsjeblieft!'

Michael wachtte met zijn blik op de grond gericht.

'Het was ongevoelig van me. Ik had me moeten realiseren – dit is pijnlijk voor je.'

De lucht voelde koud aan in Michaels keel, grote teugen lucht, alsof hij gerend had. 'Bedankt voor de lift,' zei hij en liep een zijstraat in met zijn tas in zijn armen. Achter zich hoorde hij de portieren dichtslaan, eerst het ene, toen het andere, en de auto wegrijden met een schrapend geluid van aluminium langs beton.

Hij liep door straten met rijtjeshuizen van rood baksteen en twee-onder-een-kapwoningen met erkers, tot hij zich wat kalmer begon te voelen en ging toen met een boog terug in de richting van thuis. Er trokken wolken langs de maan die het oude huis in steeds diepere schaduwen zette. Op de zuilen van het portiek bewogen de verfbladders als motten. De voordeur zou wel afgesloten zijn. Zich omhoogtrekkend aan de steigerpalen klauterde hij aan de zijkant de helling op, waar het huis op stond.

Toen hij bij de veranda kwam, liep hij onder het glazen afdak door langs bergen hout, overtollige steigerbuizen en een stapel klapstoelen, waarvan het canvas aan het wegrotten was. Het glas boven zijn hoofd was gebarsten en vlekkerig. Erdoorheen zag hij rechthoekige en ruitvormige stukken lucht met kartelige randen. Takken van de blauweregen hadden zich door de smeedijzeren steunen gevlochten. Toen hij stilstond in het licht dat door het raam van de woonkamer naar buiten viel, zag hij Salema. Zijn moeder zei iets tegen haar. Katherine en Emily liepen wat onbestemd in de kamer rond alsof het huis tot deze ene ruimte was ingekrompen en er elders geen zuurstof meer te vinden was.

Salema stond op haar tenen bij de schoorsteenmantel met een ingelijste foto in haar hand. Het was vast een van de knipsels van zijn moeder uit een plaatselijk sufferdje – iemand in het gezin met een muziekprijs of met een brief waarin een studiebeurs werd toegekend. Wat zou Salema vinden van zulke opschepperij?

Hij hield een nies in. Katherine liep bij de anderen vandaan om door het raam naar buiten te turen. Michael stapte opzij en liep naar de achterdeur.

De keuken lag vol met oude babykleertjes; over de tafel en het aanrecht en de stoelen hingen mutsjes en jurkjes en piepkleine gebreide wantjes. Vier paar met kant afgezette babyslofjes lagen naast elkaar op de broodplank.

Katherine kwam vanuit de gang de keuken binnen. 'O, jij bent het. Ik dacht dat jij het was.' Ze keek verlegen toe hoe hij de keuken rondkeek.

'Wat is dit allemaal?'

'Mama is aan het opruimen.'

'Maar waarom babykleertjes?'

'Voor het geval Eileen in verwachting is.'

'Denkt ze dat dan?'

'Mama weet het niet, maar Eileen belde op om te zeggen dat ze gaat trouwen.'

Emily kwam naar binnen, zingend. 'Ei-leen gaat trou-wen, Ei-leen gaat trou-wen,' terwijl ze een soort dansje deed. Ze pakte Katherine bij de hand. Katherine deed mee, maar zonder overtuiging omdat ze zich opgelaten voelde onder het oog van haar oudere broer.

'Mis-schien is ze zwa-nger,' zong Emily. 'En dan word ik tan-te.'

Moira Cartwright kwam binnen stuiven met een theepot. Haar gezicht stond bezorgd. 'Michael, je bent thuis. Stil, jullie twee. Michael, ik ben bekaf. Ik heb met die vriendin van Kieran zitten praten, dat Indische meisje.' Ze zette de pot op het fornuis en de waterketel op de kookplaat. 'Heb jij enig idee wat er gaande is tussen die twee?'

Michael haalde de schouders op. 'Dat moet je mij niet vragen.'

'Ik wil alleen niet dat hij domme dingen gaat doen. Eileen belde ook al om te zeggen dat ze gaat trouwen met een jongen waar we niets vanaf weten, en ze heeft nog niet eens haar studie af. Kieran heeft nog jaren te gaan voordat hij dokter is. En ze is een hartenbreekster dat meisje, dat zie je zo. Toen ze nog maar één keer in de week hier kwam, heb ik er niets achter gezocht, maar ze is maandag en dinsdag hier geweest en nu is ze er weer. Ik kan net zo goed een bed voor haar opmaken, dan hebben we het maar gehad. Weten we eigenlijk wel of ze katholiek is, of van welk geloof dan ook?'

'Ze zijn aan het repeteren, meer niet. Binnenkort is het concert.'

'Er zit vast meer achter, let op mijn woorden, ook al heeft Kieran het net zomin door als jij. Jullie zijn geen van beiden erg snugger.'

'Waar is Kieran trouwens?'

'In de kerk met pater Dolan en het kerkkoor. Hij moet op het harmonium spelen in de nachtmis. Pater Dolan hoopt dat je komt meezingen.' Ze keek omhoog naar de klok. 'Hij had al een halfuur terug moeten zijn.' Ze tilde de waterketel op met een ovenwant en vulde de theepot opnieuw. 'Kom even mee naar binnen, Michael, en praat met haar.'

'Waarover dan? Ze is hier niet voor míj. En zeg maar tegen pater Dolan dat ik niet naar de nachtmis kom, dat ik nooit meer naar welke mis dan ook kom.'

'Hier, neem mee en hou op met onzin praten.' Ze gaf hem een dienblad aan met de theepot erop en een extra kop-en-schotel. 'Ik weet niet wat jou bezielt. Zeg maar dat ik zo kom met de cake. Katherine, jij blijft hier en schilt de aardappels.'

Katherine sloeg met een zucht haar armen over elkaar en keek Michael aan met een verslagen blik. Hij liep met de theepot en Emily in zijn kielzog naar de huiskamer.

Salema stond een keramieken ornament te bekijken dat aan de muur hing. Boven haar hoofd hing een ingelijste reproductie van de ontmoeting van Dante en Beatrice. Het hele huis was gemeubileerd met koopjes van veilingen en toevallige vondsten uit slooppanden. De zitkamer was gespecialiseerd in sjofele grandeur – koperen lampen en oude kleden en leren leunstoelen waar in de naden het paardenhaar doorheen piepte. De opgezette vos die over de schoorsteenmantel sloop, staarde Michael aan met een glazige blik. Salema had hem nog niet opgemerkt.

'En, hoe gaat het met jou?' Michael voelde zijn hart kloppen en hoorde dat zijn stem onvast klonk.

Salema draaide zich om en keek hem aan met een vage blik. 'Dit is een wijwaterbakje, weet je dat?' Dat klopte. Het bestond uit een kommetje voor het water met een mollig cherubijntje erboven. 'Dat is niet alleen voor de show. Je hoort het bij de deur te hangen en er wijwater in te doen. Daar is het voor bedoeld.' Hun blikken kruisten elkaar heel even voordat zij snel naar het raam keek.

'Oké.' Hij zette het dienblad op de salontafel, naast de lege kopjes en het melkkannetje en kwam weer overeind.

Hij was zich bewust van zijn handen nu die niets meer te doen hadden. Hij schaamde zich voor zijn vormeloze, met verf besmeurde broek en zijn afgedragen schoenen.

Salema zag er als altijd keurig uit in haar schooluniform. Haar steile zwarte haar, vastgebonden in een strik, viel als een mantilla over haar schouders.

De muziekstandaard met Kierans muziek erop stond klaar naast de piano. 'Hoe gaat het met het stuk?'

'Wel goed, dank je. Maar er moet nog aan gewerkt worden, Kieran heeft natuurlijk een geweldige techniek.' Ze richtte haar ogen op Michael toen ze dat zei en toen schoot haar blik weer opzij alsof het contact te heftig was. 'Maar soms merk je dat hij er nog niet helemaal is. Mijn pianolerares zegt dat het niet genoeg is om de muziek te spelen, je moet de muziek met jóú laten spelen. Je broer is eigenlijk een soort tabula rasa, vind je ook niet?'

Michael probeerde zich te herinneren wat een tabula rasa was en of dat iets positiefs of iets negatiefs was. Emily stond in de deuropening te neuriën terwijl ze de deur heen en weer liet zwaaien, waardoor hij zich slecht kon concentreren.

'In wat voor opzicht is hij precies een tabula rasa?'

'Hij heeft nog nooit geleden.'

'Ik denk dat hij wel geleden heeft.'

'Maar niet genoeg. Hij verafgoodt jou natuurlijk, in bepaalde opzichten.'

'Nee, helemaal niet.'

'Hij kijkt tegen je op ook al ben je maar tien minuten ouder.'

'Zeven minuten.'

'Hij zei dat jij minstens zo'n goede musicus had kunnen zijn als hij...'

Het idee bleef in de lucht hangen. Het had gekund, als hij eraan gewerkt had. Daar kwam het steeds weer op neer. Hij wou dat hij haar kon vertellen over zijn tekenles, hoe hard hij werkte aan tekenen nu dat het enige was wat hij nog overhad. In plaats daarvan zei hij: 'Sorry voor de piano. Ik weet dat hij waardeloos is. Je bent vast betere piano's gewend.'

'Michael.' Zijn moeder was de kamer binnengekomen met een bord. 'Je hoeft je heus niet te verontschuldigen voor de piano.'

'Hoe weet jij dat nou?' Hij was onmiddellijk razend om de onderbreking. 'Heb je er ooit op gespeeld?'

'Ik heb toch oren?' Ze ging in een leunstoel zitten terwijl ze het bord op tafel zette. Er lagen twee plakjes cake op met een marsepeinlaagje. 'We gaan zo eten, Michael, dus bederf je eetlust niet.'

Michael keek Salema aan. 'Mijn vader heeft er tien pond voor betaald op een veiling. Hij komt uit een café. Daar hebben ze hem er vast uit gegooid omdat hij te slecht was.'

'Dat weten we niet, Michael.' Moira leunde naar voren om zich over de thee te ontfermen. 'We weten niet of hij uit een café komt.'

'Er zitten allemaal kringen op van bierglazen, kijk maar, en de dempers zijn zo versleten dat je bij iedere noot die je speelt de snaren hoort.'

'Nou, zo erg is het nu ook weer niet. Hij is goed genoeg om op te oefenen.'

'Het maakt toch niet uit,' zei Salema. 'In de stadsgehoorzaal hebben ze een Steinway.'

Michael wist niets meer te zeggen over de piano, of over wat dan ook. Hij vervloekte zichzelf dat hij in bijzijn van Salema zo kinderachtig had gedaan.

'Michael,' zei Emily, 'mag ik jouw marsepein?'

'Ga je gang.'

Ze hurkte naast de tafel, pakte een plakje cake en begon de marsepein eraf te pellen.

Moira tikte afwezig met haar trouwring tegen het theekopje, alsof ze haar agitatie doorseinde in morscode. 'Weet je, Michael,' zei ze, 'Salome heeft me zojuist verteld over haar vader, God hebbe zijn ziel.'

'Ze heet Salema, mam.'

'Ja – Salema. De vader van Salema is in Griekenland geboren en haar moeder in India – dat klopt toch?

'Ja, mevrouw Cartwright.'

'Interessant, hè, Michael?'

Michael keek zijn moeder woedend aan. 'Ja, erg interessant. Dat betekent waarschijnlijk dat ze orthodox is of hindoe of zoiets.'

Salema zette grote ogen op van verbijstering. 'Mijn vader was katholiek en ik ook. Mijn moeder is moslima, als je dat al interesseert, maar ik ben katholiek, net als jij. Meer dan jij, waarschijnlijk.'

'Dat lijkt me niet zo moeilijk, want ik ben helemaal niet katholiek.'

'Michael!' lachte zijn moeder, alsof ze het vermakelijk vond. 'Luister maar niet naar hem, hoor Salome.'

'Vroeger was ik katholiek,' zei Michael, 'maar sinds ik erachter ben dat het allemaal onzin is, niet meer.'

Zijn moeder zette haar kopje met een harde tik terug op het schoteltje. 'Als je je niet kunt gedragen, Michael, kun je beter de kamer uit gaan.'

'Nou, het is toch zo. De priesters doen alsof ze zo braaf zijn, maar dat zijn ze helemaal niet. Neem nou pater Kenton.'

Emily, die net een sliertje marsepein in haar mond wilde laten zakken, stokte in haar beweging. 'Ik dacht dat je pater Kenton leuk vond. Je zei dat hij je lievelingsleraar was.'

'Emily, niet praten terwijl je zit te eten.'

'Het is geen eten, mam, alleen marsepein.'

'Ik heb nooit gezegd dat pater Kenton mijn lievelingsleraar was. Hij is een engerd en een hypocriet. Hij rookt als hij denkt dat niemand het ziet en hij drinkt. Hij probeert de voorganger van de methodisten aan het drinken te krijgen.'

'Nou ja, wat kan dat nou voor kwaad?'

'Hij wilde van alles over ons huis weten. Of we sloten hebben en zo.'

Emily stak haar hand op alsof ze in de klas zat. 'Misschien is hij inbreker.'

'Hij is geen inbreker, Emily,' zei Michael, 'hij is priester.'

'Nou, hij kan het toch allebei zijn? Inbrekers moeten ook nog iets anders zijn, anders zouden de mensen weten dat ze inbrekers waren. Misschien breekt hij in huizen in...'

'Nee, dat doet hij niet!'

'Misschien breekt hij in huizen in waar protestanten wonen en wijdt hij hun brood en dan eten ze het en dan zijn ze katholiek zonder het te weten.'

'Hou je mond, Emily.'

'Hou zelf je mond, gemenerik!'

'Zo is het wel genoeg, stil allebei,' zei mama. 'Wat moet Salome niet denken?'

'Salema, mam,' zei Michael, 'ze heet Salema!'

De vloer begon te trillen en er klonk gerommel van beneden.

'God, sta me bij,' zei Moira terwijl ze omhoogkwam uit de leunstoel. 'Dat is de wasmachine. Die moet eens grondig nagekeken worden. Ik moet het er met Jack over hebben. Kom, Emily, je kunt me helpen de was eruit te halen.'

Emily bleef talmen toen haar moeder wegliep. 'Salema,' zei ze, 'mag ik jouw marsepein hebben?'

'Ik heb eigenlijk toch geen trek.'

Emily pelde snel het laagje eraf, liet de cake weer op het bord vallen en huppelde de kamer uit.

Het was even stil voordat Michael zei: 'Het spijt me wat ik zei. Dat je een hindoe was. Ik wilde je niet beledigen. Ik weet dat je geen hindoe bent.'

'Dat geeft niet.'

'Mijn moeder kan zo zeuren.'

'Ik kom hier graag. Je zou míjn ouders moeten zien. Die van jou geloven tenminste in iets.' Ze keek alsof ze verder niets te zeggen had. Toen begon ze weer enigszins gehaast te praten. 'Mijn moeder is niet echt moslima. Ze heeft zich bekeerd toen ze mijn vader leerde kennen, maar ze is zo oppervlakkig in alles. Ze is alleen maar met hem getrouwd om een Brits paspoort te krijgen, omdat hij er al een had, en ze is katholiek geworden zodat hij met haar zou trouwen. Zo is ze. Ze gebruikt mensen. En mijn stiefvader is nog erger. Hij heeft een soort satanische invloed op haar. Hij heeft trouwens mijn vader vermoord.'

'Je vader vermoord? Is hij daarvoor gearresteerd?'

'Natuurlijk niet.'

'Hoe weet je dat dan?'

'Het is duidelijk. De eerste keer dat ik hem ontmoette, was het al duidelijk. Moord kun je niet verbergen. Het is een van de vier zonden die schreeuwt om hemelse wraak. Een arbeider zijn geld afhandig maken is er nog eentje. En in feite doet hij dat voor de kost, want hij is belastinginspecteur. Het is allemaal te perfect. Mijn vader haatte belastinginspecteurs, hij noemde ze agenten van de seculiere staat. Hij zei altijd dat het ons toegestaan zou moeten zijn om in plaats van belasting een tiende aan de Kerk te betalen. Het is zo ironisch dat ze uiteindelijk terechtgekomen is bij een belastinginspecteur. Het is meer dan ironisch.'

Michael had haar nog nooit zoveel horen praten. Hij voelde zich gevleid dat ze hem in vertrouwen nam, maar wilde dat ze over iets anders konden praten dan zonden.

Ze zat naar haar knie te staren. Toen vroeg ze: 'Heb je de Kerk echt de rug toegekeerd?'

'Ik weet niet. Pater Kenton gaf me vandaag een lift en hij zei dingen...'

'Wat voor dingen?' Ze leunde naar voren en keek hem recht in de ogen. Haar teint was perfect, een diep bruin met iets erdoorheen wat bijna mauve was. Het was als een gloed onder de huid die je alleen in een bepaald licht zag, en als je dicht genoeg bij haar was. Het maakte dat Michael zich bewust was van zijn eigen vlekkerige rozigheid. Hij zocht naar een antwoord, iets wat haar ogen op de zijne gericht zou houden. Maar ze had zich al achteruit laten zakken in haar stoel en keek weer naar haar onberispelijke knie. 'Ik weet wat je bedoelt over priesters. Ze kunnen soms zo teleurstellend zijn, toch? De nonnen zijn nog erger. Volgens mij geloven de meesten nergens in. Als ik oud genoeg ben word ik lid van Opus Dei.' Ze keek ineens op. 'Dat heb ik nog nooit aan iemand verteld.'

'Ik zal het niet doorvertellen. Maar wat is dat dan, Opus Dei? Ik heb er nog nooit van gehoord.'

'Niemand heeft er ooit van gehoord. Mijn vader vertelde me erover voordat hij stierf. Je ziet eruit als een gewoon iemand en je kunt dokter zijn, of advocaat of wat dan ook, maar onder de oppervlakte, waar het ertoe doet, waar alleen God kan kijken, lijd je.'

'Vanbinnen, bedoel je? Emotioneel?'

'Ik bedoel onder je kleren. Als je lid wordt, moet je zo'n ding om je dij dragen. Ik weet niet meer hoe het heet. Het is een Latijns woord. Het is een soort ketting of armband, behalve dat je het hier, boven om je been draagt.' Ze tilde haar rechtervoet op de stoel en demonstreerde het door beide handen om haar been te klemmen, waardoor haar rok wat opbolde en van haar knie gleed. 'En aan de binnenkant zitten kleine stekeltjes, zodat je, als je hem om hebt, voortdurend weet dat hij er zit en aan het lijden van Christus wordt herinnerd.'

'Dat heb ik nog nooit gehoord.' Michaels stem klonk hemzelf schril in de oren en zijn mond was droog. 'Zijn er echt mensen die dat doen?'

'Je moet het niet doorvertellen. Het is eigenlijk geheim. Ik weet het alleen vanwege mijn vader.'

Het was verwarrend om te merken dat hij zich op een heel nieuwe manier bewust was van haar lichaam, dat hij zich haar naakt voorstelde met die band om haar dij, en dat hij haar adem zag stokken van de pijn en ze op haar lip beet om het niet uit te schreeuwen. Er volgde een stilte waarin hij zijn adem inhield en toen hoorde hij Kierans voetstappen in de gang en Katherine die tegen hem praatte. Toen ze de kamer binnenkwamen, kon hij haast niet geloven dat zijn vleselijke fantasieën niet voor iedereen zichtbaar waren. Hij zag ze even duidelijk als de theekopjes en de onttakelde cake.

'Die verrekte alten,' zei Kieran. 'Ze doen alles verkeerd.

We moesten honderd keer opnieuw beginnen. Hallo, Sal. Sorry dat ik zo laat ben.' Hij gooide zijn muziektas op de bank.

'Dat geeft niet. Ik zat met Michael te praten.'

'Mijn benen doen pijn van het trappen op dat rotharmonium. Ik hoop wel dat je komt, Mike. Het zou heel wat minder erg zijn met jou erbij. Je zult de gemiddelde leeftijd halveren en het gemiddelde talent ongeveer vertienvoudigen. Ze hebben maar twee tenoren en die stellen allebei niks voor. Meneer Simcock piept en meneer McLaren blaat als een geit, dus met z'n tweeën klinken ze als een lekke doedelzak. Het is zo stomvervelend als je er niet bent.'

'Ik moet eerst zien of ze me op het werk nodig hebben.'

'Om middernacht? Op kerstavond?'

'Er zou zich een noodgeval kunnen voordoen.'

'O, ja, een spoedeisende schilderklus. Alarmfase paarsbruin! Stuur vijf emmers witte verf en een maagpomp.'

Michael lachte, blij dat Kieran hem had gemist.

Emily kwam de kamer binnenslenteren en neuriede haar Eileen-liedje.

Kieran trok zijn jas uit en gooide hem over de rug van een leunstoel. 'Trouwens over verf gesproken. Heb je al gezien wat papa met de badkamer heeft gedaan?'

'Nee,' zei Michael. 'Is het erg?'

'Het overgeschoten-verfmonster heeft weer toegeslagen.'

'Wat voor kleur?'

'Eierdooiergeel.'

'Ik vind het leuk,' zei Katherine. 'Het is een vrolijke kleur. Het is in elk geval beter dan eerst, met al die vochtplekken.'

Salema stond op en raakte Kierans arm aan. 'Misschien moesten we eens gaan oefenen.'

'Ja, natuurlijk. Sorry, Sal. Wegwezen jullie. Er moet gewerkt worden.'

Michael was als eerste bij de deur.

'Jij niet, Mike. Waarom blijf je niet om kritisch te luisteren.'

'Ik blijf wel om kritisch te luisteren,' zei Emily. 'Mag ik, Kier, alsjeblieft. Ik beloof dat ik heel kritisch zal zijn.'

'Neem haar mee, Kath.'

Kieran hield een blok hars in zijn hand en bewoog de strijkstok er van de punt tot de slof overheen en weer terug. 'Ik had gisteren mijn laatste les voor de kerstvakantie van Otto, en weet je wat hij zei toen ik wegging... volgens mij heb ik je dat nog niet verteld Salema...' Kieran ging in de houding staan voor zijn Otto-imitatie, hief zijn hoofd en profil, en bereidde zijn mond voor op het Hongaarse accent. 'Succes met het concert, mijn beste jongen, en niet vergeten hoe zwaar je moet tillen aan kleine foutjes.'

Michael liet zich in een leunstoel zakken en lachte om de voorstelling van zijn broer. Salema glimlachte vaag. Ze werd in beslag genomen door haar partij en zat met haar vingers in de lucht boven de toetsen een passage te spelen.

'Maar hij heeft natuurlijk gelijk,' zei Kieran. 'Elk detail moet perfect zijn.' Hij streek met zijn stok steeds twee snaren aan en luisterde naar de intervallen. Toen raakte hij ze lichtjes met zijn middelvinger aan om naar de flageolettonen te luisteren. 'Oké, laten we maar eens kijken of we er zonder kleerscheuren doorheen kunnen komen.' Hij vouwde een ezelsoor in zijn muziek zodat hij het blad snel kon omslaan en legde de viool tegen zijn schouder.

'Tenzij hij het tegenovergestelde bedoelde,' zei Michael.

Kieran stopte in zijn beweging en keek hem met de strijkstok in de lucht aan. Ook Salema keek op van de toetsen.

'Over die kleine foutjes, bedoel ik – dat je er níét te zwaar aan moet tillen.'

Kieran liet zijn viool zakken. 'Ga je ons helpen, Mike, of ga je woordspelletjes spelen?'

'Nou, misschien bedoelde hij het zo.' Michael schoof naar voren in zijn stoel om uit te leggen wat hij bedoelde. 'Het is nogal dubbelzinnig, als je erover nadenkt. Niet vergeten hoe zwaar je moet tillen aan kleine foutjes? Hij kan er het een of het ander mee bedoeld hebben.'

'Hij is mijn vioolleraar. Ik weet wat hij bedoelde.'

'Maar zijn laatste woorden voor je concert...'

'Precies. Hij is onverbiddelijk als het op details aankomt.'

Michael was er zich scherp van bewust dat Salema naar hem zat te kijken. 'Ik zat alleen te denken,' zei hij, 'dat iedereen je steeds zo'n rotgevoel geeft als je iets verkeerd doet.' Hij wist niet zo goed wat hij wilde zeggen. 'Biechten, bijvoorbeeld. Week in week uit worden we geacht om alle dingen op te sommen die we verkeerd hebben gedaan. Niemand vraagt je ooit om de dingen op te sommen die je goed hebt gedaan. Niemand heeft belangstelling voor wat je goed doet, tenzij je een tien haalt voor een examen of een prijs wint of zoiets.' Hij was zelf verbaasd over hoe sterk hij dit voelde en hoeveel behoefte hij eraan had om dat gevoel tot uitdrukking te brengen. 'Ik kijk onder tekenen naar meneer Koppel die zich helemaal uitleeft met een stukje houtskool op een vel papier en zie een fantastische tekening uit het niets verschijnen, maar om zo goed te worden moet hij duizenden fluttekeningen hebben gemaakt, terwijl ik nauwelijks iets op papier durf te zetten omdat ik bang ben dat het verkeerd gaat.'

'Waar heb je het over?'

'Ik weet het niet. Misschien zouden we de dingen die we góéd hebben gedaan ook niet eens moeten benoemen. Misschien zouden we gewoon rechtop moeten gaan staan in de kerk en al onze zonden opsommen en iedereen zou dan moeten applaudisseren omdat het betekent dat we in elk geval íéts hebben gedaan, dat we elk geval hebben geleefd.'

Salema draaide zich weer naar haar muziek toe. 'Dat is waar de rest van de wereld goed voor is,' mompelde ze, 'om ons voor onze zonden te belonen.'

'Niemand beloont mij ooit voor mijn zonden.'

'Hoor eens, Mike, als je alleen maar wat onzin gaat zitten uitslaan...'

'Ik wilde niet... ik bedoelde alleen...' Michael, die zijn eigen stem niet meer vertrouwde, zwaaide met zijn hand om aan te geven dat hij uitgepraat was en liet zich achterover zakken in zijn stoel. Er prikten tranen in zijn ogen. Hij had natuurlijk nooit moeten gaan praten, niet met Salema erbij, niet zo persoonlijk.

Toen Salema begon te spelen en daarna Kieran sloot hij zijn ogen en liet de muziek over zich heen spoelen.

Londen, februari 2003

Een man met een decoratieve vogelkooi staat voor de ingang van de Royal Academy. Er is iets in zijn houding wat Michaels aandacht trekt, een ingehouden energie die hem aan zijn vader doet denken. Hij blijft staan en vangt het bewegende beeld in zijn zoeker. De vogelman heeft de kooi bij zijn smeedijzeren handvat vast en staat kaarsrecht, de voeten naast elkaar, zijn scherpe trekken omlijst door een platte pet en een sjaal, zijn korte jas tot boven toe dichtgeknoopt. Hij draagt vingerloze handschoenen. Er lopen mensen voorbij tussen de camera en het object, sommigen met een bord in de hand, sommigen leuzen scanderend. Terwijl Michael foto's neemt en de kou negeert, verdwijnt de man steeds weer achter de mensen om dan weer zichtbaar te worden. Als alles op zijn plaats valt – een vogel die zijn kleurige vleugels uitslaat maar niet weg kan vliegen, de man die ineens naar de lens tuurt, een onscherp profiel dat van rechts nadert – drukt Michael nog een laatste keer de ontspanner in.

Hij laat de camera zakken en de vogelman staat te praten, roept naar hem. De woorden gaan verloren in de herrie van het protest, maar de sarcastische toon komt door. Met zijn dunne lippen en kraaloogjes ziet de man er zelf uit als een vogel. Zijn woorden komen naar buiten in wolkjes condens.

Michael is alweer aan het lopen, maar de vogelman blijft ook niet stilstaan, komt langzaam dichterbij door de menigte terwijl hij zich met de vogelkooi in de lucht voorzichtig tussen de betogers door wurmt.

'Je vindt het wel vermakelijk, zeker? Gezellig dagje uit?'

Michael kijkt om zich heen in de hoop dat de man iemand anders op het oog heeft. Hij ziet dat hij tussen een groep oudere mensen staat. Twee van de mannen houden een spandoek voor nucleaire ontwapening omhoog.

'Dat is mooi. Mooi voor Saddams martelslachtoffers, tenminste.'

'Hebt u het tegen mij?'

'Je staat hier toch, of niet?'

De vogels huppen en fladderen in de kooi, krabbelen aan de zitstokken en openen hun bek in kleine uitbarstingen van gezang.

'Er is een gevangenis die Mahjar heet. En nog een andere, die heet Abu Ghraib. Maar daar weet jullie soort natuurlijk niks van, toch? Geen idee van de martelingen en de verkrachtingen. Gewoon hier voor het vermaak, gezellig dagje uit. Ooit in Irak geweest? Ooit martelslachtoffers gesproken?'

'Voor zover ik weet niet.' Michael is bang dat hij Trinity uit het oog verliest. Toen hij was gestopt om de foto te nemen, had ze nog naast hem gestaan. Nu ziet hij haar twintig meter verderop, de aardkleuren van haar hoofddoek, het inktzwarte haar in haar nek. Ze was opgewekt vandaag, vol energie door de goede zaak, maar hij voelt de breekbaarheid van haar gemoedstoestand.

'Je voelt je zeker ongemakkelijk door mij? Ik breng zeker je gevoel van morele superioriteit aan het wankelen? Je wilt dat ik mijn kop hou en ik kan het je niet kwalijk nemen. Alleen maar hier voor het vermaak, een gezellig dagje uit.'

'Ik wou dat u dat niet steeds zei.'

'Natuurlijk wil je dat niet, jongen. 't Is mijn probleem niet – dat is jouw boodschap. Zolang ik maar schone handen heb. Niet in mijn naam. Laat mij er vooral buiten. Het is hier fijn en gezellig met mijn hoofd in het zand.'

'Hoor eens...'

'Begrijp me niet verkeerd. Ik zeg niet dat ik overal een antwoord op heb. Dat is jullie afdeling.' Met zijn vrije hand gebaart hij naar de menigte en knikt als hij rondkijkt, alsof alleen al de aanblik ervan zijn gelijk bewijst. Michael kijkt ook om zich heen, niet om de vogelman zoet te houden, maar omdat hij Trinity weer kwijt is. Hij ziet de borden, de op en neer deinende beeltenissen van Bush en Blair, de vrouwen in het zwart met de kartonnen doodskisten, de paren met hun peuters in buggy's, het meisje op stelten, de man die achteruitloopt met een megafoon, de scandeerders en de praters en de groep mensen in roodbesmeurde T-shirts die elkaar bij de hand heeft genomen en in een kronkelende rij een dodendans improviseert.

'Ik ben meer geïnteresseerd in het stellen van vragen,' zegt de vogelman. 'Jij bent bang voor vragen, dat begrijp ik wel. De juiste vraag zou je exclusieve greep op moreel onderscheidingsvermogen kunnen verzwakken. Je kunt beter je vingers in je oren stoppen en het gezellig houden.'

'Hebt u niet iemand anders om tegen te praten?' Michael

begint sneller te lopen. Hij kan haar niet hebben ingehaald, dus moet ze ergens voor hem lopen.

De vogelman zet het op een holletje om hem bij te houden. 'Dit zijn trouwens mijn vogels.' Hij tilt de kooi omhoog tot op borsthoogte. 'Ik hoop dat je er geen last van hebt. Dat je er niet allergisch voor bent. Sommige mensen zijn er allergisch voor. Vinken, kanaries, kaketoes, ik heb ze verzameld. Hou je van vogels?'

'Ja, hoor, best wel.'

'Je houdt ervan of je haat ze, jongen, het zijn allemaal Gods schepselen. Je zult je wel afvragen wat ik ermee ga doen.'

'Nou, nee, niet echt.'

'Nou, mensen vragen ernaar en dan zeg ik altijd: De dag dat Saddams gevangenissen opengaan, zet ik de kooi open. Dat zal dan mijn eigen kleine gebaar van solidariteit zijn. Ik vroeg me af of je misschien zin hebt om daarbij te zijn. Ik heb hier een papiertje met mijn adres erop.' Hij steekt zijn hand in zijn jack. 'Er is daar een prachtige kleine daktuin die ik van de huisbaas mag gebruiken.'

De roodbesmeurde dansers komen weer in hun richting gekronkeld. Ze hebben een groep trommelaars en fluiters achter zich verzameld en een man met een hoge hoed die op een houten blaasinstrument speelt dat weleens de chanter van een doedelzak zou kunnen zijn. Ze banen zich een weg tussen Michael en de vogels door. Michael wordt opzij geduwd en kijkt of hij nog achtervolgd wordt, maar de vogelman heeft nu een vrouw met lang wit haar aangeklampt, een van de antikernwapenveteranen, die haar hoofd naar hem toe buigt om te luisteren. Als de man zijn kooi voor haar omhoogtilt, gaat dat gepaard met hevig vleugelgefladder.

Iemand met een megafoon begint met schorre stem te scanderen: *Wat willen wij? Geen oorlog! Wat willen wij? Geen oorlog! Wat willen wij? Geen oorlog!*

Michael vangt een glimp op van Trinity, een eind verderop bij het metrostation Green Park, waar ze met haar arm staat te zwaaien op de maat van de woorden. De gekooide vogels hebben hem zijn moeder in herinnering gebracht die, chemisch geconserveerd voor anatomische ontleding, in een of ander ziekenhuis ligt.

Wat willen wij? Geen oorlog! Wat willen wij? Geen oorlog!

Zijn mobiel gaat af. Als hij hem uit zijn zak trekt, stopt het geluid. Het is een nieuwe, die hij, aangemoedigd door Trinity, heeft aangeschaft. Hij heeft al de nodige mobieltjes in zijn bezit gehad – zijn laatste is gestolen in Irkoetsk toen hij op een station zat te dutten – maar hij vindt het best om Trinity in de waan te laten dat haar zesendertigjarige oom bij de moderne technologie hulp nodig heeft. Ze is zo attent geweest hem zo te programmeren dat hij klinkt als een rinkelende bel, mogelijk omdat ze dacht dat hij is opgegroeid in een tijdperk dat je nog aan een hendeltje moest draaien om te kunnen telefoneren.

Ze heeft hem ook geadviseerd over hoe hij zich moet kleden voor een demonstratie. 'Ik hoop dat je het niet erg vindt,' had hij tegen haar gezegd, terwijl hij vanuit zijn flat omlaag keek naar de daktuin van de buren, waar de potten glinsterden van de rijp, 'maar mij gaat het er vooral om dat mijn ballen er niet afvriezen.'

'Maar die broek, oom Mike. Wie heeft je in godsnaam zo'n ouwemannenbroek laten kopen?'

'In Estland is dat modern.'

'In Estland is niets modern.'

'Je bent nog nooit in Estland geweest.'

'En dat wil ik ook niet als ze allemaal zulke kleren aanhebben als jij.'

'Je redeneert zonder enige logica, weet je dat? In complete cirkels. Het is fantastisch om te zien hoe je brein werkt.'

'Je bent net papa. Hij is ook geobsedeerd door logica.'

'En wat heeft hij voor broeken?'

'Exact dezelfde als die van jou.'

'Waarschijnlijk uit Estland geïmporteerd.'

'Nee, gevonden in een afvalcontainer.'

'Heel opmerkelijk.'

'Wat?'

'De ondoorgrondelijke wegen van de genen.' Hij had naar het westelijke stadsgezicht staan kijken, naar de Battersea-krachtcentrale in zijn vervallen grandeur, en gedacht aan de enorme toevloed van mensen die onzichtbaar bij elkaar kwamen in het centrum van Londen om één enkele stelling te verdedigen. Hij voelde ineens een hevige aandrang om zich bij hen te voegen, die meer was dan de bereidheid om zijn nichtje tegemoet te komen. Er roerde zich iets in zijn binnenste wat hij herkende als liefde – voor Trinity, omdat ze hem was komen opzoeken, en voor Kieran, die er misschien op wachtte om opgezocht te worden.

Achter hem in de keuken was Trinity met serviesgoed in de weer.

'Nee, maar serieus, moet je nagaan,' zei hij. 'Ik sta bijna te sterven van de kou op een straatmarkt in Narva en drieduizend kilometer verderop, in de yuppen-achterstraatjes van Cheltenham, is Kieran door een afvalcontainer aan het rommelen, en toevallig vinden we allebei dezelfde broek. Je zou er bijna door in wormgaten gaan geloven.

Stel je voor dat die broeken simultaan zouden opduiken op twee verschillende locaties in het ruimte-tijdcontinuüm en Kieran en ik er, elk met één pijp, uit alle macht aan zouden staan trekken.'

'Ik ben nog wat koffie aan het zetten. Wil je ook?'

'We moeten straks de hele weg naar de Strand plassen.'

'Doe niet zo onsmakelijk.'

'Tenzij de hele wereld gewoon één grote baarmoeder is – niets anders dan je vader en ik, nog steeds erop hopend geboren te worden terwijl we één nauw met elkaar verbonden droom dromen.'

Nu hij in een door Trinity goedgekeurde spijkerbroek, met een ijzige wind om zijn benen, over Piccadilly schuifelt, mist hij zijn Estlandse broek. Vóór hem strekt de stroom demonstranten zich uit tot buiten zijn gezichtsveld. Als de telefoon opnieuw overgaat, is hij erop voorbereid. Eerst hoort hij bijna niks. Dan herkent hij Kierans stem.

'Trinity, ben jij dat?'

'Nee, met Michael hier.'

'Michael? Jezus! Waar ben je?'

'In Londen.'

'Is Trin bij jou?'

'Ja, min of meer.'

'Godzijdank.'

'Heeft ze dat niet gezegd?'

'Nee, dat heeft ze zeker niet gezegd. Ik ben, godverdomme, hartstikke ongerust. Waar in Londen? Wat is dat voor lawaai?'

'Piccadilly. Bij Green Park.'

'Je bent bij die demonstratie. Natuurlijk. Ik dacht dat ze in Peckham was. Belt Salema om me een of ander artikel uit de *Catholic Herald* voor te lezen over kardinaal Ratzinger, alsof mij dat wat kan schelen, en ik vraag haar hoe het met Trinity is. Blijkt dat ze haar al dagen niet heeft gezien. Ik kreeg haast een hartinfarct. En vervolgens laat Trin een boodschap achter met dit nummer. Natuurlijk neemt ze haar eigen telefoon niet op.'

'Wat vervelend. Sorry. Ik heb, ik weet niet hoe vaak, tegen haar gezegd dat ze je moest bellen.'

'Dus je bent terug in Engeland.'

'Min of meer.'

'Hoe is de demonstratie?'

'Groot.'

'Wie zijn er?'

'Ach, je weet wel, de mensen die er altijd zijn, de pacifisten, de anarchisten, de islamisten, de revolutionaire socialisten. Plus een half miljoen andere mensen die kennelijk op de verkeerde halte zijn uitgestapt. Waarschijnlijk waren ze op zoek naar Madame Tussauds.'

'Dus religieuzen en non-religieuzen.'

'Ja, en zelfs die non heb ik gezien.'

'Die papisten werken zich ook overal naar binnen.'

'Je had moeten komen, Kieran, het zou goed zijn geweest om je hier te hebben.'

'Een beetje laat om het nu voor te stellen.'

'Trinity zei dat je er niet achter stond.'

'Als je mijn mening had willen horen, had je erom moeten vragen.' Kierans stem heeft ineens een scherp randje.

Er valt een stilte en Michael vraagt zich af of de verbinding is verbroken. 'Ben je er nog?'

'Eerlijk gezegd, Mike, zit ik er nogal mee dat ze je na al die jaren in vertrouwen neemt. Er zijn tijden geweest dat ik misschien wel blij was geweest met je hulp. Maar dit –

geheimen met haar delen... Noemt ze zich trouwens Yasmin?'

'Ja, inderdaad.'

'Ik mag hopen dat je dat niet aanmoedigt.'

'Ik denk niet dat het haar veel kan schelen wat ik denk.'

'Dat zou je nog verbazen.'

'Hoor eens, Kier, het was niet mijn bedoeling om je gezag te ondermijnen...'

'Het is niet makkelijk om een kind alleen op te voeden, moet je weten. En ze is nog steeds een kind, ook al praat ze alsof ze weet wat ze doet.'

'Ja, dat heb ik gemerkt.'

'Je had me moeten bellen.'

'Ik ging ervan uit dat zíj dat zou doen. Ik heb het haar vaak genoeg gezegd. Ze vond dat ik aan het drammen was.'

'Eérder al, bedoel ik. Je had moeten bellen toen je terugkwam. Het zou leuk zijn geweest als ik het had geweten.'

'Ja. Sorry. Ik was nogal met andere dingen bezig. Ik ben hier pas een week of zo.'

'Ja, maar toch...'

Het gesprek valt stil.

'Ik heb ook zo'n opabroek.'

'Wat?'

'Trinity zei dat jij precies dezelfde hebt.'

'Dezelfde als wat?'

'Dezelfde als die van mij. Een of andere oude broek die je in een afvalcontainer hebt gevonden.'

'Een yuppenbroek? Ik dacht het niet.'

Michael denkt dat het als grapje is bedoeld, maar hij zou het niet kunnen zeggen. Het is moeilijk om bij de herrie van trommels en toeters subtiele stembuigingen waar te nemen. Dan wordt de verbinding verbroken.

Het zit hem dwars dat hij nu ineens in deze rol zit – met Trinity samenzweren tegen haar vader. De afgelopen paar dagen hebben ze het best met elkaar kunnen vinden. Ze heeft twee nachten in de woonkamer op de bank geslapen en ze hebben om elkaar heen moeten manoeuvreren. Maar dat ging eigenlijk best goed, behalve op de momenten dat ze niets tegen elkaar te zeggen hadden en de stilte een scherpte kreeg als van een ongestemde viool. Een paar keer heeft hij de neiging gehad om te zeggen: 'Oké, Trinity Yasmin, of wie je ook bent, laten we het eens hebben over die wonderbaarlijke zwangerschap van je moeder die er nooit is geweest, en nu we toch aan het praten zijn, hoe zit het eigenlijk met dat varkensvleesloze dieet van jou?'

Hij verdenkt haar ervan dat ze bidt. Hij weet bijna zeker dat hij haar er die eerste avond, na hun afgebroken etentje bij de Griek, op betrapt heeft – niet meer dan een glimp door een half openstaande deur. Toen hij uit de badkamer was gekomen, had hij gezien dat ze snel een andere houding aannam, haar hoofd optilde van de vloer bij de eettafel en haar hoofddoek op haar schouders liet glijden. Hij heeft met haar te doen. Het moet moeilijk zijn om tussen de meubels op je knieën te liggen met de voortdurende angst ontmaskerd te worden. Zijn moeder liet zich, waar het haar maar uitkwam, op haar knieën zakken als ze ineens behoefte kreeg aan een shotje rozenkrans, steunend op de achterkant van een stoel of een tafelrand, maar zij was dat van huis uit gewend. Michael weet bijna zeker dat anglicanen nooit op hun keukenvloer knielen. De meesten van hen lukt dat niet eens in de kerk en ze geven de voorkeur aan een soort van half-knielen, zittend op het randje van de kerkbank. Hij heeft mannen zien bidden bij de Klaagmuur. Geen knielen daar, meer een schokkerige beweging, alsof je jezelf de irrationaliteit in wilt stuiteren. Hoe ze het ook doen, het is allemaal een belediging van de menselijke rede, vindt hij, een afleiding van de werkelijke uitdaging om het leven draaglijk te maken.

Als hij afslaat naar Hyde Park Corner vangt hij een glimp van zijn nichtje op bij het hek. Links van hem, aan de andere kant van het hek, is een grasveld dat vol staat met monumenten voor oude oorlogen – een naakte David met een zwaard zo lang dat het tot zijn schouder reikt, een pedante fuselier, net terug van de nederlaag van Bonaparte. Vóór hem ligt het hek naar Hyde Park met de bontgeschilderde leeuw en de eenhoorn in smeedijzer. En daar is Trinity met een knappe Aziatische jongen en twee meisjes. Achter haar rijzen de kale platanen van Hyde Park de hoogte in. Ze heeft haar telefoon in haar handen en is aan het sms'en, of, wat meer voor de hand ligt realiseert Michael zich, het telefoonnummer van de jongen aan het opslaan. Hij voelt zich ineens boos worden om haar onnadenkendheid.

De jongen heeft een donker pak aan met een jasje zonder kraag. Zijn haar is achter zijn oren gekamd. De meisjes dragen een jurk tot op de enkels en een lange witte hoofddoek die onder de kin is gekruist en keurig over de schouders valt, zodat alleen het gladde ovaal van hun gezicht te zien is.

Michael loopt met grote passen op hen af. 'Trinity.'

Ze draait zich woedend naar hem om en mompelt hem haar nieuwe naam toe terwijl ze de jongen een zijdelingse blik toewerpt.

'Ik heb net je vader aan de telefoon gehad.'

'Ja, ik heb hem je nummer gegeven.'

'Je zei dat je hem zou bellen.'

'Ik heb hem sms'jes gestuurd.'

'Je hebt er al vanaf donderdag de tijd voor gehad. Dat is drie dagen. Hij is niet echt blij.'

Ze pruilt en rolt met haar ogen. 'Geen drie dagen. Eigenlijk niet eens twee dagen.'

De Aziatische jongen doet een stap naar voren en duwt Michael een pamflet in de hand.

Michael kijkt er even naar. 'Wat ís dit?'

'Een oproep tot de herinvoering van het kalifaat, ja?'

De meisjes met de witte hoofddoeken houden zich op de achtergrond, eentje aan weerszijden van de jongen, als volgelingen. Hij lijkt zich schaamteloos bewust van zijn macht over hen.

'En dat zou wel een goede zaak zijn, het kalifaat?'

'Ja, natuurlijk.'

'Wat zou er dan goed aan zijn?'

'Een staat voor moslims, ja? Alle moslims. We zouden leven onder de sharia.'

'Maar ik ben geen moslim, dus dan zou ik het in feite wel kunnen schudden.'

'Net zoals ik het hier wel kan schudden, bedoel je, in een christelijk land.'

De meisjes staan bewonderend te grijnzen om de gevatheid van de jongen. Trinity houdt Michael angstvallig in het oog, bang dat hij misschien iets zal doen waardoor zij voor gek staat.

Michael neemt de jongen van top tot teen op. 'Zo te zien doe je het niet slecht.'

De brutaalste van de twee meisjes laat van zich horen. 'Iedereen zou welkom zijn in het kalifaat. Christenen en zelfs joden.'

Michael kijkt haar met een opgetogen gezicht aan, alsof ze iets indrukwekkends heeft gezegd. 'Zelfs joden!'

'Waarom niet?'

'Wat grootmoedig.'

'Er zouden nooit meer conflicten zijn,' zegt ze, 'dat is er zo briljant aan. Iedereen leeft onder dezelfde wetten, snap je?'

'En zouden jullie burgers de kalief kunnen wegstemmen en een seculiere regering kunnen installeren?'

De jongen schudt met een neerbuigend glimlachje het hoofd. 'Dat zou gewoon nooit gebeuren.'

'Je zou het niet laten gebeuren, bedoel je.'

'Hij bedoelt,' zegt het brutale meisje, 'waarom zou iemand dat willen?'

'De islam is door Allah bedacht,' legt het verlegen meisje uit, 'om mensen gelukkig te maken – daar gaat het net om. Dus als de mensen het werkelijk zouden ervaren, zouden ze niets anders willen.'

'Maar het is nog wel oké als ik geen moslim ben. Ik kan dit nieuwe land in komen onder dat kalifaat zonder me te hoeven bekeren.'

'Als je dat wilt.' Ze kijkt even opzij om te controleren of de jongen het met haar eens is.

'Maak je geen zorgen,' zegt de jongen, 'natuurlijk kan dat.'

'En mag ik mijn homoseksuele minnaar meebrengen?'

'Je wat?'

Het brutale meisje grinnikt.

'Mijn homovriend – mag die er ook in?'

'Natuurlijk niet.' De lippen van de jongen vertrekken zich tot een hoonlach. 'Dat zou tegen de leer van de Koran zijn.'

'Nou, dan ben je mijn stem kwijt.' Michael verfrommelt het blaadje. 'Kom, Trinity.' Hij laat het op de grond vallen en draait zich om naar het hek.

Met een snelle beweging haalt de jongen hem in en verspert hem de weg. 'Je zou meer respect moeten tonen.'

Trinity heeft geen stap verzet.

'Sorry, ik wilde je niet beledigen, maar het gesprek is ten einde.'

'Ik ben niet degene die je hebt beledigd. Er staan daar verzen uit de Koran op gedrukt. Wil je dat mensen daaroverheen lopen?'

'Doe niet zo belachelijk. Je hebt stapels van die dingen. De meeste worden weggegooid...'

'Hier.' Trinity heeft zich gebukt om het pamflet op te rapen en strijkt het glad. 'Neem maar terug. Hij bedoelde het niet respectloos. Hij begrijpt het alleen niet.'

'Nou, leg het hem dan maar uit, zuster.' De jongen loopt weg en de meisjes volgen.

Michael trekt van leer tegen zijn nichtje. 'Ik begrijp het uitstekend. Ze willen hun religie aan iedereen opleggen. Ik vind niet dat we dat moeten toelaten.'

'Is dat niet een beetje racistisch?'

'Als je denkt dat dat racistisch is, dan weet je niet wat racisme is.'

'Ik denk eigenlijk dat ik veel meer van racisme af weet dan jij.'

Demonstranten verdringen zich langs hen heen het park in, waar ze uitwaaieren tussen de linden en de paardenkastanjes en samendrommen in de laantjes. Een stel duiven fladdert op en vindt een plekje op het schild van Achilles.

'Luister, oom Mike, jij bent in wezen een christen, ook al geloof je er niet in. En dit is een christelijk land, dus valt het je niet op. Als je een moslim was zou het je wel opvallen. We worden geregeerd door christelijke wetten.'

'Nee, dat worden we niet, godzijdank. We worden geregeerd door wetten die mensen beletten elkaar te vermoorden en te beroven, wetten waarin is vastgelegd dat we recht op eigendom hebben en die toezien op de naleving van contracten en die ons het recht geven om te stemmen en te geloven in wat we maar willen. Er is geen wet tegen het vereren van afgoden. Er is geen wet tegen het begeren van de vrouw van je buurman.'

'Nou, misschien zou die er wel moeten zijn. Misschien zouden we allemaal gelukkiger zijn als mensen getrouwd bleven en voor hun kinderen zouden zorgen.'

'Ja, en dan zou je je moeder kunnen laten geselen voor het feit dat ze je in de steek heeft gelaten.' Zodra hij het heeft gezegd, heeft Michael spijt van zijn woorden.

Trinity kijkt hem aan alsof hij haar geslagen heeft. Ze krijgt tranen in haar ogen. 'Hoe kun je zoiets vreselijks zeggen!' Ze draait zich om en begint zich een weg te banen door de menigte in de richting van Park Lane.

'Ga nou niet, Trinity.'

Demonstranten binnen gehoorsafstand kijken nieuwsgierig hun kant op.

'Laat me met rust.'

'Trinity! Yasmin, ga nou niet – niet zo.' Hij beseft te laat dat het een vernederende prestatie is om zijn gelijk te halen ten koste van haar. Hij heeft zich gedragen als zijn vader en niet nagedacht voordat hij sprak. 'Trinity, alsjeblieft! Wanneer kom je terug?'

'Dat gaat je niks aan, of wel soms?' Ze is blijven staan om hem aan te kijken. Haar gezicht, gloeiend van opstandigheid en pijn, gaat steeds weer schuil achter de mensen die tussen hen door lopen. 'Jij bent mijn vader niet.'

'Dat heb ik ook nooit gezegd.'

'Precies. Niemand zegt ooit iets.' Ze kijkt hem woedend aan, daagt hem uit te antwoorden.

Wat willen wij?

Geen oorlog!

Wat willen wij?

Geen oorlog!

Michael kijkt kwaad opzij, om te zien waar de herrie vandaan komt. Als hij zijn hoofd weer omdraait, is Trinity verdwenen.

Ze heeft haar telefoon uit staan, of ze beantwoordt hem gewoon niet. Hij loopt tegen de mensenstroom in over de stoep in de richting van Piccadilly Circus. Ze blijven maar komen, de tegenstanders van Blairs oorlog. Hij is om diverse gecompliceerde redenen van streek om het feit dat Trinity de benen heeft genomen. Zijn ergernis wordt in de weg gezet door zijn bezorgdheid om haar en een vertraagd besef dat ze iets belangrijks heeft gezegd.

Hij hoort zijn naam. Hij tilt zijn hoofd op om de tegemoetkomende gezichten af te speuren. Hij kent de stem maar kan hem niet plaatsen, een vrouwenstem, een Iers accent. Dan ziet hij de ogen die op hem zijn gericht, de halfopen mond.

'Goeie god!' Ze is niet zoals hij haar zich herinnert, eerst niet. Het duurt een ogenblik voor hij haar herkent. 'Peggy O'Connor.'

'Michael Cartwright. Je ziet er nog precies hetzelfde uit.'

'Jij ook.'

'Leugenaar. Maar ik kan je verzekeren dat ik er fokking veel beter zal uitzien als ik strakjes, na de demonstratie, een heet bad heb kunnen nemen.' Ze kijkt hem recht in de ogen. 'Gaat het wel goed met je, Michael?'

'Ik ben alleen mijn nichtje kwijt.'

'Je nichtje. Toch niet het kind van Kieran?'

'Die ja.'

'Hoe oud is ze nu?'

'Zeventien.'

'Nou, jezus, dan heeft ze jou niet meer echt nodig om op te passen. Denk maar eens terug aan wat wij op die leeftijd deden.'

'Dat doe ik en de schrik slaat me om het hart.'

Het is er ineens, tussen hen, de herinnering aan henzelf toen ze zeventien waren, een weten dat op de zintuigen drukt. Michael ziet zijn eigen besef weerspiegeld in Peggy's veranderende houding. Ze draait haar hoofd even af om naar een paar passerende trommelaars te kijken. Als ze hem weer aankijkt, glimlacht ze. 'Ach, nou ja, uiteindelijk hebben we het er niet zo slecht van afgebracht.'

'Hoe weet je dat?'

'Ik vind dat je er behoorlijk goed uitziet.' Het is de vertrouwde grijns, geen greintje veranderd door de jaren. 'Fergal is hier ook ergens. Maar die vinden we nooit in deze menigte.'

'Is Fergal hier?'

'Je zou sowieso geen woord uit hem krijgen – hij heeft een zwijggelofte afgelegd voor vandaag. Hij mag de dingen graag moeilijk maken voor zichzelf. Hij had een kaart bij zich waar dat op stond, toen we elkaar tegenkwamen. Ik zeg tegen hem: "Jezus, Fergal, wie kan het nou iets schelen of je praat of niet met al die herrie?" En hij pakt de kaart en schrijft op de achterkant: *Wie zou dat überhaupt iets kunnen schelen?* met zo'n glimlach om te laten zien dat het een grap was. Het is een eigenheimer, die Fergal. Hij heeft altijd met zijn hoofd in de wolken gezeten. Zijn zwijgen is voor God, natuurlijk.'

'Ah, ja, God.'

Het is een schok om haar te zien, zomaar opstuiterend uit het verleden, en nu hij de kans heeft gehad om haar te bekijken, blijkt ze niet eens zo anders, afgezien van haar haar, dat, ongehinderd door elastiekjes, gelijkmatiger over haar hoofd verspreid is.

Ze rommelt in haar schoudertas. 'Ik weet zeker dat ik hier ergens een pen had. Nou ja, dit doet het ook.' Ze haalt een eyeliner tevoorschijn. 'Je hebt niet toevallig een stukje papier bij je?'

'Wat dacht je hiervan?' Michael raapt een weggegooid pamflet van de straat op. Het is de oproep tot een nieuw kalifaat.

Ze laat het blaadje op haar schoudertas rusten en schrijft in grote paarse cijfers haar nummer op de achterkant. 'Bel me als je zin hebt om over vroeger te praten.'

'En als ik niet met vroeger geconfronteerd wil worden?'

'Bel toch maar.' Ze drukt het blaadje in zijn hand en voegt zich zonder om te kijken tussen de andere demonstranten.

†

De Kerk van de Heilige Ursula en
de Maagdelijke Martelaressen

Toen Peggy me vertelde dat ze je gisteren had gezien, Michael – ik vind het lastig om te beschrijven wat dat voor effect op me had. Ik ben nog steeds niet van de verwarring bekomen. Het leek wel alsof ik je, door een aanvang te maken met deze brief, had opgeroepen. En Kierans kind was bij je bij de demonstratie, zei Peggy. Was Kieran zelf er soms ook, vraag ik me af. Dat zei Peggy niet. Raar idee dat wij allemaal daar die paar uur samen waren en nu weer uiteen zijn gegaan. Zelfs nu kost het me nog de grootste moeite om in mijn hoofd de rust te vinden om mijn gedachten te ordenen.

Als ik je was tegengekomen, had ik mijn zwijgen verbroken, ook al had ik plechtig beloofd dat er geen woord over mijn lippen zou komen. Dus misschien is het maar beter zo. Is het maar beter dat ik in deze brief zeg wat er gezegd moet worden. Nu heb ik tenminste mijn belofte gehouden vanaf zaterdag bij zonsopgang tot aan de eerste woorden van de mis vanmorgen – In de naam van de Vader en de Zoon en de Heilige Geest. Wat voelden die woorden vreemd in mijn mond na een stilte van slechts een enkele dag, wat voor een trappist niets zou voorstellen. Volgens mij was ik nogal warrig, toen Peggy na afloop met me sprak. Ze komt van tijd tot tijd – eerder uit vriendschap dan uit geloof, neem ik aan, en de hemel zij dank daarvoor. Ik had sinds vrijdag niet meer gegeten, aangezien ik mijn zwijgen vergezeld had laten gaan van vasten, en ik zou gezworen hebben dat ik jou naast Peggy in de kerkbank zag knielen op het moment van de consecratie, toen ik met de hostie en de kelk in mijn handen stond. Het was niet meer dan een alledaags visioen dat we wel vaker krijgen als we ervoor openstaan. Jij hebt geen tijd voor zulke dingen, Michael, dat weet ik. Ik neem aan dat je zienswijze nog onveranderd is. Jij hebt altijd een steviger greep gehad op wat men gewoonlijk de realiteit noemt. Maar ik ben mijn hele leven al het slachtoffer geweest van een soort wegglijden, van het duizelingwekkende gevoel dat wat solide was onwerkelijk is en dat het licht dat over het oppervlak van alledaagse voorwerpen speelt een glimp van de eeuwigheid is.

Wanneer ik als kind naar school fietste, passeerde ik onderweg altijd een boerenerf. Tegen het uiteinde van de koeienstal was een stenen grot gebouwd waar een levengrote Sint-Bernadette knielde voor de Maagd. Op een avond fietste ik in de schemering naar huis en zag vanuit mijn ooghoek dat de Heilige Moeder haar hand bewoog in een zegenend gebaar. In dat ene moment glansde de rijp op het erf door een onverklaarbaar licht en ik wist toen dat ik priester zou worden. Ik heb nog meer prachtige visioenen gehad en ook verschrikkelijke.

Maar die moeten wachten. Ik laat mijn woorden altijd met me op de loop gaan en me naar allerlei zijweggetjes leiden. En dan houd ik een dag lang mijn mond en denk dat ik iets gepresteerd heb.

Te midden van de eindeloze woorden die voor en tegen deze oorlog zijn gesproken, uit angst en veroordeling en woede, is het zo moeilijk om God te vinden. Ik heb geprobeerd mij er verre van te houden. Ik ben begonnen tijdens het journaal van negen uur de vespers te bidden en op die manier egoïstisch mijn oren te sluiten voor het lawaai. Een handjevol parochianen neemt eraan deel.

Mijn jeugd is gevormd door politieke conflicten, Michael. Mijn vader overleed toen ik zeven was, in een wijk van Belfast die de Ardoyne heet. Op straat als een hond afgeschoten door een protestantse kogel – zo omschreef mijn grootmoeder het wanneer spreken onvermijdelijk was en dan deed ze haar lippen nauwelijks van elkaar, alsof de waarheid erdoorheen naar buiten getrokken moest worden. Het was de zomer van 1969 en mijn vader, een schoolmeester, had sinds de dood van mijn moeder in Belfast voor de klas gestaan. Mijn vader en ik woonden niet in de Ardoyne, maar hij was er om een burgerrechtenbijeenkomst bij te wonen. Ik herinner me een keuken waar ik in de hoek op een krukje zat met koekjes en een glas melk, een ouder meisje van een jaar of tien, een heleboel mensen aan tafel en mijn vader die tegen iemand zei dat hij moest kalmeren. Gewoonlijk was mijn vader zelf een kalme man, maar die avond niet. En ik herinner me een grotere bijeenkomst in een klaslokaal, lang na bedtijd, en de angst in de stem van de mensen. Misschien heb je over die tijden gelezen, Michael. Je zult er in elk geval vanaf weten. Ze eisten gelijkberechtiging bij verkiezingen en werkgelegenheid en bij de toewijzing van woonruimte, en de gewelddadige reactie van de protestanten – of van sommige protestanten, moet ik zeggen, want er waren ook protestanten die met mijn vader en de anderen mee demonstreerden. En er was angst aan beide zijden, ongetwijfeld, zowel bij de protestanten als bij de katholieken. Maar de demonstraties in Derry waren door de politie met geweld neergeslagen. Het was waanzin, natuurlijk – politiebewaking in de straten met gepantserde voertuigen en machinegeweren. Mijn god, hoe kwamen ze erbij?

De zaak waarvoor mijn vader zijn leven gaf was een zeldzaamheid in de geschiedenis van mijn land. Het was een moment van zegen. Engelen waren neergedaald voor die korte periode om licht te brengen in het hart van de mensen. Je lacht me vast uit, Michael, dat weet ik, maar als ik het heb over engelen dan bedoel ik ook engelen. Het moment werd verpletterd, de adem eruit geperst. Ik zal niet één kant de schuld geven. De burgerrechtenbeweging, die toen voor mij bestond uit slapeloze opwinding en de geur van drukinkt en boven op schouders van vreemden zitten om mijn vader te zien spreken, was, zoals ik nu begrijp, een erkenning van een historische realiteit – een impliciete aanvaarding van de deling van Ierland. Wij zullen deelnemen, zeiden de mensen, als jullie het toestaan. Wij zullen stemmen. Wij zullen gelijkberechtigde burgers zijn in deze provincie die niet ons land is, maar slechts een deel van ons land, waarover de vreemdeling, onze oude vijand, nog steeds de scepter zwaait. Voor sommigen, die nog steeds toegewijd waren aan een verenigde republiek waarvoor gevochten moest worden met welke moorddadige middelen dan ook, was alleen dat al verraad. En de loyalisten, vooral loyaal aan hun eigen status, stonden hen op te wachten. En dus trokken de engelen zich terug, verdreven door geweren en bommen en lieten mijn vader sterven. Ik heb nooit een hond op straat doodgeschoten zien worden, Michael, al betwijfel ik of een verdwaalde kogel uit een machinegeweer de manier is die je zou kiezen om die klus te klaren.

Dus was mijn grootmoeder verbitterd. Het doet me pijn dit te zeggen – je vijand liefhebben was voor haar een theoretisch vereiste waaraan de moeder van een vermoorde zoon niet hoefde te voldoen. Ze haatte vooral de protestanten. Haar haat jegens de Britten was niet politiek. De Engelse soldaten die op Ierse bodem gestationeerd waren, hadden erbij gestaan toen haar zoon stierf, meer niet.

Slechts weinige jaren later verloor ze haar andere kind, mijn tante Maud – niet vermoord maar in ongenade begraven. Maud lijkt eerder uit noodzaak dan uit liefde met Dennis te zijn getrouwd en de arme Peggy was pas elf toen Maud hen beiden verliet voor een man uit Cork, een dichter of een acteur – een schandaal waar in Kilross en, naar ik aanneem, ook in Cork veel over gekletst is, maar waar thuis nooit met een woord over gesproken werd.

Mijn grootmoeder koesterde nog een andere bron van verbittering. Ik had niet al die jaren in dat huis kunnen zijn zonder er iets van mee te krijgen. Het kwam door mijn moeder dat mijn vader naar het noorden was verhuisd – door haar, dientengevolge, dat hij vermoord was, ook al was ze toen al lang dood. Mijn moeder was Spaanse en ze was in Belfast komen wonen om in een hotel te werken. De mensen noemden haar Corrie, maar ik heb een keer gehoord dat dit slechts een deel was van een langere naam, Corazon del Sol, wat ik op mijn kinderlijke manier door elkaar haspelde met de lakens die voor de zon door flapperden terwijl zij boven mij stond in het oogverblindende licht.

En zo groeide ik op in een huis vol onuitgesproken zekerheden, vooroordelen die tot uiting kwamen in snuiven en zich vernauwende ogen en samengeknepen lippen, waar met woorden even zuinig werd omgesprongen als met zilveren munten. Het was niet een contemplatieve stilte, moet je weten. Het was niet een stilte die noodt tot de aanwezigheid van God. Het was een oorverdovend zwijgen dat door het hele huis denderde. Mijn bezoekjes aan Kilross, hoewel een welkome afleiding, waren te sporadisch en ik bleef een vreemde in het huis van mijn oom en een sta-in-de-weg voor mijn nichtje Peggy. Geen wonder dat ik betoverd werd door jullie gezin. Ook daar waren natuurlijk zekerheden, meer dan genoeg, en ik wist dat je je verzette tegen de meningen van je vader en moeder en tegen hun autoriteit, maar er was te veel lawaai en drukte voor geheimen en ik voelde dat alles wat gezegd moest worden er op de een of andere manier uit zou barsten. En, God weet dat er ook de nodige woede was, die eerste keer dat ik naar jullie allemaal werd meegenomen op bezoek in het huis van je grootouders in Strand Street, en ik dacht dat ik bloed zou zien vloeien, en allemaal om niks – of Kieran voor ons viool moest spelen (ik weet nu even niet of jij daar ook bij was? Ik zie je niet voor me in de kamer) – maar ik hield van je moeder in haar kwaadheid, zoals ik later van haar zou houden in haar verdriet en in haar trots en, het vaakst, in haar getob. Die avond in de kerk na de biecht hebben we elkaar nog even gesproken, toen ze naar me toe kwam om haar verontschuldigingen aan te bieden, niet voor haar eigen gedrag maar voor de scène die Kieran had veroorzaakt en in wat voor kwaad daglicht hij het gezin daardoor had gesteld. Ik stel me voor dat je hierom moet lachen, Michael, en dat je vindt dat het allemaal de schuld van je moeder was, maar het was slechts een kleinigheid die ze van Kieran had gevraagd. Ik ben geneigd te denken dat jij het wel voor haar zou hebben gedaan.

Het was voor mij, in het seminarie in Dublin, geweldig om te weten dat ik neven en nichten in Engeland had, want ik was ervan overtuigd dat ik naar dat vreselijke land der protestanten gestuurd zou worden na mijn priesterwijding. Je moet me niet uitlachen, Michael. Ik had die lente gedroomd over draken en over een ridder die me zou helpen ze te bestrijden en toen ik wakker werd, wist ik dat ik bezocht was door Sint-Joris, de patroonheilige van de Engelsen. Als ik dieper had nagedacht over die droom had ik misschien begrepen dat ik de draak die ik moest bestrijden zelf zou meenemen op mijn reis en dat ik buitengewoon slecht was toegerust om me tegen die draak te verdedigen.

Ik was van plan om tijdig naar mijn nieuwe parochie in Londen te vertrekken, zodat ik nog tijd zou hebben voor een tussenstop van een paar dagen in Cheltenham, een stad die thuis bekendstaat om zijn paardenrennen, dus kreeg ik nog wat geplaag van oom Dennis te verduren dat ik erheen ging om geld op de paarden te zetten en helemaal niet om de familie Cartwright te bezoeken. Ik had me erop verheugd om tijd door te brengen met jullie hele gezin, maar ik verlangde er vooral naar om jou te zien, Michael. Ik had er gemengde gevoelens over om je moeder weer te ontmoeten. Natuurlijk was zij het die erop had aangedrongen dat ik moest komen, maar ik voelde me enigszins beschroomd omdat ik me in mijn brieven zo had blootgegeven, terwijl we elkaar nog maar zo kort kenden.

Ik had er geen idee van wat voor complicaties mij over het water heen zouden vergezellen.

Cheltenham, juni 1983

Naast de schoorsteenmantel in de eetkamer hing een door motten aangevreten bellenkoord. Als kind hadden Michael en Kieran eraan geschommeld en zich voorgesteld dat de geesten van bedienden er in de slaapkamertjes op zolder naar luisterden. Op enig moment in zijn neergang was het huis onderverdeeld in appartementen en waren er op elke verdieping in het trappenhuis scheidingswanden met glazen panelen geplaatst waarin nog steeds de brievenbussen zaten en de deurbellen met elektriciteitsdraden die nu nergens meer naartoe liepen. Eén slaapkamer was in tweeen gedeeld door middel van multiplex en plastic golfplaten en in een andere stonden een gasfornuis en een geiser, niet meer aangesloten, maar ook nooit weggehaald.

De steigers waarmee het gebouw was omgeven waren bruin van de roest. Ze stonden er al zolang als de tweeling zich kon herinneren, en langer nog – al vanaf het moment dat Jack Cartwright het huis had gered van de sloop. Klimop van de zijmuur van het huis was via de dwarshouten omlaag gekropen langs de diagonale schoren en had zich met het gras en het onkruid gemengd.

Een stenen trap leidde vanaf de straat naar het portiek waarvan de zuilen als steun dienden voor een serre, die op één hoek was verzakt zodat er een spoor van grillige barsten door de glasplaten liep. Het was vanuit die serre dat Michael door het vervormende glas de vrachtwagen zag voorrijden. Hij zag zijn vader eruit klimmen en vervolgens Fergal, aan de andere kant. Het geluid van hun gesprek dreef naar binnen door het open raam. Ze hadden het over de trouwerij van Eileen. Michael had al gehoord hoe zijn vader daarover dacht. Het speet hem dat Fergal in deze ruzie betrokken werd nog voordat hij bij de voordeur was aangekomen.

'Een karikatuur, dat is het, Fergal.'

'Moira zegt dat hij een katholieke jongen is, Jack, en dat hij goed kan leren. Dat is toch iets?'

'Maar hier gaat het om een dogma. Jij als priester moet dat toch snappen, ook al snapt er hier thuis verder niemand iets van.'

Michael wilde zich net van het raam afkeren om Fergal te gaan redden, toen een tweede passagier uitstapte, rode enkellaarsjes eerst en vervolgens stekelhaar en een wollen jas. Het had een vreemd effect op hem om Peggy O'Connor na bijna een jaar weer te zien, alsof zijn maag opeens omlaag duikelde.

Jack stond de koffers uit de vrachtwagen te laden. 'Toen Eileen dit fantastische huwelijk voor de kerst aankondigde, dachten we nog dat ze dan wel zwanger zou zijn. En nu, Fergal, vertelt ze ons zonder een spoor van schaamte dat ze niet van plan is om ooit kinderen te krijgen. Dan zal je zogenaamde huwelijk geen betekenis hebben, zei ik tegen haar. De verbintenis zal ongeldig zijn vanaf het moment dat je je gelofte aflegt.'

Peggy stond er bleek en stilletjes bij en hield haar jas dicht, ook al was het een milde avond.

'En als ik de ceremonie zou bijwonen, wetend wat ik weet, als ik mijn stilzwijgende steun zou betuigen aan die... die...'

'Ik begrijp wel wat je bedoelt, Jack.'

'... die oplichterij, dan zou ik medeplichtig zijn, niet-waar.'

'Anderzijds, Jack, maakt Eileen deel uit van je gezin. Niemand zou je ervoor veroordelen dat je de trouwerij van je dochter bijwoont als je je best hebt gedaan om haar, waar nodig, met raad en daad bij te staan en ik ben ervan overtuigd dat je dat gedaan hebt.'

'Met raad en daad bijstaan? Denk je dat mijn kinderen naar mij toe komen om zich met raad en daad te laten bij-staan?'

Michael liep Emily voorbij die bij een pilaar stond te aarzelen en liep de straat op, naar de gasten, die daar onder een baldakijn van bomen stonden. Fergals gezicht klaarde op toen hij hem zag. Hij schudde Michael krachtig de hand en zei dat het geweldig was dat hij er zo goed uitzag.

'Ik hoop dat je moeder het niet erg vindt dat ik ben mee-gekomen, Michael,' zei Peggy. 'Als er geen bed voor me is, vind ik vast wel een andere plek waar ik kan blijven. Het is maar voor een paar dagen. Dan ga ik naar Londen.'

Michael voelde dat hij bloosde. 'Er is vast wel ergens een bed voor je. Het huis staat vol met bedden.'

Moira verscheen in de deuropening en trok haar schort uit over haar hoofd. Ontheven van zijn plicht stapte Jack weer in de vrachtauto omdat hij nog niet was gaan stem-men, zei hij. Michael ontfermde zich over Peggy's koffer en liep met het bezoek naar de stenen trap, langs het bord met een affiche van de Conservatieve Partij dat schuin uit een rododendron omhoogstak. In de hal was een grote open haard waar een reproductie van Monets lelies tegenaan leunde. De stenen trap spiraalde omhoog.

Moira pakte Peggy's handen vast en draaide om haar heen met een opgewektheid die Michael had leren wantrouwen. Toen ze zich naar het licht draaide, zag hij dat haar ogen nog rood waren van het huilen. 'Wat leuk dat je gekomen bent, Peggy, liefje. Hoe gaat het met je vader?'

'Goed hoor, dank u, mevrouw Cartwright.'

'Je ziet bleek, liefje. Als ik had geweten dat je kwam, had ik een bed voor je opgemaakt.' Ze hief het hoofd en zong Katherines naam de trap op.

'Wat nou weer?' Katherine verscheen boven hen, leunend over de balustrade.

'Jij slaapt vannacht bij Emily. Peggy O'Connor is hier, met Fergal meegekomen.'

'Hallo, Katherine,' zei Peggy met haar hoofd in de nek. 'Sorry dat ik je bed afpak.'

Katherine haalde de schouders op. 'Geeft niet.'

'Ze hebben handdoeken nodig, Katherine,' zei Moira, 'en laat Peggy zien waar de badkamer is.'

Katherine keek boos omlaag naar de bovenkant van haar moeders hoofd.

'En Fergal, jij slaapt bij Michael en Kieran op de kamer. Ik heb een paar mensen uitgenodigd voor een drankje. Ik dacht dat je het leuk zou vinden om onze pastoor Riley te leren kennen.'

'Dat is erg attent van je, Moira.'

Michael liet Fergal het logeerbed zien en ging toen de kamer weer uit om hem te laten uitpakken. Beneden lokte het geluid van de viool hem naar de eetkamer. Kieran was zijn orkestpartij aan het oefenen. Salema zat aan tafel huiswerk te maken. Naast haar stond Kierans metronoom te tikken.

Hij liet zijn viool zakken. 'Mam heeft ons uit de zitkamer verbannen.'

Salema keek op van haar schrijfwerk. 'Er schijnen mensen te komen.'

'Weet ik. Sorry. Ik bedoel... het is vanwege Fergal.' Wat gaf Salema deze macht, vroeg Michael zich af, om hem tot een dergelijke staat van onsamenhangendheid te reduceren? Zelfs Peggy, die zomaar uit het niets was komen opdagen, had dat effect niet in die mate. Maar Peggy was maar een gewoon Iers meisje dat gewone dingen dacht, terwijl Salema half Indisch en half Grieks was, half sterveling en half geest, en dingen zei waarvan de helft voor hem een volslagen mysterie was, en hij hoefde haar maar te zien of zijn brein raakte in de war zodat hij niet in staat was om een zinnig antwoord te geven op de andere helft. De metronoom, die de stilte afmat in kleine geluidsexplosies, hielp ook al niet.

'Zullen we strakjes iets drinken?' vroeg Kieran hem. 'Wat vind je, Sal, kun je nog even blijven?'

'Hoe lang is even?'

'Lang genoeg om iets te drinken met Mike.'

Salema keek Michael verschrikt aan alsof ze er pas net achter kwam dat hij in de kamer was en liet haar blik afdwalen in de richting van het plafond. 'Misschien,' zei ze. 'Ik zie wel.'

'Je hoort het, Mike.' Met een geïrriteerd gebaar bracht Kieran de viool naar zijn schouder en nestelde hem onder zijn onderkaak. 'Dat betekent waarschijnlijk ja.' Zijn vingers gingen al verkennend over de snaren.

In de keuken stond Katherine broodjes te smeren. Ze was erin geslaagd om haar haar, dat in kluitjes alle kanten op stak, er min of meer hetzelfde te laten uitzien als dat van Peggy. Door het raam zag Michael Emily die Fergal een rondleiding gaf door de tuin. Wat het ook was dat ze over de tomaten te zeggen had, Fergal stond, naar haar toe gebogen, aandachtig te luisteren. Peggy kwam in zicht en schopte zich met haar rode laarsjes een weg door de brandnetels en de paardenbloemen. Ze draaide haar hoofd om naar het huis te kijken. Michael voelde bij haar aanblik een golf van begeerte en onrust door zich heen slaan. Kierans muziek, een hoekig stuk van Sjostakovitsj, was hoorbaar vanuit de eetkamer en voegde er een onsamenhangende soundtrack aan toe.

'Pas op je tellen,' zei Katherine, 'mama is in een rare stemming.'

'Hoezo, wat doet ze dan?'

'Huilen. Vooral vanwege Eileen. En dan lacht ze weer en raakt ze helemaal door het dolle heen. Ze is een noveen tot de maagd Maria begonnen. Ze heeft een kaars aangestoken op de televisie. Ze wilde dat ik meedeed. Ik heb gezegd dat ik huiswerk had.' Katherine wilde nog meer gaan zeggen, maar hield zich in.

Er klonken voetstappen in de hal en Moira kwam naar binnen lopen, terwijl ze haar rok aan de zijkant dichtritste. De muziek was duidelijker hoorbaar door de open deur. 'Deze blouse moet van achteren dichtgeknoopt, Michael. Wil je me even helpen?' Ze tilde haar haar op zodat hij de knoopjes kon dichtmaken. 'Dat dametje is zeker nog steeds daarbinnen bij Kieran?'

'Ze heet Salema, mam, en ik weet niet wat je tegen haar hebt.'

'Ze is zo afstandelijk, zo uit de hoogte en ze zegt nooit wat ze denkt.' Ze stapte weg voordat het laatste knoopje dicht was. 'Als die broodjes gesmeerd zijn, Katherine, kun je een blikje zalm openmaken.' Ze liep de keuken door terwijl ze het jasje aantrok en de schoudervullingen schikte. Toen draaide ze zich naar Michael om en hield verlegen haar hoofd schuin. 'Nou, wat vind je ervan?' Het pakje was synthetisch blauw. De blouse was crèmekleurig met zachtpaarse bloemen en een zachtpaarse strik bij de hals. Ze had geen schoenen aan, alleen een bleke panty met witte verstevigingsstukjes bij de tenen. 'Ik heb er ook een bijpassende hoed bij gevonden, kijk maar, daar op tafel, en een handtas. Dat is toch wel goed genoeg?'

'Ik denk het,' zei Michael. 'Waarvoor?'

'O, Michael, doe niet zo moeilijk.'

Ze hoorden dat het toilet op de benedenverdieping werd doorgetrokken en het geluid van stromend water in het fonteintje. 'Daar zal je vader wel zijn. O ja, Michael, ik kwam pater Kenton tegen in de supermarkt en heb hem ook uitgenodigd. Hij was je lievelingsleraar op school, toch? Je had het altijd over hem.'

'Pater Kenton?'

'En ik dacht, omdat pastoor Riley is uitgenodigd en Fergal hier is...'

'Maar, mam!'

Jack kwam glimlachend naar zijn krant binnen vanuit de hal. 'Je zou dit stuk eens moeten lezen, Moira, over het manifest van de Labourpartij. Zelfs hun eigen achterban noemt het de langste zelfmoordbrief uit de geschiedenis.'

'Heb je pater Kenton uitgenodigd?'

Moira had de hoed opgezet – blauw vilt met een strik erop en een elegante rand. 'Nou, Jack,' zei ze terwijl ze zich naar hem omdraaide. Ze sperde haar ogen wijd open in afwachting van de narigheid die nu vast ging komen. 'Hoe vind je het? Het was in de uitverkoop bij Marks & Spencer. Echt voor een prikje.'

Jack keek op van zijn krant. 'Een beetje overdreven voor een drankje met pastoor Riley, vind je niet?'

Katherine giechelde. 'Je ziet eruit als Maggie Thatcher.'

'Pas op je woorden, jij,' zei Moira, 'of je kunt een draai om je oren krijgen.'

'Nou, maar het is wel zo, toch, Mikey?'

Moira draaide zich naar Katherine toe met de handen op de heupen. 'Heb je al een blikje zalm opengemaakt? En wat heb je in 's hemelsnaam met je haar gedaan?'

'Zalm!' zei Jack. 'We krijgen toch zeker geen zalm?'

'En waarom niet, als ik vragen mag?'

'Omdat mensen liever niet naar vis willen stinken.'

'Waar heb je het over? Genoeg keurige mensen die vaak vis eten.'

'Als je die hoed ophoudt, kunnen we trouwens beter sandwiches met komkommer eten.'

Moira zuchtte geïrriteerd. 'Het zijn mijn kleren voor zaterdag, Jack, niet voor vanavond. Het is voor de trouwerij van Eileen. Er is hier ook nog ergens een handtas.' Ze rommelde tussen de zakken en papieren op de keukentafel. 'Daar ging veertig procent af.'

'De trouwerij van Eileen? Ik heb je verteld wat ik vind van de trouwerij van Eileen. En Fergal is het met me eens.'

'O, is dat zo?' Moira's gezicht kreeg iets hards en onverzettelijks. 'Is hij het met je eens?'

'Ja. Je zet jezelf voor gek als je in die kleren komt opdagen.'

'Nee, maar echt, mam,' zei Michael die zo kwaad was

dat hij wel kon huilen. 'Waarom heb je in godsnaam pater Kenton uitgenodigd?'

'Nou, mam? Moet ik die zalm nog openmaken of moet er iets anders op de broodjes?'

'O! Dus jij vindt dat ik mezelf voor gek zet?'

'Een zootje punkers en links tuig. En die twee, die spelen dat ze gaan trouwen en een schijnvertoning maken van een sacrament van de Kerk.'

'Uitgerekend pater Kenton, mam! Luister je dan nooit eens als ik iets zeg?'

De achterdeur werd opengeduwd. Emily stond vanuit de tuin naar binnen te kijken met Peggy en Fergal achter zich. Binnen was iedereen ineens stil.

'En dit is de keuken,' zei Emily, 'waar moeder maaltijden kookt voor het gezin en waar we eten en soms naar het journaal kijken op tv, en naar *Dallas*, en nu laat ik jullie het kolenhok zien.' In de eetkamer werd Sjostakovitsj even onderbroken en schreeuwde Kieran 'Godverdegodver!' De achterdeur ging dicht en Emily en de Ierse gasten waren verdwenen.

Katherine maakte een gesmoord proestgeluid dat wellicht lachen was.

'Nou, goed dan.' Moira smeet de hoed op tafel en begon haar jasje uit te trekken. 'Jullie vinden niets leuker dan met z'n allen tegen mij samen te spannen en alles wat ik doe belachelijk te maken.' Ze begon te huilen toen ze de rok open ritste, eruit stapte en hem op de grond liet liggen.

'Moira, in 's hemelsnaam!'

'Jullie geven niks om mijn gevoelens en jullie geven niks om mij.' In haar blouse en panty trok ze van leer tegen Michael. 'En jij... ik heb alles gedaan wat ik maar bedenken kon om je gelukkig te maken. Denk je dat je volgend jaar verder mocht gaan met tekenen als het aan je vader lag? En dat jij je nu tegen me keert...'

'Ik keer me niet tegen je. Ik zei alleen...'

'Jullie lachen me allemaal achter mijn rug uit en zetten Fergal ook nog tegen me op.'

Katherine zette met een klap het blikje neer. Ze had tranen in haar ogen. 'Moet ik die zalm openmaken of niet?'

'Jullie doen maar wat jullie willen. Ik heb het gehad, met jullie allemaal.'

Jack kromp ineen toen ze de keuken uit beende en de deur in zijn gezicht dichtknalde. 'Godallemachtig, Moira,' zei hij en toen, wat zachter, tegen zichzelf of tegen Michael: 'Volgens mij is die scheur weer breder geworden.'

Tot zijn opluchting zag Michael dat zijn moeder iets anders had aangetrokken tegen de tijd dat pastoor Riley en pater Kenton arriveerden en weer voldoende op verhaal was gekomen om een boel gezelligheid voor te wenden, een broos oppervlak waaronder haar emoties kolkten. Ze begroette de gasten met die mengeling van eerbied en flirterigheid die ze voor priesters reserveerde en ging hun voor de zitkamer in, waar Fergal al zat te wachten. Emily klemde zich aan de mouw van Fergals jasje vast alsof ze bang was dat ze anders weg zou zweven. Michael, die erg opzag tegen een ontmoeting met pater Kenton, zou zich het liefst op zolder of in de kelder hebben schuilgehouden, maar hij wilde zich niet kinderachtig gedragen waar iedereen bij was – en iedereen was in dit geval waarschijnlijk Peggy en Salema en misschien Fergal.

Pastoor Riley presideerde de samenkomst vanuit de leren leunstoel naast de open haard, waar hij Moira's sherry achterover zat te slaan. Pater Kenton deed af en toe een humoristische duit in het zakje. Fergal was zo nerveus dat hij te hard lachte en te nadrukkelijk zijn instemming betuigde, waardoor Peggy zich tot Kieran wendde met vragen over zijn vioolspel – kende hij ook Ierse liedjes en kon hij op het gehoor spelen? – terwijl Salema door de kamer zwierf, om het gezelschap heen, en met haar vingers langs de ornamenten en de armoedige gordijnen ging. Katherine stond er stuurs bij met haar bord beboterde broodjes, die nu in vierkantjes waren gesneden en samen met blokjes cheddar en ananas uit blik aan cocktailprikkers waren geregen. Ze had haar nieuwe haarcreatie vergeten totdat ze, op een bozig gebaar van haar moeder, met het bord naar pastoor Riley liep en zichzelf zag in de spiegel op de schoorsteenmantel. Plotseling gegeneerd begon ze stiekem aan de speldjes en elastiekjes te trekken. Peggy, die tijdens de reis niets naar binnen had kunnen krijgen, pakte nu lukraak al het eten waar haar oog op viel. Een terloopse verwijzing naar de vrijheidstheologie van pater Kenton was voor Jack het signaal om aan een tirade te beginnen. En toen de blik van pater Kenton van de andere kant van de kamer als bij toeval op Michael bleef rusten, vertrok de mond van de priester en trilden zijn oogleden onder de tegenstrijdige gevoelens die erom vochten om de spieren in zijn gezicht aan te sturen, dat nu elk moment een angstige of smekende of spottende uitdrukking zou kunnen aannemen.

'Gisteren was de verjaardag van mijn vader,' zei Salema later in café The Coach and Horses. 'Acht juni. Hij zou tweeenvijftig zijn geworden.'

'Dus hij is dood?' vroeg Peggy haar.

'Ja, hij is dood. Maar dat kan mijn moeder niet schelen.

De belastinginspecteur had zijn broer gisteravond uitgenodigd op het avondeten en die had zijn vreselijke vriendin bij zich en ik moest bij hen aan tafel zitten. En de hele tijd wilde ik aan mijn vader kunnen denken.'

'Hoe lang is hij al dood?'

'Acht jaar.'

'Mis je hem erg?'

'Ja, ik mis hem. Heel erg.'

'Nou, ik hoop maar dat hij op zijn verjaardag geen shandy zou hebben gedronken.'

'Ik weet het niet. Ik kan me niet herinneren wat hij dronk.'

Ze zwegen een poosje. Toen zei Peggy: 'Mijn moeder is weggegaan toen ik elf was. Ervandoor gegaan met haar minnaar.'

'Wat vreselijk.'

'Ik ben er nu overheen. Ik zou haar niet terug willen. Mijn vader wel, maar ik niet, nog niet als ze helemaal op haar knieën kwam kruipen uit Cork.' Michael vond de bewegingen en uitdrukkingen van Peggy's gezicht, rozig nu door de warmte en de drank, aantrekkelijk. Salema hoefde niets te doen of te zeggen of zelfs maar te denken om de moeite van het bekijken waard te zijn. Michael was tot de conclusie gekomen dat het dit was wat bedoeld werd met schoonheid, en hij begon zich langzaam te ergeren aan de moeiteloze tirannie daarvan.

Salema's lippen begonnen te trillen en er rolde een traan langs de zijkant van haar neus.

'Ik ga een cognacje voor je halen,' zei Peggy, 'en dan drinken we samen op je vader.' Ze kwam onvast overeind.

'Nee, laat maar. Niet doen.'

'Nou, je bent er onderhand wel aan toe. Ik ben zo terug.'

'Acht juni,' zei Kieran.

Salema haalde haar zakdoek tevoorschijn en bette haar ogen. 'Klopt.'

'Albinoni is ook op acht juni geboren.'

'Albinoni?' Michael sprak de klinkers zo uit dat ze zouden kunnen doorgaan voor een New Yorks accent en reikte over de tafel om Kieran met de rug van zijn hand een klap op de arm te geven. 'Tomaso Albinoni?'

Kieran volgde zijn voorbeeld. 'Wie wil dat weten?'

'Antonio Vivaldi. Noem me maar Tony.'

'Hoe gaat-ie, Tony?'

'Wat heb je daar in die vioolkist, Tomaso?'

'Ik heb hier een adagio dat je omverblaast.'

'En de Heilige Alfege ook,' zei Salema. Ze pakte haar shandy op en nam een slokje.

Kieran keek haar van opzij aan. 'De Heilige wie?'

'Alfege, bisschop en martelaar uit de tiende eeuw. Hij werd aartsbisschop van Canterbury. Mijn vader vereerde de Heilige Alfege, deels omdat ze op dezelfde dag jarig waren, maar ook omdat hij een musicus was.'

'Alfege?' Michael had genoeg gedronken om de naam onweerstaanbaar grappig te vinden. 'Alfege? Hé, Alfege, hoe hangt-ie, man?'

Salema verhief haar stem om gehoord te worden. 'Daar moeten jullie niet om lachen. Alfege was een groot en heilig man, van een oud adellijk geslacht. Hij heeft een enorm orgel gebouwd dat je anderhalve kilometer in de omtrek kon horen. Er waren vierentwintig monniken voor nodig om het te bedienen.'

Het adellijk geslacht deed het hem voor de jongens, die met hun handen tegen hun buik slap lagen van het lachen. Kieran moest zich aan de tafel vasthouden.

'Hé, Alfege,' wist Michael uit te brengen, 'zij daarbinnen zegt dat je d'r heb lastiggevallen met je adellijke geslacht.'

'Dat is niet grappig! Echt niet! De Noormannen hebben hem vermoord met een bijl. Na zijn dood zijn er wonderen gebeurd.'

'Geloof je daar echt in?' vroeg Kieran die weer enigszins was bijgekomen. 'Geloof je dat er wonderen zijn gebeurd?'

'Ja.'

'Zoals?'

'Nou, zijn lichaam was ongeschonden, om maar eens wat te noemen. Ze hebben zijn graf opengemaakt, jaren later, toen Thomas Becket aartsbisschop was en het was nog niet eens begonnen te verteren.'

'Dat lichaam,' zei Michael, 'was dat in de grond begraven?'

'Weet ik niet. Het lag waarschijnlijk in de kathedraal – in de crypte, of zo. Hij werd vereerd.'

'Precies, dus hebben ze hem in een lekker droge, stenen kist begraven.'

'Natuurlijk,' zei Kieran, 'en toen hebben ze hem leeggehaald.'

Salema keek verward. 'Wát hebben ze gedaan?'

'Zijn ingewanden verwijderd.'

'Hoe weet jij dat? Waarom zouden ze dat doen?'

'Waar haalden ze anders al die relikwieën vandaan? Kleine plakjes van zijn inwendige organen. Daarmee zijn alle enzymen verdwenen. Ze zouden heus niet zijn vingers eraf hakken, toch?'

'Wat voor relikwieën?'

'Er moesten relikwieën zijn. Dat wilden mensen van een middeleeuwse martelaar. Lichaamsdelen.'

'Ja!' zei Michael. 'Precies! Droge kist. Geen enzymen. Geen wonder dat hij er zo lang over deed om weg te rotten.'

Salema keek van de een naar de ander. 'Waar hebben jullie het over? Waarom doen jullie zo akelig?'

Het bezorgde Michael een ongemakkelijk gevoel van vreugde om met zijn broer tegen Salema samen te spannen.

Peggy was terug van de bar met een groot glas cognac.

'Toe maar,' zei Peggy, 'dwing je er maar toe. Ter herinnering aan je vader. Het zal je goeddoen.'

Salema pakte de cognac op en goot die in haar mond. Ze sloeg het glas met zulke grote slokken achterover dat het laatste restje sputterend over haar kin liep.

'Jezusmina,' zei Peggy, 'jij weet van wanten.'

Salema barstte in tranen uit.

'Kom op, Sal,' zei Kieran, 'we waren alleen maar wat aan het dollen.'

'Anders ben je nooit zo,' zei ze.

Peggy stootte Michael aan met haar elleboog. 'Wat hebben jullie met haar uitgevreten?'

'Niks.'

'Eerlijk waar,' zei Kieran, 'het was alleen maar een grapje.' Hij leek verscheurd tussen spijt en irritatie.

Salema had haar voeten op de bank getrokken en zat met haar armen om haar benen geslagen. Met haar hoofd op haar knieën zat ze heen en weer te schommelen. Over de rand van de tafel zag Michael de achterkant van haar dijen, donker en gaaf, afgezien van een horizontale streep, als een striem van een pak slaag, en een wit driehoekje ondergoed.

Haar hoofd bewoog en hij zag dat ze met een vage uitdrukking naar hem zat te turen door slierten zwart haar. Hij dwong zich om naar de dronkaard bij de bar te kijken, naar de dikke vrouwen die bij het raam zaten te giechelen. De striem, realiseerde hij zich in een opwelling van heimelijke gêne, was alleen maar de indruk van de rand van de bank.

Kieran had een voorzichtige hand opgetild om haar schouder aan te raken. 'Niet huilen, Sal, alsjeblieft.'

Er klonk een grommend geluid uit haar keel en ze draaide zich naar Kieran toe, haar knieën tegen zijn borst, haar armen om zijn nek, en begon zijn gezicht te kussen. Zijn hoofd ging opeens omhoog tegen de muur van de schrik. Vervolgens begonnen zijn handen voorzichtig over haar schouders te kruipen. Toen hun lippen elkaar vonden – Salema nu bijna bij Kieran op schoot, met haar smalle rug naar de tafel gekeerd – kwam Michael half overeind van zijn stoel, ging weer zitten, pakte zijn glas op, dronk eruit en staarde naar het verkleurde tuigbeslag dat boven Kierans hoofd hing en het vossenjachttafereel in zijn zilverkleurige lijst en de lampenkap van imitatieperkament. Er waren twee tegenstrijdige gedachten bij hem opgekomen – dat Salema en zijn broer nog nooit eerder hadden gekust en dat Salema veel meer van kussen af wist dan je zou hebben gedacht.

Peggy zat in zijn oor te praten. 'Kom op, Michael. Volgens mij moeten we die twee even alleen laten.' Ze dronk haar glas leeg en stond op. Toen pakte ze hem bij de hand, trok hem overeind en leidde hem naar de deur.

Ze struikelden de smalle straat in en liepen in de richting van de promenade waar de lichten helderder schenen. Nu er meer ruimte was, gingen ze een stukje uit elkaar lopen. Ze kwamen op de hoek aan en daar was de fontein – het water dat over de paarden van Neptunus tuimelde in de veranderende kleuren van de verkeerslichten – en mensen die op hun gemak rondslenterden, sommigen hand in hand of met een arm om elkaars middel geslagen, alsof het allemaal al overeengekomen was – het giswerk en de onderhandelingen, de wisselende bondgenootschappen, allemaal al afgehandeld.

'Ze doet jou wel wat, hè, dat meisje?' Peggy's stem bereikte hem vanaf de rand van de fontein.

'Wat doet ze me dan?'

Lachend leunde ze achterover tegen de stenen balustrade. 'Zeg jij het maar.'

'Ik zou niet weten wat je bedoelt.' Hij kon het niet helpen dat hij moest lachen. Het was spannend dat Peggy hem zo'n intieme vraag stelde. 'Hoe dan ook, ze doet me niks.'

'Ze is niet voor jou bestemd, Michael Cartwright.'

'Hoe weet je dat zo zeker?'

Peggy's mond viel open van zogenaamde verbazing. 'Zat je net niet naast me toen ze over je broer heen begon te klimmen? Je moeder ziet wat er aan de hand is, ook al zie jij het niet. Ik hoorde het haar tegen Fergal zeggen. Zij denkt dat dat keurige dametje hem met huid en haar zal verslinden en dan weer zal uitspugen.'

'Dat klinkt niet als iets wat mijn moeder ooit zou zeggen.'

'Misschien niet – maar daar kwam het wel op neer. En zo te zien is het verslinden al begonnen, denk je niet?' Slap van het giechelen liep ze naar de overkant waar de winkels waren.

Michael haalde haar in toen ze bleef staan voor de etalage van een warenhuis. Ze stond te kijken naar wat er allemaal in stond. 'Toch niet te geloven wat ze ons allemaal willen verkopen?' De etalagepoppen waren gekleed voor institutionele macht, wankele driehoeken op smalle voetjes, met overdreven schouders en strakke kokerrokken.

'Jij zou er goed uitzien, wát je ook aantrok.'

Ze draaide zich met een ruk naar hem toe, leunde naar achteren tegen het glas en keek hem schaamteloos aan. 'Ben je aan het oefenen?'

'Hoe bedoel je?'

'Dingen die je tegen het keurige dametje kunt zeggen.' Haar lippen gingen, spottend of uitdagend, van elkaar. Toen hij zich naar haar toe boog, draaide ze haar hoofd opzij en botste zijn mond op een plastic haarspeldje net boven haar oor. Haar stemming was veranderd. 'O, nee, nee, nee, ik moet dit niet doen.' Ze sprak meer tegen zichzelf dan tegen hem.

'Afgelopen zomer vond je het best.'

'Afgelopen zomer! Afgelopen zomer waren we nog kinderen.'

'Wat wil je daarmee zeggen?'

Ze maakte een geluid dat wellicht het begin van een antwoord had kunnen zijn. Toen zei ze: 'Zijn ze dat daar?'

Ze waren zo'n vijftig meter van het midden van de promenade vandaan. Kieran had zijn handen in zijn zakken. Salema hing aan zijn arm, haar hoofd op zijn schouder. Ze liepen de stoep op in het felle licht van een juwelierswinkel en verdwenen.

'Ze kwamen van de andere kant.'

'De schunnige viezeriken.' Peggy keek Michael aan, haar ogen nu weer vol ondeugd. 'Kom gaan we achter ze aan.' Ze pakte hem bij zijn arm en trok hem mee terwijl ze begon te rennen. Toen ze bij de juwelier aankwamen, sloegen ze een bochtig, slecht verlicht zijstraatje in, Michael uitgelaten van het rennen, Peggy huppelend en opgewonden schreeuwend naast hem. Een vrouw die een restaurant uit kwam, stapte snel weg achter haar man om een botsing te voorkomen en heel even hield Michael het beeld vast van hun hooghartige afkeuring – een ogenblik van helderheid in het waas van straatlantaarns en etalages en donkere ruimtes achter smeedijzeren hekken.

Vóór hen, waar het licht spaarzamer was en de gebouwen groezeliger, werd de stoep half versperd door een afvalcontainer die voor een deel op straat stond. Iemand stond in de schaduwen bij de muur. Er bewoog iets en ze zagen dat het twee mensen waren, Salema met haar handen omhoog tegen Kierans gezicht. Michael nam een aanloop naar de container en sprong ertegenop. Met zijn onderarmen op de roestige rand, schoppend tegen de zijkant, zocht hij naar houvast voor zijn voeten. Het gebonk weergalmde in zijn buik en echode terug van de overkant van de straat. Hij hoorde Peggy's gefluit en gejoel en voelde dat hij slap werd van het lachen. Toen had iemand zijn voet beet en gaf hem een duw zodat hij voorover op handen en voeten in de rommel tuimelde. Er klonk gedempt gekraak van glas en raamkozijnen. Zijn voeten vonden de rand en hij ging rechtop staan met zwaaiende armen. Duizelig van de plotselinge beweging en de alcohol die door zijn hoofd zoemde, zag hij Kieran, die klaar ging staan om zijn val te breken, Salema, die zich achteraf hield in het donker, Peggy die stond te klappen, terwijl de flikkerende straatlantaarns en de leien daken en schoorstenen om hem heen tolden.

Hij vond zijn evenwicht en keek weer omlaag in de container. Achter het gebroken raam zag hij een paar blote voeten, met de voetzolen naar hem toe. De benen verdwenen in een flauwe hoek naar beneden, een berg modetijdschriften en kartonnen dozen in. Hij deed een paar voorzichtige stapjes over het glas en hurkte om ze van dichtbij te bekijken. Met bonkend hart stak hij zijn hand uit en voelde dat het hard plastic was wat hij aanraakte. Hij pakte de etalagepop stevig bij de enkels en trok eraan. Hij gleed naar hem toe, de dunne armen erachteraan sleurend, het kale hoofd slap naar één kant hangend. Hij tilde de pop op, stommelde achteruit en kwam overeind. Hij hoorde Peggy, die floot als een bouwvakker en het getoeter van een passerende auto.

Hij liet de etalagepop in Kierans armen vallen, een betere trofee dan de reflectoren die ze ooit samen, midden op een landweg, uit het asfalt hadden gepeuterd.

Peggy zwalkte naar Kieran toe om hem een knuffel te geven. De plastic voeten staken tussen hen omhoog. Salema stond een meter of drie van hen vandaan, de schouders opgetrokken, de armen strak om zich heen geslagen, voeten naast elkaar, net zo keurig en afstandelijk als de etalagepop.

'Nou?' zei Kieran plotseling kwaad. 'Wat?'

Ze draaide zich om en begon weg te lopen.

Michael hurkte neer en ging met bungelende benen op de rand van de container zitten. 'Kun je haar wel alleen laten gaan, Kier?'

'Weet je wat ze net zei toen jullie aankwamen?'

'Wat? Ik wil je sexy violistenhanden over mijn hele lijf voelen? Mag ik nou eindelijk in je broek?'

'Ze wil dat we ons leven opdragen aan de Goddelijke Moeder.'

'Godskolere.'

'Soms denk ik dat ze gek is. Ik bedoel, klinisch gestoord.'

Michael zag ineens een beeld voor zich van mannen in witte jassen die Salema achter in een busje wilden stoppen en Salema, onder de kalmerende middelen, met haar blote voeten op de stoep, die hem smekend aankeek. Vervolgens een worsteling om haar te redden, een achtervolging door donkere stadsstraten, en ten slotte Salema ergens op een veilige plek, behaaglijk op zijn schoot genesteld. Maar het was Kierans schoot waar ze op had gezeten, in dat hoekje in de kroeg, en hij schudde het beeld uit zijn hoofd.

Met z'n drieën zwalkten ze naar huis en de jongens droegen om beurten de etalagepop en overlegden wat ze ermee zouden gaan doen. Ze zouden haar bij het gasfornuis neerzetten met een schort voor. Ze zouden het bad met water vullen en haar daarin laten zitten zodat hun vader haar daar morgenochtend zou aantreffen.

'Of Fergal,' zei Peggy. 'Die is altijd om zes uur op. Uit gewoonte.'

De botsing tussen Fergals gewoonte en de naakte etalagepop maakte hen aan het proesten van het lachen en verleidde hen tot een reeks nonnenmoppen, zodat Peggy het ding zuster Benedict doopte naar een jonge non van wie ze op school in Kilross les had gehad en die het voorwerp was geweest van meisjesachtige fantasieën omdat ze ervan werd verdacht met de tuinman te slapen.

Toen ze bij het huis aankwamen, was het Michael die voorstelde om zuster Benedict via de ladder de steigers op te hijsen. Ze gingen met zijn drieën bij een slaapkamerraam op de hoek van het huis staan, waar ze over straat konden uitzien, buiten adem van opgewonden plezier en elkaar voortdurend tot stilte manend om de ouders niet te wekken. Op de aflopende helling vóór hen verdwenen de bomen en de pannendaken met al hun verschillende schoorstenen het dal in en weer omhoog, om zich te groeperen rond de toren van de anglicaanse kerk. Op de hellingen van de volgende heuvel waren hier en daar kleine rechthoekjes van licht te zien en de steilte tekende zich donker af tegen de hemel. Ze bleven een poosje staan om op adem te komen.

Toen zei Peggy dat ze stierf van de honger en Kieran bood aan om brood en kaas te gaan halen.

'En iets van fruit als dat er is. Sinaasappels of zo. En augurken, als jullie die hebben.'

'Anders nog iets?'

Kieran bedoelde het sarcastisch, maar Peggy grijnsde alleen maar en zei: 'Nee, dat is voorlopig wel genoeg.'

Hij schoof het raam omhoog en stapte de duisternis in, over Emily heen, die mopperde in haar slaap. Daar moest Peggy, die op de buitenste steigerbuis leunde, om glimlachen en Michael ging wat dichter bij haar staan. Er waren een paar sterren te zien en een wazige indruk van de maan.

'Mag ik je nu zoenen?' vroeg hij.

Ze trok een gezicht. 'Je weet dat ik onderweg ben naar Londen.'

Hij haalde zijn schouders op.

'Waarom zou je me dan zoenen?'

'Omdat ik dat graag wil.'

'Of omdat je je Indische prinses niet kunt krijgen en je het dan maar met mij moet doen?'

Uit een open raam bij de buren dreef televisiegejuich

omhoog. Peggy keek hem aan. 'Je zou met me mee kunnen gaan, als je wilt.'

'Hoe bedoel je?'

'Naar Londen. Je zou een baantje kunnen zoeken. Waarom zou je voor je vader werken? In de bouw kun je evenveel verdienen. Als timmerman, of als schilder.'

'Ik ga een voorbereidende cursus doen voor de kunstacademie.' Hij zag de weg beneden als een donkere rivier waar hij in kon springen en die hij kon volgen naar waar ze ook maar naartoe stroomde. Maar het was niet meer dan een fantasie, dat Londen-idee, gewoon een spelletje dat ze speelde. 'Wat ga je eigenlijk doen als je in Londen bent?'

'Weet ik nog niet. Hangt ervan af. Ik moet eerst iets regelen en dan neem ik een besluit.'

Voordat hij kon vragen wát ze dan moest regelen legde ze haar hand tegen de achterkant van zijn hoofd en kuste hem. Haar adem was warm en haar mond smaakte naar rum. Hij herinnerde zich het gevoel, alsof alles binnen in hem werd opgetild.

Ze maakte zich met een zucht los. 'Kom mee naar Londen, Michael.'

Hij lachte, opgewonden dat hij gevraagd werd, opgewonden dat hij gekust werd, maar zonder te geloven dat ze het meende.

'Ik maak geen grapje. Jij moet ook serieus zijn. Het is niet iets om grapjes over te maken.' Ze wendde zich af en hij wist dat hij haar had teleurgesteld.

Ze hoorden Kierans gefluister achter zich. 'Hier, pak eens aan.' Hij gaf een bord met eten aan door het open raam. Michael nam het aan en verloor een appel die met een zachte plof neerkwam. In een scheur tussen de stei-

145

gerplanken rolde hij weg langs de zijkant van het huis tot Peggy een paar snelle passen deed en hem met haar laarsje tegenhield.

'En dit nog,' zei Kieran terwijl hij Michael een bundel kleren toestak. Het was het mantelpakje dat hun moeder had gekocht bij Marks & Spencer. 'Dat kunnen we haar aantrekken.'

Terwijl Kieran naar buiten klom, verscheen Emily achter hem in het open raam. 'Wie ga je dat aantrekken? Wat doen jullie, Kier?'

'Zuster Benedict. Ga maar weer slapen.'

Katherine tuurde naar buiten, gapend en met lodderige ogen. 'Wie is zuster Benedict?'

Peggy nam een paar happen van haar appel en begon, plotseling energiek, de etalagepop aan te kleden. Michael realiseerde zich dat ze dat vaker had gedaan. Hij keek hoe ze de armen naar achteren draaide om het jasje aan te trekken en hoe ze de rok omhoogschoof over de smalle heupen. Zuster Benedict, die op haar tenen tegen de muur leunde, begon als een beschonkene zijwaarts te hellen en toen ze languit op de planken was gegleden had ze haar hoed op de vensterbank achtergelaten.

Een stukje verderop lag een tros touw die hun vader gebruikte om ladingen dakleien en specie naar boven te hijsen. Michael sloeg een uiteinde over een hogere steigerbuis en begon het touw in een lus rond zuster Benedicts hals te knopen. 'Hier Kieran,' zei hij, 'maak het andere eind eens ergens aan vast.'

'Mijn god,' zei Peggy, 'ik kan niet geloven dat jullie je moeder aan het ophangen zijn.'

'Zuster Benedict,' corrigeerde Kieran haar.

'En we houden haar alleen overeind,' zei Michael.

'Het is zuster Benedict niet meer, niet met dat pakje aan.'

'Mag ik haar ook ophangen?' zei Emily. 'Alsjeblieft, Mikey. Alsjeblieft, Kier.'

'Ga slapen, Em,' zei Katherine die naar buiten klom om zich bij hen te voegen. 'Je bent nog te klein.'

'Ik ben niet te klein. Echt niet.'

Kieran beduidde haar dat ze stil moest zijn. 'Niet zo hard, Em. Je maakt papa en mama wakker.'

'Ze zijn nog niet eens naar bed. Ze zitten in de kamer naar de verkiezingen te kijken met Fergal.'

Katherine was ergens bovenop gaan staan en bukte zich om het op te rapen. Het was de handtas die uit Kierans bundel was gevallen. 'Hier, Mikey,' zei ze, 'wat moet hiermee?'

Michael boog een van de armen zo dat hij de tas over de pols kon hangen. Terwijl hij haar de hoed weer opzette, werd ook hij herinnerd aan zijn moeder in haar nieuwe trouwpakje en aan zijn woede jegens haar, hardnekkig en onverklaarbaar.

Beneden op de weg reed onder de beuken een auto voorbij met schetterende muziek. Hij stopte met piepende remmen en reed toen met hoge snelheid weer achteruit tot hij voor het huis bleef stilstaan. Het lawaai nam toe toen het portier aan de passagierskant openging.

Michael liep naar de rand van de steiger waar hij een beter uitzicht had. Er stapte iemand uit, een jongen met een wilde bos haar en een oude legerjas aan. Hij deed het achterportier open en trok een tas uit de auto. Hij leunde naar binnen om iets te zeggen en sloeg het portier dicht toen de auto optrok. Hij bleef even op straat staan. Toen trok het geluid van hun voeten op de planken zijn aandacht en hij keek omhoog.

'Ben jij dat, Peggy lieverd?' zei hij.

'Nee,' zei Peggy, 'dus rot maar weer gauw op.'

Hij liet zijn rugzak tegen de muur vallen en begon te klimmen, hees zich, zonder de ladders te gebruiken, slingerend naar boven.

Toen hij op hun verdieping kwam, nam hij het tafereel in ogenschouw en er verscheen een grijns op zijn verweerde, ongeschoren gezicht. 'Ik zie dat ik op tijd ben voor de ophanging.'

Kieran stond ongemakkelijk bij de muur met de etalagepop naast zich. De twee jongere meisjes zaten op de vensterbank. Michael en Peggy stonden samen op de buitenste rand, leunend tegen een steigerbuis. 'Je bent zeker weer dronken, Dan Sheahan,' zei Peggy.

'Ik misschien wel, Peggy lieverd, maar jij niet, hoop ik.'

'En als ik het wel ben? Wat heb jij daarmee te maken?'

'Je zou aan onze baby moeten denken.'

'En jij zou je met je eigen zaken moeten bemoeien.'

'Dat zijn toch zeker mijn zaken, of niet soms?'

'Wie is dat, Mikey?' vroeg Emily op luide fluistertoon.

Toen hij zich omdraaide om tegen de anderen te praten, struikelde Dan en even zag het eruit alsof hij zijn evenwicht verloor en van de rand zou glijden.

Peggy strekte een hand uit en pakte hem bij de arm. 'Dan, in godsnaam...'

Hij hervond zijn evenwicht, liet zijn arm om haar middel glijden en trok haar naar zich toe. 'Ik ben blij je te zien, Peggy. Ik dacht dat ik je kwijt was.'

Ze draaide haar hoofd af. 'Voorzichtig, Dan, zo meteen liggen we allebei beneden.'

'En nog wel voor de ogen van Mikey. Zie je hoe goed dit meisje voor me zorgt, Mikey? En jij...' – hij keek naar Kieran – 'bent vast de broer.'

'Ja.'

'Je speelt viool, heb ik gehoord.'

'Klopt.'

'En je bent de rebel van de familie, zie ik.'

'Is dat zo?' Kieran grinnikte en keek even opzij naar Michael. Hij speelde afwezig met zijn uiteinde van het touw, waar hij zich nu geen raad meer mee wist. De etalagepop gleed een paar centimeter langs de muur omlaag, waardoor de handtas begon te slingeren en de hoed bleef haken, zodat de rand aan de voorkant voor haar ogen schoof.

'Hang haar vandaag maar in effigie op, Kieran, en dan ga je morgen naar Downing Street om haar in eigen persoon op te hangen.'

'Als ze er weer in komt,' zei Michael.

'O, die komt er weer in, daar kun je gif op innemen. De Engelsen houden van een goed pak slaag. Hoe harder het kindermeisje ze slaat, hoe meer ze aan haar rokken hangen. De eerste uitslagen zijn trouwens al binnen. We hebben het onderweg gehoord. Het wordt een verpletterende overwinning.'

Michael keek naar Peggy die haar pogingen om Dans arm weg te duwen had opgegeven. Dus ze was in verwachting en alles wat ze had gezegd toen Kieran binnen was, betekende iets anders. Katherine en Emily zaten vanaf de vensterbank naar de Ierse bezoeker te kijken, nieuwsgierig naar hoe dit nieuwe drama zich zou ontwikkelen. Kieran, die af wilde van zijn uiteinde van het touw, bond het om een steigerpaal. Er klonk gejuich en gelach uit een van de buurhuizen. Een wolkenbank gleed langs de hemel.

Londen, februari 2003

Michael zit bij Izzy's, vlak bij Walworth Road. Hij voelt zich op zijn gemak in deze hybride eetgelegenheid, waar de Turkse eigenaar een Engels ontbijt klaarmaakt voor Polen en West-Indiërs. Het is niet druk vandaag. Voor het zondagse winkelpubliek is het nog te vroeg. Maar er komen wel marktkooplui langs, met hoog dichtgeknoopte sjaals en wollen mutsen, die vanuit de deuropening hun bestelling doen en vlagen koude lucht binnenlaten.

Trinity is gisteravond niet komen opdagen. Hij heeft haar niet meer gezien vanaf het moment dat ze in Park Lane de benen nam. Ze heeft haar telefoon nog steeds uit staan. Toen hij vanmorgen vroeg wakker was geworden was de bank onbeslapen, het beddengoed opgevouwen op de stoel en haar tas nog steeds daar, waar ze hem voor de demonstratie had neergezet. Heel even had hij overwogen om Kieran te bellen, maar hij voelde er eigenlijk weinig voor om Trinity's afwezigheid als een crisissituatie te bestempelen. In plaats daarvan had hij Peggy gebeld, wier nummer hij opgevouwen in de zak van zijn spijkerbroek had gevonden. Hoe slaperig ook, ze had geantwoord alsof het de gewoonste zaak van de wereld was dat hij haar belde, alsof zeventien jaar een onbeduidende pauze in hun vriendschap was geweest, en er was een golf van dankbaarheid en opluchting door hem heen gegaan. Nu is ze onderweg met de bus van Pimlico.

Zijn enige aanknopingspunt is een adres van Salema dat hij in een adresboekje van Trinity heeft gevonden – het tehuis in Peckham.

Om kalm te worden bekijkt hij het tafereel buiten door zijn camera. De Indische winkelier aan de overkant zet plastic bakken en klapstoelen buiten en hangt gedroogde bloemen op aan de luifel. Een koopman duwt zijn kraam op wielen binnen zijn gezichtsveld en Michael stelt de lens in op de manden met okra en Spaanse pepers en roodbruine yams. De naam Izzy's staat achterstevoren op de grote winkelruit. Aan de binnenkant zitten er gelamineerde menu's tegenaan geplakt, doorschijnend in het zonlicht en donker waar de vormen van de letters de specialiteiten van de dag verkondigen. Eromheen is het glas streperig door de regen van de afgelopen dagen en wordt het verlevendigd door waterdruppeltjes die van de dakrand vallen.

Als Peggy aan komt lopen, het hoofd gebogen tegen de kou, legt hij de camera op tafel en gaat staan. Ze komt grijnzend door de deuropening en geeft hem een knuffel. Dan doet ze een stap terug en met geperfectioneerde ironie complimenteert ze hem met zijn stijlvolle outfit – een met bont gevoerd canvas jack dat hij in Polen heeft aangeschaft en een wollen muts met oorflappen.

Hij lacht. 'Maar kijk jou dan!' Ze draagt een gedistingeerde mantel met een kasjmieren sjaal.

'Ach, tja, ik ben nu een zakenvrouw, moet je weten – dan moet je er ook uitzien als een zakenvrouw. Ik heb strakjes nog een bespreking in de stad.' Het valt hem op dat haar houding zelfverzekerder is geworden, maar ze heeft nog steeds dat watervlugge dat hij zich herinnert. 'Ik ben blij dat je gebeld hebt, Michael, maar je moet je niet zoveel zorgen maken om dat kind. Als ze ook maar iets van jou heeft, redt ze zich wel.'

'Waarom zeg je dat – als ze ook maar iets van mij heeft?'

'Gewoon, dat het in de familie zit. Je moeder stond met vijftien jaar al zo ongeveer op straat en moet je nu kijken hoe goed haar leven is uitgepakt.'

Het valt hem op dat ze in de tegenwoordige tijd spreekt en hij vraagt zich af of Peggy weet dat ze dood is. 'Ik weet niet of je het gehoord hebt...'

'Ja, ik heb het gehoord, Michael. Fergal heeft het me verteld. Hij had het nieuws gekregen via de katholieke tamtam. Gecondoleerd.'

Hij haalt zijn schouders op en voelt zich een soort bedrieger die geen medeleven verdient. Hij weet eigenlijk niet wat hij geacht wordt te hebben verloren, aangezien hij zijn moeder alleen nog maar had gezien als een natuurkracht waar hij weerstand aan moest bieden.

Peggy staat hem nog steeds met een bezorgde blik aan te kijken.

'Het punt is dat ze altijd een soort gemeenschappelijk eigendom was,' zegt hij. 'Ik heb eigenlijk maar recht op een zevende van het normale aandeel in het verdriet. Als je snapt wat ik bedoel.'

'Nou, nee, niet echt. Volgens mij is dat onzin. Zo kun je liefde niet opdelen. Jullie waren met een hoop kinderen, maar ze was evengoed jouw moeder.'

Het meisje komt met de koffie, de toast en het in servetjes gerolde bestek.

'Ik vind het jammer dat ik de begrafenis ben misgelopen. Ik zou zeker gekomen zijn.'

'Ik was er ook niet. Er was trouwens geen begrafenis. Alleen een dodenmis. Ze heeft haar lichaam ter beschikking gesteld aan een ziekenhuis en daar zijn ze er nog niet klaar mee.'

'Had ze dan een zeldzame ziekte, of zo?'

'Nee, het is een academisch ziekenhuis. Ze hebben lijken nodig voor de studenten. Ik neem aan dat ze nog altijd teleurgesteld was dat Kieran is gestopt met zijn studie geneeskunde en op deze manier heeft ze daar toch nog een voet tussen de deur gekregen.'

Peggy lacht. 'Je bent een verschrikkelijke man, Michael Cartwright.'

Ze vinden het huis in het wat armoediger deel van de straat. Het staat los van de huizenrij, alleen op een hoek, de benedenverdieping verscholen achter een hoge muur. Onder een ronde boog die begroeid is met klimop zit een houten deur en in een holte in het metselwerk een roestige ijzeren bellentrekker.

Michael trekt eraan. 'Ze is hier vast niet.'

'En wat doe je dan?'

'Kieran bellen.'

Aan de andere kant van de muur klinken schuifelgeluiden en het geklok van kippen. Peggy drukt Michaels arm even tegen zich aan. 'Waarschijnlijk is er niks om je zorgen over te maken. Ze komt wel weer opdagen.'

'Maar ondertussen moeten wij iets met Salema.'

De deur gaat een paar centimeter open. Een oudere vrouw tuurt hen aan door de kier. Er verzamelen zich kippen om haar benen en ze draait hun de rug toe om die weg te jagen. Ze draagt een grove grijze tuniek die tot haar kuiten reikt en een grijze hoofddoek. Ze draait zich weer naar hen toe en haar blik gaat heen en weer tussen Peggy en Michael.

'We vroegen ons af of we Salema konden bezoeken,' zegt Michael, 'Salema Cartwright.'

'Ah!' zegt de non met een serene glimlach. 'Salema!' Ze verjaagt de kippen nog eens, opent de deur ver genoeg om de bezoekers door te laten en sluit hem dan snel achter hen. 'Ze lopen graag in de tuin rond,' zegt ze, 'maar ik durf ze niet te lang buiten te laten, want dan heeft de vos ze te pakken.'

De kippen stuiven alle kanten op en Michael en Peggy volgen de non over het geplaveide pad naar de voordeur. Binnen, in de smalle gang, horen ze de piano en voelen ze het bonzende trillen van de dempers onder hun voeten.

De non glimlacht. 'Altijd maar muziek aan het maken,' zegt ze.

Door een halfopen deur aan het eind van de gang vangt Michael een glimp op van de keuken – een vrouw die iets staat schoon te schrobben in de gootsteen, een andere die aan tafel lusteloos naar een mok zit te staren die voor haar staat – voordat hij de anderen de voorkamer in volgt.

Met gesloten ogen, het raam van de erker achter zich, zit Salema Chopin te spelen. De toon is ijl en wordt overheerst door het gekraak van het rechterpedaal. De kamer is spaarzaam gemeubileerd – een leunstoel met versleten bekleding, een salontafel, een paar houten stoelen, bedoeld voor in de kerk, met scharnierende knielkussens aan de achterpoten en vakjes voor gebeden- en gezangboeken. Er hangt een kruisbeeld boven de piano en op de schoorsteenmantel een *Madonna met kind* van Rafaël, met een naakt kindeke Jezus dat zich met vastberaden blik vastklemt aan een Maria die vaag naar het middenplan staart, alsof ze liever ergens anders zou zijn.

Salema, zich ervan bewust dat er naar haar wordt gekeken, houdt abrupt op met spelen en keert zich naar hen toe.

'Hallo, Salema,' zegt Michael. 'Ken je Peggy nog?'

Salema is al van de pianokruk opgestaan en loopt op hen af. Dan vertraagt ze haar pas. Ze stopt, komt omhoog op haar tenen en staat daar, als op een eilandje. In haar vormeloze gewaad ziet ze er tengerder uit dan Michael zich haar herinnert. Haar haar is kortgeknipt.

Hij houdt haar een papieren zak voor. 'We hebben wat fruit voor je meegebracht.'

'Dacht je dat ik ziek was?'

'Nee.'

'Wat voor fruit?'

'Nectarines. We zagen ze toen we uit de bus stapten en ze zagen er zo...'

'Zo...?'

'Zo oranje uit.'

'Het is eigenlijk nog wat vroeg.'

'Ze zijn waarschijnlijk geïmporteerd.'

'Wat vroeg op de dag. Ik ben nog niet naar de mis geweest. Júllie zouden er eentje kunnen eten, als je wilt.'

'Ze hoeven niet meteen opgegeten te worden.' Geïrriteerd door Salema's onbenulligheid vraagt Michael zich af hoe hij dat ooit heeft kunnen verdragen. 'Het was maar gewoon dat we iets voor je bij ons hadden. Leg ze anders in een fruitschaal, of zo.'

De non doet vanuit de deuropening een stap naar voren. 'Ik neem ze wel mee. In de keuken is vast wel een schaal.'

'Ik zou jullie thee kunnen aanbieden,' zegt Salema, alsof ze het liever niet doet.

Peggy glimlacht. 'Nee, hoor, dank je. We hebben net ontbeten. Ik zou wel graag even naar de wc willen.'

'Deze kant op,' zegt de non.

Michael en Salema blijven alleen achter.

'Leuk om je te horen spelen.'

'Ik ben bang dat de piano vreselijk vals is.'

'Kun je hem niet laten stemmen?'

'Hij is te oud. Ik denk dat het pantserraam gebarsten is. De pianostemmer zegt dat hij wel gestemd kan worden, als ik het tenminste niet erg vind dat hij een halve toon te laag staat. Maar als hij dat doet, hoor ik alles in de verkeerde toonsoort. Dus de laatste keer heb ik gezegd dat hij hem maar op moest rekken, zodat hij min of meer op toon stond, maar de snaren begonnen na een paar dagen alweer terug te lopen.'

'Wat jammer.'

'Hij had me gewaarschuwd dat hij geen stemming zou houden en ik zei dat ik het aan God zou overlaten.' Ze glimlacht. 'Hij verzekert me dat de piano's in de hemel allemaal goed gestemd zijn.'

'Wie, de pianostemmer?'

'Nee, God. De pianostemmer zegt dat het mechanisme de spanning niet aankan.'

Daar moet Michael om lachen. 'Ik weet precies wat hij bedoelt.'

'Vast wel. Je was altijd al goed in mechanische dingen.'

'Waarom ik hier ben, Salema...'

'Ik moet het gewoon zien als een penitentie. Zintuiglijk genot is sowieso een verzoeking. Alleen het innerlijke is van belang – de goddelijke inwoning.'

'Ik ben hier omdat ik je wilde vragen of je Trinity misschien hebt gezien.'

'Ik zie haar zo vaak.'

'Maar ik bedoel écht gezien – in levenden lijve.'

'Natuurlijk, in levenden lijve. Wat dacht je dan dat ik bedoelde?' Heel even klonk Salema's stem fel van verontwaardiging. 'Ze was hier een paar dagen geleden nog. Donderdagmorgen. Ze zei dat je weer in het land was en dat ze je adres had. Ik ben niet gek, hoor. Je hoeft niet alles te geloven wat Kieran je vertelt.'

'Natuurlijk ben je niet gek. En Kieran vertelt me nauwelijks iets.'

'Sorry.' Ze lijkt nu weer verlegen en kijkt ongemakkelijk naar de grond. 'Mensen nemen zomaar van alles aan.'

'Dus ze is hier nu niet? Ze heeft hier niet geslapen vannacht?'

'Nee, ze blijft hier nooit slapen. Ze komt en gaat. Ze heeft echt een krachtige ziel. Ze is een wonder, weet je.' Salema's ogen boren zich in de zijne en hij herinnert zich het effect dat dit vroeger op hem had, die vluchtige intensiteit van haar blik. 'Het enige echt goede wat we ooit hebben gedaan.'

'We?'

'Kieran en ik.'

'Juist, ja.'

'We zijn nog steeds getrouwd, hoor. Ik houd hem nog steeds in ere. Ook al is het onmogelijk gebleken om met hem onder één dak te wonen. Dat is trouwens geen vereiste van de Kerk. Dat je een slaapkamer deelt, of samen boodschappen doet. Al die benauwende intimiteit die we met het huwelijk associëren. Dat is gewoon een moderne uitvinding. Iets wat mensen leren van televisiekijken.'

'Ja, dat zal vast wel.'

'Ik heb de Heilige Elisabeth van de Drie-eenheid gelezen.' Ze loopt terug naar de piano en pakt een boek van een stapel.

De plotse verandering van onderwerp maakt Michael aan het lachen. 'Sorry,' zegt hij, 'die heb ik niet op mijn radar.'

'Ze wordt soms de Heilige van de Goddelijke Inwoning genoemd.' Salema bladert door het boek, op zoek naar iets. 'Ze was een bijzondere persoon. Een begaafd pianiste met een ongelooflijke levensenergie, maar al op haar zesentwintigste gestorven en toen al een groot mystica. Hier is het. Moet je horen. Het is een van haar laatste brieven. *Mijn geliefde Antoinette, Ik laat jou mijn geloof in de aanwezigheid van God na, van de God die niets is dan de Liefde die in onze ziel woont. Ik zeg je in vertrouwen: deze intimiteit met Hem in mijn binnenste is de prachtige zon geweest die mijn leven verlichtte en het maakte tot de Hemel die wij tegemoet kunnen zien: het is wat mij vandaag mijn lijden doet doorstaan.* Is dat niet prachtig?'

Ze horen dat het toilet wordt doorgespoeld. Er gaat een deur open en weer dicht. Er klinken voetstappen. Door de gang klinkt vaag het gemurmel van een gesprek vanuit de keuken.

'Je moet het wel zeggen als het tijd voor je is om naar de mis te gaan, Salema.'

'Ik denk dat ik maar op pater David wacht. Die komt strakjes om zuster Dominic de communie te brengen. Zij is zo ongeveer aan bed gekluisterd.'

'En dat is genoeg? Voor jou, bedoel ik. Je was altijd zo streng in dat soort dingen.'

Salema kijkt even naar het raam, laat haar blik even op

Michaels gezicht rusten en staart dan naar de grond. 'Ik voel me niet altijd sterk genoeg om de deur uit te gaan. Ik ben niet goed opgewassen tegen mensen.' Ze kijkt uitdagend op. 'Pater David zegt dat ik niet per se hoef. Hij zegt dat we ook te veel nadruk op uiterlijkheden kunnen leggen, terwijl het juist het geestelijke leven is dat ertoe doet.'

'Zo is het maar net. Pater David klinkt als een protestant.'

Salema glimlacht. 'Jij hebt er altijd lol in gehad om me te plagen. Ik neem aan dat je nog net zo'n heiden bent als vroeger.'

'Erger nog.'

'En nu ben je met Peggy. Zo te zien heeft ze het lang niet slecht gedaan.'

'Ik ben met niemand.'

'Sorry. Natuurlijk niet. Waarom zou je?'

'Dus dit hier is een klooster?'

'Er zijn nog maar drie nonnen over. De meeste andere vrouwen blijven niet lang, maar ik mag blijven. Je zult wel naar me kijken, naar wat er van mijn leven is geworden en je afvragen waar al die heisa nou eigenlijk goed voor was. Maar zo erg is het niet. Echt niet.'

'Wat voor heisa?'

'Jij dacht dat ik de hoofdprijs was en dat jij altijd op de tweede plaats kwam. Maar als je eerlijk bent, hoe lang zou je het nou met mij hebben uitgehouden? Je zou binnen zes maanden alle belangstelling hebben verloren. Kieran was altijd al standvastiger dan jij.'

'Ik wist niet dat je daaropuit was – op standvastigheid.'

Vanbuiten klinkt het geluid van de oude non die tegen de kippen praat en van de kippen die terugpraten.

'Dus je bent op zoek naar Trinity.'

'Ik dacht dat ze misschien hier zou zijn.'

'Die duikt wel weer op. Ze volgt haar eigen ritme. In dat opzicht lijkt ze op mij, alleen staat ze zoveel makkelijker in het leven. Weet je nog dat ik je kwam opzoeken in Brighton?'

Hij schrikt van die vraag. 'Natuurlijk.'

'Hoe goed weet je dat nog?'

'Goed genoeg. Het is al lang geleden.'

'Meer dan achttien jaar. Trinity wordt achttien in september. Herinner je je nog alles wat er tussen ons is gebeurd?'

'Ik denk van wel. Het hangt ervan af wat je bedoelt.'

'Er zijn dingen, Michael, die ik nooit, in al die jaren niet, aan een andere levende ziel heb verteld.'

De stilte in de kamer is opeens drukkend. Michael is zich ervan bewust dat hij heel oppervlakkig ademt. Ergens achter in het huis gaat een deur open en weer dicht. Er klinken stemmen in de gang.

'Als ik sterker was zou ik misschien zonder geheimen kunnen leven. Maar nu...'

'Het geeft niet,' zegt Michael. 'Ik zal niks zeggen. Ik heb nooit iets gezegd.'

'Dat weet ik. Dank je.'

Peggy komt uit de gang naar binnen met de non die voor de kippen zorgt. 'Zuster Clare heeft me een rondleiding gegeven, Michael. Ze hebben aardappels en pronkbonen in de achtertuin en een bijenkorf. Ze maken hun eigen honing.'

'We moesten maar eens gaan,' zegt Michael. 'Ik moet een telefoontje plegen.' Hij is van slag, wil zo snel mogelijk Kieran spreken, hem opbiechten dat hij Trinity is kwijtgeraakt. Dit hele uitstapje naar Peckham lijkt nu alleen nog maar een omslachtig uitstel van executie.

Peggy geeft Salema een knuffel. 'Ik ben blij dat je er zo goed uitziet, Salema. Hou je haaks.'

Als ze weglopen, klinkt het geluid van de piano door de open deur, prachtig ondanks het krakende pedaal en de enigszins valse hoge tonen.

Op straat voelt Michael de behoefte om te bewegen, om zijn armen en benen los te gooien en wat afstand te scheppen tussen zichzelf en de persoon die hij vroeger was.

Peggy zet het op een holletje om hem bij te houden. 'Dus zij weet ook niet waar Trinity is?'

Hij houdt de telefoon aan zijn oor en luistert opnieuw naar Trinity's boodschap. Hij haalt diep adem en toetst het nummer in waarmee hij is opgegroeid. De telefoon gaat een paar keer over en dan neemt Kieran op.

'Met Michael. Jij hebt Trinity zeker ook niet gezien?'

'Hoezo? Ben je haar nu al kwijtgeraakt?'

'Ik heb haar niet meer gezien sinds de demonstratie. Ze is vannacht niet naar de flat teruggekomen.'

'Dat is dan knap onvoorzichtig van je. Niet zo makkelijk, hè, om ouder te zijn? Niet iets wat je zomaar even kunt overnemen.'

'Ik heb helemaal niks overgenomen en ik bel je niet om een hoop gelul aan te horen, oké?'

Peggy kijkt hem onderzoekend aan.

'Nou, je hoeft je geen zorgen meer te maken,' zegt Kieran. 'Ze heeft gebeld.'

'Echt? Wanneer?'

'Gisteravond laat.'

'Waarom zeg je dat dan niet, klootzak?'

Peggy hoort de verandering van toon en haar uitdrukking verandert van bezorgdheid in opluchting.

'Ik dacht dat je het al wist.'

'Dus het gaat goed met haar?'

'Blijkbaar. Ze is in Greenwich.'

'Greenwich?'

'Ja. Kennelijk heeft ze de laatste bus gemist.'

'Dus ze is bij vrienden.'

'Ik neem het aan. Waarom zou een mens anders naar Greenwich gaan?'

'Heb je dat dan niet gevraagd?'

'Ik heb haar niet gesproken. Pap heeft de telefoon aangenomen, dus moet ze gebeld hebben toen ik al naar bed was. Ze is soms erg onnadenkend.'

'Nou ja, ze heeft tenminste gebeld.'

'Het was nog een hele toer om pap de boodschap te ontfutselen. Onder het ontbijt klaart hij ineens op. Je weet toch nog wel hoe hij opeens "Ah" kan zeggen als hij zich iets herinnert, alsof hem plotseling een licht opgaat? Nou, ik zit hem zijn pap te voeren, het enige wat ik 's ochtends nog in hem kan krijgen, en hij zegt: Ah, de kleine heilige heeft gebeld.'

'Vind hij haar zo lief, dan?'

'Nee, dat is een oude grap – je weet wel, de heilige Drievuldigheid, Trinity – maar tegenwoordig gebruikt hij die als hij niet op haar naam kan komen.'

'Is het zo erg?'

'Het wordt nog erger. Volgens hem had Trinity gezegd dat ze werd vastgehouden in Greenwich.'

'Vastgehouden? Wat betekent dat nou weer?'

'Het duurde een poosje om het uit hem te krijgen. Gelukkig was Kath er dit weekend. Ze heeft weer eens problemen met haar vriend. Hoe dan ook, ze is echt goed met pap. Ze vroeg of hij bedoelde dat Trinity daar gestrand was. Nou, dat wist hij niet zeker. Dus zegt Kath: *Is ze misschien opgehouden?* En hij zegt: *Ja, dat is het, ze is opgehouden* – alsof ze het eerst eens moesten worden over de exacte formulering, voordat hij het als afgehandeld kon beschouwen.'

'En je weet zeker dat het Greenwich was? Ik bedoel, hij kan Trinity's naam niet eens onthouden.'

'Ik vroeg hem of hij het zeker wist en hij zei: *Ze zit d'r Greenwich-tijd uit,* en hij grinnikte alsof hij een erg slim grapje had gemaakt.'

Michael zweeg bij de gedachte aan de aftakeling van zijn vader.

'Hoor eens, Mike, als je haar eerder spreekt dan ik, herinner haar er dan aan dat ze maandag school heeft.'

'Oké.'

'En over een paar maanden eindexamen. Het is fantastisch dat je haar helpt om zicht te krijgen op de buitenlandpolitiek van Blair, maar het zou nog mooier zijn als je haar tussen de bedrijven door zover kon krijgen dat ze zich inschrijft aan een universiteit.'

'Ik zal proberen het ter sprake te brengen.'

'En zeg haar dat ze er de volgende keer even aan moet denken om voor middernacht te bellen.'

'Wij waren net zo, toch?'

'Denk je dat echt?'

'Nog erger eigenlijk.'

'Misschien. Maar dat was anders. Onze ouders waren niet goed bij hun hoofd.'

Ze slaan Rye Lane in als Michael zijn mobieltje dichtklapt.

'Het is grappig om je te horen,' zegt Peggy, 'de manier

waarop jij en Kieran praten. Precies zoals ik het me herinner.'

'Niet echt,' zegt Michael. 'Niet zoals het was toen jij er nog bij was. Ik wou dat je hem aan het eind van het gesprek had gehoord. Er zit iets zuurs onder de oppervlakte.' Hij stelt zich Trinity's tas voor, achtergelaten in zijn flat en voelt een zweem van zijn eerdere bezorgdheid. *Vastgehouden in Greenwich* – is dat eigenlijk wel zo geruststellend? En als Trinity, boos als ze was, dat hele eind gereisd heeft om naar vrienden toe te gaan zonder iets mee te nemen, heeft dat iets wereldvreemds dat verontrustend veel doet denken aan haar moeder.

Hij schudt de gedachte van zich af. Het is een tintelende februariochtend. De zon komt op boven de daken. Peggy is bij hem. De vrouwen bij de groentekraam praten Frans en zien er schitterend uit met hun bonte hoofddoeken. Uit de halal slagerij schettert popmuziek uit het Midden-Oosten. 'Ik vind het fantastisch hier,' zegt hij. 'Vind je het hier ook niet geweldig?'

'Nou, het lijkt in elk geval in de verste verte niet meer op Muriel Spark.'

'Muriel wie?'

'Ga je me nu vertellen, Michael Cartwright, dat ik iets heb gelezen wat jij niet gelezen hebt?'

'Heeft zij niet *Juffrouw Brodies beste jaren* geschreven?'

'Ja, maar ik dacht meer aan *De ballade van Peckham Rye*, waarin de buitenlandse indringer helemaal uit Edinburgh komt.'

'Dat bedoel ik. En moet je nu zien. We zouden overal ter wereld kunnen zijn en toch ook weer alleen maar in Londen. Waar hebben we dat aan te danken? Na al die eeuwen van onderwerping zouden we gemeden moeten worden.'

'Als je maar weet dat ik nooit iemand onderworpen heb, meneertje, dus mij hoef je niet de schuld te geven.' Ze zijn bij de bushalte aangekomen. 'Hoe dan ook, jij kunt het je veroorloven om er romantisch over te doen – jij bent maar een toerist.' Als ze hem bedenkelijk ziet kijken, pakt ze zijn hand vast en geeft hem een kus op de wang. 'Misschien is toerist niet het juiste woord. Maar zelfs toen we nog maar tieners waren, had ik de indruk dat je alleen maar op doorreis was. Niet alleen in Kilross – ook bij jullie thuis. Dat maakte deel uit van je mysterieuze charme.'

'Zeg dat woord nog eens.'

'Mysterieus?'

'Nee, dat andere.'

'Charme.'

'Ik vind het leuk hoe je dat zegt.'

'Lach je me uit om mijn accent?'

De bus arriveert. De deuren gaan met een zucht open en Peggy trekt Michael aan de hand mee naar het midden. 'Je moet hier gaan staan,' zegt ze, 'in de buik van het beest,' en ze leunen tegen de rubberen zigzagwand die zich samenperst als een accordeon wanneer de bus wegrijdt.

'Nou, vertel eens, Michael, hoe was het om haar weer te zien?'

'Wie?'

'Wie! Moeder Teresa – wie denk je?'

'Het was... raar.'

'Raar in welk opzicht?'

'Verwarrend.' De bus gaat een hoek om en de vloerplaten schuiven onder hun voeten. 'Het zette me aan het denken over wie ze toen was, vergeleken met wie ik dacht dat ze was, wat me weer aan het denken zette over wie ik moet zijn geweest.'

'Je kunt dat zeker niet een pietsie minder abstract verwoorden?'

'Oké, ze is behoorlijk gek en ik vind het merkwaardig dat ik dat vroeger aantrekkelijk vond. Alleen worstelt ze ermee, en dat heeft dan weer iets bewonderenswaardigs.'

'Wil je weten wat ik denk?'

'Ik weet het niet. Wil ik dat?'

'Ze was onbereikbaar, dus was het veilig om voor haar te vallen. Geen schijn van kans dat het ooit iets zou worden.'

'Ah, ja, je toeristentheorie.'

'Precies.' Peggy pakt een achtergelaten krant op van een stoel en begint erdoorheen te bladeren. 'Het had sowieso allemaal alleen maar met je moeder te maken.' Haar ogen schieten heen en weer tussen de koppen boven de ingezonden brieven.

'Wat had met mijn moeder te maken?'

'Alles wat je deed.'

'Nou, dank u wel, Fräulein Doktor, voor dat scherpzinnige inzicht.'

'En alles wat je níét deed, wat misschien nog relevanter is, aangezien je een notoire verspiller was van je door God gegeven talenten.'

'Was ik dat?'

'Je was er berucht om tot in de verste uithoeken van je moeders keuken. Niet dat ik het je kwalijk neem, want er waren maar twee keuzes – doen wat je gezegd werd of je verzetten. Kieran deed wat hem gezegd werd. Maar jij...'

'Nonsens.'

'Wat een goor lef! Moet je zien.' Ze houdt hem de krant voor.

De bus schudt en de krant in haar handen beweegt

heen en weer, maar hij kan de kop lezen. 'Waar gaat het over?'

'Ik weet bijna zeker dat het over ons gaat.'

Ze leunt tegen hem aan zodat ze het samen kunnen lezen.

DE SCHIJNHEILIGHEID TEN TOP

Door de hekken van Hyde Park stroomden ze binnen, de legioenen van kletsmajoors, met gebreide mutsen en dito hersenen, demonstrerend voor het recht zich gewetensvol te voelen.

Oude socialisten, die hun jeugd doorbrachten met het verdedigen van Stalin, voegden zich bij de linkse ik-generatie en bij jongeren wier kennis van het verleden met een viltstift op de achterkant van een iPod geschreven kan worden.

Wat willen we? was de verbijsterend onoriginele vraag. *Geen oorlog!* luidde het verpletterend afgezaagde antwoord. En wat keken ze er zelfvoldaan bij, als deelnemers aan een schoonheidswedstrijd die in hun onnozelheid oproepen tot wereldvrede.

Maar voor sommigen was dit geen onschuldig weekenduitje. Er waren mensen in die menigte die een steviger greep hebben op de geopolitieke strijd.

Vergis u niet, de islamisten achter deze argeloze demonstratie en hun trotskistische metgezellen, weten precies waarom ze Saddam aan de macht willen. En ze weten wie er profijt zal trekken uit 11 septemberachtige gruwelijkheden, uitgevoerd in naam van een psychotische god.

'Tja, inderdaad,' zegt Michael. 'Dat zijn wij. Hij beschrijft ons tot in de puntjes, wie het ook is.'

'Wie het ook is, Michael? Kijk eens naar de naam... Daniel Sheahan.'

'Ja, maar dat is niet...'

'Natuurlijk wel. Herken je dat gezicht niet? Al moet ik toegeven dat er heel wat meer van te zien is, nu hij geschoren en geknipt is.'

'Jezus, het is hem écht.'

'Dat zeg ik toch? Ik heb wel meer van hem gelezen, maar ik wist niet dat hij op deze toer was gegaan.'

'Weet je nog dat hij de steiger opklom om ons te vertellen dat Thatcher de verkiezingen had gewonnen?'

'Nee, maar ik weet nog wel dat die idioot me helemaal vanuit Ierland achternakwam om te proberen me zover te krijgen dat ik de baby hield.'

'Was dat niet diezelfde avond?'

'Ja? Dat weet ik niet meer.'

'Die avond dat we die etalagepop hebben opgehangen.'

'O ja. Je moeder in haar trouwpakje.'

'Mijn moeder? Ik dacht dat het iets politieks was.'

De bus stopt. Er komen een paar kleine kinderen naar binnen, gevolgd door een vrouw met een kinderwagen.'

'Mis je hem, Peggy?'

'Zijn kleren op de grond, die naar ouwe sigaretten stinken en ik maar de halve nacht wachten tot hij eens thuiskomt? Ik dacht het niet.'

'En heb je er ooit spijt van gehad...?'

'Geen minuut. Hoe had ik voor een kind kunnen zorgen met de uren die ik maakte? En zonder hulp van Dan. En dat zij dan later een held van hem zou maken en mij zou vragen waarom ik haar ooit gekregen had...'

'Dat bedoel ik niet.'

'Omdat ik nooit had kunnen doen wat mijn moeder deed – haar in de steek laten als ik het niet meer aankon.'

'Dat bedoelde ik niet.' Hij zwijgt, terwijl hij probeert te bedenken wat hij wel bedoelt. 'Heb je het ooit erg gevonden dat ik niet met je naar Londen ben gegaan?'

'Wanneer?'

'Toen je het me vroeg.'

'Heb ik dat gevraagd?' Ze trekt denkrimpels in een poging het zich te herinneren en dan verdwijnt de verbazing en kijkt ze weer ondeugend, ogen opengesperd, de lippen ietsjes van elkaar met een zweem van een glimlach. 'Je was gek geweest als je ja had gezegd.'

'Hoezo?'

'Omdat ik roekeloos en bijdehand was en niets wist.'

'Ik moet er bij de volgende halte uit.'

'Bel me.'

'Wanneer?'

'Wanneer je maar wilt. Snel. Morgen, als je wilt.'

Terwijl hij zich vasthoudt aan de stang boven zijn hoofd, reikt hij langs haar heen naar het knopje en drukt zijn mond lichtjes tegen de hare. De bus buigt af naar de stoeprand en ze slingeren tegen elkaar aan en weer uit elkaar. Michael stapt uit. Als de deuren dichtgaan en het spiegelbeeld van de etalages op Peggy's gezicht projecteren, legt ze een vinger op haar lip en lacht naar hem, met nog steeds iets van die dondersteen, hoe volwassen ze ook is.

Het blijkt dat Jack gelijk had wat Trinity betreft, al was zijn weergave van haar boodschap nogal warrig. Ze is inderdaad in Greenwich – op het politiebureau. Als ze eindelijk haar mobieltje terugkrijgt en Michael belt, is het maandagochtend halfzes en is ze daar al meer dan vierentwintig uur. Haar verhaal klinkt niet erg samenhangend en het duurt even voordat hij zich realiseert dat ze niet overvallen is, maar gearresteerd. Ze lijkt niet te weten of haar iets ten laste wordt gelegd.

Bezorgd om haar veiligheid en geplaagd door het gevoel dat hij meer had kunnen doen, trekt Michael de kleren aan die hij gisteren ook al heeft aangehad en rent naar de metro met de stratengids van Londen in zijn zak. Hij vermoedt dat ze het slachtoffer is geworden van onrechtvaardige behandeling en komt in Greenwich aan met woorden als *discriminatie* en *aanhouding op grond van uiterlijk en ras* in zijn hoofd. Zijn ergernis wordt nogal richtingloos wanneer hij ziet dat rechercheur Ambrose, de politieman die de zaak behandelt, zwart is.

'Als ik u was, zou ik me niet op mij afreageren,' zegt Ambrose. 'Ik maak me zorgen om uw nichtje en ik denk dat u dat ook zou moeten doen.'

Ambrose neemt hem mee naar een verhoorkamer in de kelder. Een hoog raam geeft uitzicht op straat, waar het inmiddels is gaan regenen. Michael is hongerig en suf door slaapgebrek en wil niets liever dan naar Trinity toe, waar ze haar ook vasthouden, en hier wegwezen. Ambrose zit op de rand van het bureau koffie te drinken uit een plastic bekertje. Hij is zwaarlijvig en grijzend en bepaalt zijn eigen tempo.

'U moet namelijk weten dat ik het voordeel had dat ik haar zaak met een frisse blik kon bekijken toen ik vanmorgen aan mijn dienst begon. Er waren twee dingen die me opvielen. Ten eerste, dat dit, in potentie, ernstiger is dan de agent die de aanhouding heeft verricht dacht – veel erger dan opzettelijke vernieling. Om te beginnen hebben we hier te maken met aanzetten tot rassenhaat.'

Michael heeft de grootste moeite om hem bij te houden. Ambrose heeft hem al verteld dat de opzettelijke vernieling bestond uit het aanbrengen van graffiti op een bakstenen muur van een tapijtenpakhuis. De boodschap – DOTAN IS REAL – had de politieman die haar had aangehouden niets gezegd. Trinity had volgehouden geen persoon of beweging met de naam Dotan te kennen en beweerd op de uitkijk te hebben gestaan voor de politie terwijl een metgezel de spuitbus hanteerde en een andere in de auto met draaiende motor zat te wachten.

Het toeval wil dat het gebouw op de nominatie staat om gesloopt te worden en plaats te maken voor luxe appartementen, dus heeft de eigenaar, ene meneer Jahangiri, besloten geen aangifte te doen. Maar Ambrose maakt zich zorgen om deze extra dimensie. 'Ze zou beschuldigd kunnen worden van een door raciale of religieuze overwegingen ingegeven overtreding zoals gedefinieerd in deel vijf van de veiligheidswetgeving antiterrorisme en misdaad uit 2001.'

'Maar ik snap het niet,' zegt Michael. 'Door raciale overwegingen ingegeven? Omdat de eigenaar... wat is? Een Pakistaan? Dat slaat nergens op. Trinity is...'

'Zelf deels Aziatisch? Nee, wat ik had moeten vermelden is dat het pakhuis ooit een synagoge was – en er vanbuiten nog steeds zo uitziet. Al meer dan veertig jaar niet meer in gebruik, aangezien de Joodse gemeenschap is weggetrokken. Niettemin DOTAN IS REAL op de muren van een synagoge... niet zo vreselijk geletterd misschien, maar verre van betekenisloos als je een stapje achteruit doet en even nadenkt.'

'Een synagoge?'

'Het draait allemaal om de context, natuurlijk, en rekening houdend met onzorgvuldige spatiëring en hopeloze spelling zijn we slechts een klein stapje verwijderd van DOOD AAN ISRAEL – een dreiging gedaan met het oogmerk een politieke, religieuze of ideologische zaak te propageren, om te citeren uit de wetgeving van 2000 – en ik benadruk het woord óógmerk, aangezien het niet noodzakelijk is dat Joden de boodschap ook daadwerkelijk ontvangen, zou je kunnen redeneren, zolang degenen die de dreiging uitten maar aan Joden dachten. U begrijpt waar ik naartoe wil.'

'O, god.' Als het tot Michael doordringt hoe erg Trinity zich wellicht in de nesten heeft gewerkt, voelt hij een golf van misselijkheid opkomen.

'Wat ons het recht zou geven haar nog eens vierentwintig uur zonder telastlegging vast te houden, een periode die met gerechtelijke toestemming kan worden verlengd tot zeven dagen. Iets wat ik zeker zou overwegen als ik het idee had dat het ook maar iets zou opleveren.'

Michael ziet een glimpje hoop in dat bijzinnetje. 'Twee dingen, zei u, twee dingen waren u opgevallen.'

'Ah, ja. Het ligt niet echt voor de hand dat het uw nichtje was die de spuitbus hanteerde, nietwaar.' Ambrose pakt het dossier op dat achter hem op het bureau ligt. Hij knijpt het lege koffiebekertje fijn in zijn andere hand en mikt het in de prullenbak. 'Mooi handschrift heeft ze. Met keurige spatiëring. Slimme meid. Spelt beter dan ik, vermoed ik zo. *Dotan is real*? Ik denk het niet.'

'Nee, natuurlijk niet.' Michael voelt zich duizelig van opluchting.

'Dus moet u zich afvragen – wat deed ze om vier uur

's nachts op straat met een stelletje antisemieten die op een bijspijkercursus zitten. Daar zou ik maar eens lang en diep over nadenken als ik u was.'

Trinity zit in een tochtige wachtkamer met haar handen tussen haar knieën geklemd wezenloos naar de tegels te staren. Als Ambrose tegen haar zegt dat hij haar laat gaan, slaat ze haar ogen op met een blik van onderdanige dankbaarheid.

'En onthoud je wel wat ik tegen je gezegd heb?'

'Ja, dat doe ik. Dank u wel.'

De binnendeur zwaait open en dicht en ze horen het geluid van Ambroses zware tred in de gang wegsterven.

Trinity ziet er koud en verward uit. Michael slaat zijn armen om haar heen en haar beven slaat om in een reeks diepe, heftige snikken.

Pas als ze in de metro zitten, is Michael in staat iets uit haar te krijgen. Ze was met Malik meegegaan, de jongen met de pamfletten. Ze waren ergens naartoe gereden in zijn auto, maar ze wist niet goed waarheen. Ze waren met een hele groep geweest, ergens bij iemand in de voorkamer, zelfgekookt eten, een boel gepraat. Ze was aangestoken door hun verontwaardiging over de behandeling van moslimlanden, hun kwaadheid om hoe ze werden getreiterd bij moskeeën, gevisiteerd op luchthavens – alledaagse vernederingen die hen verbonden met hun broeders op de Westelijke Jordaanoever en in Kaboel, en in de Belmarshgevangenis aan de andere kant van Londen, waar je kon verdwijnen zonder dat er ooit nog iets van je werd vernomen.

En toen was ze op de een of andere manier achter in

Maliks auto terechtgekomen en Maliks neef Mahmoud had aanwijzingen gegeven hoe ze bij de ijzerwinkel van zijn vader moesten komen om een trapladder en een spuitbus verf te halen. Het was Michael niet duidelijk wat er met de rest van de groep was gebeurd en evenmin waarom die twee malloten Trinity uiteindelijk in haar eentje de confrontatie met de politie hadden laten aangaan. Zo te horen hadden ze Thamesmead, waar de gevangenis lag, helemaal niet gevonden, laat staan de gevangenis zelf.

'Mahmoud moest kaartlezen,' legt Trinity uit, 'maar hij wist het verschil niet tussen noord en zuid, hij las alle straatnamen verkeerd en hij gaf de afslagen in de verkeerde volgorde aan. Ik bood aan om het van hem over te nemen, maar dat wilden ze niet, omdat ik niet in Londen woon, zeiden ze, en omdat ik niet kan rijden, maar eigenlijk omdat ik een meisje ben. Dus Malik wordt alsmaar kwaaier en Mahmoud maar zeggen: *eigen schuld, maat, had je de gps maar motte laten fixen*, en ik word moe en wagenziek en ik ben het allemaal spuugzat. Dan ziet Malik die synagoge.' Ze hebben bij London Bridge een tussenstop gemaakt om te ontbijten en tussen happen roerei door zet Trinity haar verhaal voort. 'Malik had mij óók moeten laten schrijven. Ik zou tenminste iets begrijpelijks hebben geschreven wat mensen konden lezen. Bevrijd Palestina, of zoiets, niet dat *dotan*-gelul – ik bedoel, wat betekent dat in godsnaam?'

'Weet je dat niet?'

'Ik weet het nu, maar alleen omdat die politieman het me verteld heeft.'

'Je hebt al die tijd gehad om erover na te denken en je was er nog niet achter?'

'Ik dacht gewoon dat het Mahmoud z'n tag was, ja?' verdedigt ze zich met enige stemverheffing. 'Ik voel me al rot genoeg. Jij zou ook niet zo helder hebben kunnen denken als er mensen tegen je geschreeuwd hadden en je in een cel was opgesloten met een metalen wc en een bed zo groot als een boekenplank, met doorgedraaide zatlappen die de hele tijd aan het krijsen waren...'

Later, als ze gedoucht heeft en op de bank is neergeploft, vraagt Michael haar naar de politieman, Ambrose, en wat die tegen haar heeft gezegd.

'Wanneer?' Gapend legt ze haar hoofd op een kussen en trekt een deken over haar voeten.

'Hij had iets tegen je gezegd wat je moest onthouden.'

'O, dat. Hij zei: alleen omdat mijn ouders delinquenten zijn, wil dat nog niet zeggen dat ik het niet beter zou kunnen doen.'

'Mooi is dat. Die moet ik onthouden voor je... vader.' Hij heeft meteen spijt van die aarzeling, een onhandige erkenning van de vraag die tussen hen in hangt. Maar Trinity slaapt al.

†

De Kerk van de Heilige Ursula en
de Maagdelijke Martelaressen

Maandag 17 februari 2003

Ik werd gisteren onderbroken – weggeroepen om een parochi-
aan te bezoeken. Hij was al maanden aan het sukkelen en vanavond is hij gestorven. Godzijdank was ik op tijd om hem de
biecht af te nemen en hem het heilige oliesel toe te dienen. Hij
was een moeilijke man, de oude meneer Hollingshead, een ge-
pensioneerde schoolmeester. Hij deed zijn best om gehoorzaam te zijn aan de Kerk, maar hij had een hang naar de oude
gebruiken. Na de mis mocht hij altijd graag met me in discussie
gaan over een theologisch of liturgisch geschilpunt, en ik probeerde hem te ontwijken, tot ik begon in te zien dat deze woor-
denwisselingen voor hem een vorm van vriendschap waren. Ik
ben blij dat ik hem aan het eind heb kunnen bijstaan. Hij be-
rispte me ooit dat ik de zieken te gemakkelijk het laatste sacrament gaf – dat ik 'het oliesel uitdeelde', zoals hij het uitdrukte,
'als ketchup in een snackbar' – dus ik was blij dat hij zijn geloof
in het laatste sacrament of in mijn vermogen het toe te dienen
niet helemaal was kwijtgeraakt. Bedienen noemde hij het, zoals
al mijn oude parochianen. Zijn dochter was op bezoek, die ik
nog nooit ontmoet had en over wie ik hem nooit gehoord had.
Ze was een zure vrouw die kennelijk niet erg genegen was mij in

huis te hebben, maar op zijn verzoek heeft ze me toch met hem alleen gelaten.

Ik was aan het gebed begonnen – Moge onze Heer Jezus Christus door deze heilige zalving en door Zijn liefdevolle barmhartigheid u bijstaan met de genade van Zijn Heilige Geest – en stond op het punt om de olie op zijn voorhoofd aan te brengen, toen hij zijn hoofd wegdraaide en mijn pols vastgreep. 'Nee, meneer pastoor,' zei hij 'niet daar.' 'Waar dan?' vroeg ik. 'U moet beginnen met de ogen,' zei hij, 'en dan de oren, de neusgaten, de lippen, de handen en de voeten, zodat ik vergeven wordt voor alle zonden van het lichaam.' 'Nee,' zei ik tegen hem in een poging hem gerust te stellen, 'zo wordt dat tegenwoordig niet meer gedaan. Het voorhoofd en de handen volstaan.' Zijn greep om mijn pols was krachtig, ook al ging zijn ademhaling zeer moeizaam. 'Maar het moet,' zei hij, 'en u moet mijn lendenen zalven.' Ik was van mijn stuk gebracht. Maar hij hield vol. 'U moet uw hand op mijn voortplantingsorgaan leggen om het te zegenen.' 'Dat zou bijzonder onbetamelijk zijn,' antwoordde ik. 'Ik weet zeker dat het zo al in geen eeuwen meer gedaan wordt.' 'Maar hoe moet dat dan met de zonden die het vlees heeft bedreven?' zei hij in de oude bewoordingen en ik zag de twinkeling in zijn ogen en wist dat hij me in het ootje nam – hij was mij, tot op het laatst, een doorn in het vlees.

Het was al voorbij middernacht toen ik aan mijn bureau terugkeerde en zag wat ik in deze brief had geschreven – over de problemen die mij op mijn eerste reis naar Engeland vergezelden – en ik was te moe en te neerslachtig om nog verder te schrijven over het verleden.

Ik bedoelde Peggy, natuurlijk, die vooral voor zichzelf een probleem was. Pas weken later ontdekte ik het ware doel van haar reis naar Engeland. Ik was buitengewoon kwaad op haar, omdat ze tegen me had gelogen. Ik ervoer het als een diep verraad. Ze was onder mijn bescherming meegereisd en had mij in mijn onwetendheid betrokken bij een samenzwering om haar vader te bedriegen. Aanvankelijk was ik te kwaad om met haar te spreken. Toen was ik kwaad op mezelf omdat ik mijn eigen triviale verongelijking zwaarder had laten wegen dan het levensgevaar waarin haar ongeboren kind verkeerde. Ik heb mezelf altijd verweten dat ik niet hard genoeg heb gevochten voor dat prille leventje. Wat had ik kunnen doen? Peggy was vastbesloten. En toch heb ik altijd het gevoel gehad dat God me een opdracht had gegeven en dat ik die uit mijn handen had laten glippen.

Ik weet dat er velen zijn die een menselijk foetus niet beschouwen als een volwaardig mens. Kan het dan op één lijn worden gesteld met een kalf, vraag ik me af, en geslacht worden wanneer het als overtollig wordt beschouwd? Is het niet beter dan een kuiken dat de nek wordt omgedraaid? Ik heb gelezen, Michael, dat wanneer in de oude Zuidelijke staten van Amerika de zetels in het Congres werden toegewezen, een slaaf werd meegeteld als drie vijfdepersoon. Het hoeveelste deel van een persoon is een kind in de baarmoeder? Het kan zichzelf niet voeden, maar dat kan een zuigeling ook niet, en ook de oude meneer Hollingshead niet, die laatste paar weken toen hij verzorgd werd door zijn zuurpruim van een dochter. Wij hebben nauwelijks nog weet van hoe het was om in de baarmoeder te leven omdat dat weten wordt bedolven onder de tumultueuze indrukken van de wereld, lang voordat we woorden hebben om het mee vast te houden. Het is een weten dat ons slechts als metafoor bijblijft, waarin het vreemde van die toestand wordt gefilterd door beelden van het vertrouwde en het gewone.

Dit is iets waar ik al vele jaren niet meer aan heb gedacht. De waarheid is, Michael, dat ik me wél herinner dat ik in de baarmoeder was. En ik herinner me mijn eigen geboorte.

Ik heb niet altijd geweten dat dit een herinnering was. Als kind nam zij de vorm aan van een droom waaruit ik kribbig en huilend ontwaakte. Dat was na de dood van mijn moeder, want het was mijn vader, weet ik nog, die me troostte. Je hebt gedroomd, zei hij dan, terwijl hij me in het donker vasthield, het was maar een droom. Maar de herinnering keerde in dezelfde vorm bij me terug, waardoor zij meer leek dan een droom. Ik liep dan over een landweg en vóór me in een veld, waar twee wegen zich kruisten, zag ik een hooiberg – een bleke, koepelvormige bult die uit de donkere aarde omhoogrees. En terwijl ik er nog naar keek, bleek ik zelf ín die hooiberg te zijn (steeds wanneer ik dit droomde, ging het zo) en was de bult een hut geworden, waar een oude vrouw in woonde. Ze gaf me mijn avondeten bij de open haard en dan werd het tijd dat ik wegging, maar er was geen deur of raam. 'Hoe moet ik nu naar huis?' vroeg ik haar en het besje duwde me de haard in en omhoog door de schoorsteen. 'Zzzzooo,' zei ze dan, terwijl ze het woord liet sissen en ze me de schoorsteen in duwde. En dan weer, als ik terugviel in de haard, 'zzzzooo', en opnieuw, 'zzzzooo'.

Toen ik veertien was, vertelde ik deze droom aan een andere jongen en die moest erom gniffelen en ik zag er een betekenis in waaraan ik nog nooit gedacht had, een valse betekenis, en vele jaren lang schaamde ik me voor de droom. Pas toen ik volwassen was, en al priester, wist ik dat het een herinnering was aan mijn laatste uren in de baarmoeder van mijn moeder.

Maar waarom vertel ik je dit? Omdat ik weet dat ik mijzelf al was voordat ik werd geboren, net zoals ik dat na mijn dood zal zijn, wanneer ik dit lichaam heb afgelegd en voor de hemelse troon verantwoording moet afleggen voor mijn zonden. En het kind van Peggy was ook al zichzelf toen ze het liet weghalen en in het ziekenhuisfornuis liet gooien.

Ik geloof dat het voor haar vader, die arme oom Dennis, een enorme klap was. Peggy had hem vanuit Londen gebeld om te zeggen dat ze een baan had gevonden in een muziekwinkel en niet naar huis zou komen. En dat was al moeilijk genoeg voor hem. Maar het duurde meer dan een jaar voordat hij hoorde van haar zwangerschap.

Dat was een zwaar jaar voor me, Michael, omdat ik van dat alles af wist, maar er niets over zei. Je moeder schreef me de volgende lente om te vragen wat ik vond van Kierans plan om de zomer in Londen door te brengen bij Dan Sheahan. Kieran zou in Peggy's winkel gaan werken tot zijn geneeskundecolleges zouden beginnen, en hij zou dichter bij zijn vioolleraar wonen. Maar wat voor iemand was die Dan Sheahan, wilde je moeder weten.

Ik had een gunstige indruk van Dan, ook al was hij in sommige opzichten nog niet erg volwassen. Hij was bereid geweest om de verantwoordelijkheid voor het kind op zich te nemen en zou met Peggy getrouwd zijn als zij daarmee had ingestemd. Maar je moeder wist niets van dat kind. En als ik het haar verteld had, en haar deelgenote had gemaakt van mijn vermoeden dat Dan en Peggy willens en wetens in doodzonde samenleefden, zou ze Kieran wellicht thuis hebben gehouden tot hij een fatsoenlijk studentenonderkomen had gevonden. Maar ik koos ervoor om haar gerust te stellen en haar bezorgdheid te sussen. Wat konden Dan en Peggy tenslotte voor gevaar vormen voor Kieran, een nette, vastberaden jongeman die wist wat hij wilde?

En ook dat neem ik mezelf nu kwalijk, dat ik niets gezegd heb, dat ik Peggy's geheimen heb bewaard. Ik ben altijd vatbaar geweest voor zonden door verzuim.

Hoe dan ook, na een jaar in Londen verkeerde ik in mijn eigen geestelijke chaos, worstelend met de verantwoordelijkheden van mijn werk in de parochie. Ik had het gevoel dat ik uit

Gods genade was gevallen. Wanneer ik de mis opdroeg, beangstigde het me om de hostie in mijn handen te houden – om de vreselijke kracht daarvan te kennen en mijn eigen onwaardigheid.

Jij was het, Michael, aan wie ik dacht – ik neem aan dat je dat verbaast – de vriend die ik had kunnen hebben als de omstandigheden anders waren geweest. Als ik in een winkel had gewerkt, zoals Peggy, had ik, wanneer ik daar zin in had, de bus naar Cheltenham kunnen nemen. Of later de trein naar Brighton, toen je daar naar de kunstacademie ging (Moira's brieven hielden me op de hoogte van alles wat je deed, van al haar hoop en angst om jou). Als ik op je deur had geklopt zonder mijn zwarte pak en priesterboordje, was je misschien iets met me gaan drinken en zou mijn eenzaamheid verlicht zijn. Maar dit is absurd. Het was toen absurd om ernaar te verlangen, en nu is het nog absurder.

Weet je, er is zoveel wat ik je moet vertellen waar ik nog niet eens aan had gedacht toen ik aan deze brief begon. En nu is de brief een soort vriend geworden en zou ik hem eigenlijk het liefst bij me houden. Ik heb nog meer te zeggen, maar niet heel veel meer.

Londen, oktober 1984

Michael had de verhuizing naar Brighton ervaren als een behoorlijk ingrijpende gebeurtenis. Aangezien hij zijn vaders afkeuring al had voorzien, had hij de inschrijving aan de kunstacademie tot op het allerlaatste nippertje uitgesteld. Hij had alles in het werk gesteld om onderdak te vinden en ten slotte genoegen moeten nemen met een zolderkamer in een huis met verder alleen maar huurders die geen van allen student waren, en een hospes die hem dusdanig betuttelde dat hij zijn best moest doen om het niet eng te vinden.

Zijn fotografiedocent, TJ, had punkhaar, droeg een leren broek en sprak met een nasaal Londens accent. Hij gebruikte woorden als integriteit en engagement, waardoor Michael zich ontoereikend voelde zonder precies te weten waarom. *Je kunt beter niet competent zijn dan niet authentiek –* dat soort dingen mocht TJ graag zeggen. Je werd geacht *risico's te nemen*, je moest zelf *onderdeel worden van het verhaal*, wat je trouwens sowieso was, zei hij, of je wilde of niet. Michael probeerde die ideeën in gedachten te houden, maar als hij door de lens van zijn camera keek, ontdekte hij dat al die woorden vervaagden en dat er alleen nog maar vormen en gebaren en patronen van licht en schaduw waren.

Een paar maanden eerder waren hem, in de envelop met zijn plaatsingsbewijs, instructies toegezonden voor een zomerproject. Hij werd geacht een portfolio van foto's samen te stellen onder de titel 'Aan het werk'. Hij had de voorbereidende cursus afgesloten en was op dat moment fulltime aan het werk voor zijn vader, dus nam hij zijn camera mee naar het bouwterrein. Hij richtte zijn lens omhoog op de vezelige onderkant van de steigerplanken en de kieren met stoffig licht daartussen. Hij legde dakspanten vast, waardoorheen de lucht nog zichtbaar was, half afgebouwde trappen, raamkozijnen die oprezen uit het metselwerk van onvoltooide muren. Hij raakte geïnteresseerd in perspectieven die bemoeilijkt werden door nog niet onder dak gebrachte gevelspitsen en in de verschillende hellingsgraden van ladders. En hij vond het mooi wanneer de lijnpatronen onderbroken werden door de wazige arm van een timmerman die het eind van een steunbalk zaagde, of het silhouet van de dijen van een opperman die uit hurkzit omhoogkwam. Hij zag in zijn eigen foto's een soort abstractie die hem voldoening schonk.

Hij keek naar hoe het licht over de uitgestrektheid van pas gelegde vloerplanken viel. Weldra zouden daar drie benauwde slaapkamertjes zijn, een overloop waar je nog nauwelijks een klerenkast doorheen gemanoeuvreerd kreeg, gordijnen en kleden en prulletjes en de hele claustrofobische rommel van het gezinsleven. Maar nu was alles nog onbepaald en bood elke hoek nog een weids perspectief.

In de tweede week van het trimester, op een middag dat

de zon door de kapotte jaloezieën van de studio brandde, was het zijn beurt om zijn project te presenteren. TJ liet de andere studenten een paar minuten lang aardige dingen over het werk mompelen, voordat hij het met de grond gelijkmaakte. Hij wees op de dehumaniserende werking van de compositorische stijl – de bouwvakkers die op een afstand werden gehouden alsof het voor de dominante burgeresthetiek te bedreigend zou zijn om oog in oog te komen met een volledig gerealiseerd individu. Hij signaleerde de verheerlijking van gereedschappen en de voyeuristische focus op musculatuur, wat het effect had dat menselijke gedaanten verwerden tot objecten in zowel economische als seksuele zin. De foto's waren anachronistisch in hun bevestiging van het pittoreske, zei hij, maar door en door hedendaags in hun huldiging van de thatcheriaanse bloei van de niet-georganiseerde sector. Ze deden hem denken aan foto's van voor en na de opknapbeurt die tegenwoordig vaak in bodega's hingen, plaatjes van hoe het oude café eruit had gezien voordat het volledig was leeggehaald en opgedirkt.

Michael verfoeide zijn medestudenten die gehoorzaam lachten. Dat zijn naam meteen aan het begin van de studie in verband werd gebracht met die van Thatcher voelde als een verschrikkelijk onrecht. Hij wilde protesteren, maar kon er alleen maar ongemakkelijk bij staan, knipperend en zwetend in de middagzon, terwijl TJ, poserend in zijn leren broek en te oud voor zijn stekelhaar, zijn aandacht grinnikend op de volgende portfolio richtte.

Rhys Morgan was de hele zomer van de ene buiten bedrijf gestelde steenkolenmijn in Zuid-Wales naar de andere getrokken. Hij had een nachtwaker gevonden die een gesloten hek bewaakte, een schoonmaker die een oude stakingsposter van een afrastering verwijderde, kaartjes achter het raam van een arbeidsbureau en daarnaast, weerspiegeld in het glas, het gezicht van een man van middelbare leeftijd. Michael vond de foto's best goed. Maar TJ's reactie erop was orgastisch. Hij was helemaal ondersteboven van wat hij de subversieve problematisering van 'Aan het werk' noemde, zowel waar het om de titel ging als om het concept – de ontslagen mijnwerkers met hun marginale bezigheden, aan het werk en toch ook weer niet – het systeem dat bevolkingsgroepen opoffert aan de god van de markt, aan het werk en toch ook weer niet. Deze beelden, zei hij, zinderden van de innerlijke spanning en spraken met de authentieke stem van Rhys Morgans familie.

Toevallig wist Michael dat Rhys Morgans familie tweedehandsauto's verkocht in Newport. Door die wetenschap voelde hij zich een stuk beter, omdat daar voor hem uit bleek dat TJ's inzicht ook maar beperkt was. Ook al wist verder niemand ervan, toch voelde Michael zich er op de een of andere manier door in het gelijk gesteld.

Als laatste kwam een meisje aan de beurt dat Chrissie Hamilton heette. Chrissie was die zomer naar Californië geweest en had daar foto's genomen van prostituees op Hollywood Boulevard. Michael zag hoe TJ zat af te wegen of hij de foto's mooi zou vinden of niet. Enerzijds heette Chrissie in werkelijkheid Christabel en kon haar kapotte panty niet verhullen dat ze uit een bevoorrecht milieu kwam. Hoe had ze anders naar Califonië kunnen gaan? Anderzijds was ze een meisje dat er lang niet slecht uitzag, en had ze foto's van prostituees genomen – het feit dat ze een meisje was maakte dat waarschijnlijk eerder authentiek dan griezelig. Michael wedde bij zichzelf dat Chrissie de hemel in zou worden geprezen. Uiteindelijk bleek TJ niet echt te kunnen beslissen en beoordeelde hij de foto's als 'veelbelovend'.

Het zou een mooi verhaal zijn om aan Kieran te vertellen, dacht Michael. Hij zat in de trein en verheugde zich op een weekendje Londen. Hij had Kieran gemist – deze eerste paar weken in Brighton en de hele zomer daarvoor al. Het huis had, ondanks zijn vaste contingent aan zussen en ouders en ongeregelde bezoekers, onderbevolkt geleken. Van tijd tot tijd had Michael een afwezigheid geregistreerd, een leegte aan de rand van zijn gezichtsveld, voordat hem te binnen schoot dat Kieran er niet was – zijn beklag niet deed onder het eten, 's nachts niet lag te mompelen in zijn slaap.

Bij London Bridge stapte hij met zijn tas over zijn schouder het perron op en voelde de energie van de stad door het plaveisel omhoogkomen tot in zijn voeten. Een geluid doorsneed het echoënde geroezemoes van stemmen – bij de uitgang zat een oude man op de stoep viool te spelen met een hoed op de plek waar zijn benen hadden moeten zijn.

Kieran had op een klapperblaadje een plattegrond voor hem getekend en die in zijn kriebelhandschrift van aanwijzingen voorzien. Hij had de Theems getekend met golvende randen. Een vis kwam met zijn kop boven water en uit zijn mond kwam een tekstballonnetje met de woorden 'Hou eens op met lanterfanten en doe iets!' – een van de uitspraken van hun vader. Telkens wanneer Michael ernaar keek, moest hij lachen.

De woning had een eigen ingang om de hoek, onder aan een trap. Kieran was er om hem binnen te laten, blij hem te zien en gaarne bereid zijn werk te laten voor wat het was. Terwijl hij water opzette en zijn anatomieboeken van de tafel haalde, vertelde Michael hem hoe het vriendje van Kath het huis uit was gegooid.

'Pap loopt haar kamer binnen en daar liggen ze op bed...'

'Kath en Jason?'

'Nee, het is uit met Jason. Dit was Alastair. Dus ze liggen daar op bed...'

'Te vozen?'

'Wat denk jij dan? Dus pap krijgt een hartverzakking en Kath zegt: *Waarom kun je niet kloppen, stomme hufter?* En pap zegt: *In mijn eigen huis kan ik gaan en staan waar ik wil.* En hij bonjourt Alistair de gang op en loopt allemaal rare dingen te zeggen, zoals: *Je moet vooral achter mijn rug om gaan, dan merk je vanzelf dat je te veel hooi op je vork hebt genomen.* Het meeste daarvan hoorde ik vanuit de badkamer. Ze waren al halverwege de trap toen ik naar buiten kwam, maar pap bleef maar idiote dingen verkondigen – *Ik ga mijn dochter toch niet voor de wolven gooien* en *Als je in dit huis komt vrijen, vrij je met méér dan een.* Het was ongelooflijk.'

'Zij het dat het woord wordt gebruikt,' zei Kieran, die zijn pedante stem opzette, 'in de technische zin... van slaapverwekkend voorspelbaar.'

'En de volgende ochtend aan het ontbijt, terwijl Kath zit te mokken en pap haar zogenaamd volslagen negeert en mam over het een of ander zit te zeiken, steekt Emily, zonder enige aanleiding ineens haar hand op – je weet wel hoe ze dat kan doen – en kondigt aan dat ze heeft besloten dat ze lesbisch wordt. En helemaal niet alsof ze iets belangrijks zegt. Gewoon, je weet wel, ik laat aardrijkskunde vallen en ik zit eraan te denken om natuurkunde in mijn pakket te nemen en ik word lesbisch.'

'Toen gingen ze zeker door het lint.'

'Helemaal niet. Ze wisten eerst niet wat ze moesten zeggen, deden alleen alsof ze een lelijk woord had gebruikt zonder te weten wat het betekende. Het ging van 'nou nou' en 'kom kom' en mam probeerde over iets anders te beginnen, maar Emily ging gewoon door. Ze had er diep over nagedacht en ze had in een artikel gelezen dat lesbiennes tegenwoordig geen speciale kleren meer aan hoefden en hetzelfde werk konden krijgen als iedereen, dat ze zich zelfs verkiesbaar konden stellen voor het parlement, maar haar belangrijkste reden was dat lesbiennes geen seks hoefden te hebben met mannen maar gewoon seks konden blijven hebben met andere vrouwen.'

'*Konden blijven hebben*? Zei ze dat echt?'

'Zou ik zoiets verzinnen?'

Kieran gaf Michael een mok thee en liet hem de rest van de woning zien. In de grootste slaapkamer lag een matras op de grond met een warboel van lakens en dekens erop. Op een stoel lag een allegaartje aan bh's en slipjes. Michael dacht aan Peggy die seks had met Dan. Hij vroeg zich af hoe dat voor Kieran was, die in de kamer ernaast sliep, of ze geluiden maakten als ze bezig waren. De klerenkast puilde uit van nog meer van haar kleren. Door het raam zag je, als je door de struiken omhoogkeek, een hoge muur waar mussen op zaten. Terwijl de jongens daar stonden, denderde er een trein voorbij die de mussen deed opvliegen en de kamer deed schudden als een tweedeklashut op de pont naar Cork.

Kieran vertelde Michael over de band van Dan. Dan had hem een paar Ierse liedjes geleerd en hem geholpen dat soort muziek wat beter aan te gaan voelen. 'Het is anders. De manier waarop je de strijkstok vasthoudt is anders. Je hoeft je niet druk te maken over vibrato. Je kunt de hals van de viool een beetje laten zakken. Het is op de een of andere manier wat losser allemaal. Of misschien ben ik gewoon wat losser als ik het doe, omdat ik niet voortdurend alles perfect hoef te doen.' Hij pakte wat bacon uit de koelkast en ging verder over Otto, zijn vioolleraar, die bang was dat zijn techniek onder Dans invloed minder zuiver zou worden. Hij tilde zijn hoofd op, klaar om de stem te imiteren – de geknepen klinkers, de explosieve medeklinkers. 'Uiteraard hebben zigeunermelodieën een eigen plaats. En zelfs de ballerina moet worden toegestaan om als het ware los te gaan in de discotheek. Desalniettemin...'

Michael, die met zijn mok in zijn hand aan tafel zat, verslikte zich bijna in zijn thee en proestte die uit over de rieten vloerbedekking.

Ook Kieran moest lachen. 'Soms is hij echt een idioot.' Hij trok een koekenpan uit de berg vuile vaat, spoot er wat afwasmiddel in en hield hem onder de kraan. Er was een kleine eruptie van zeepbelletjes. 'En aan Salema heb ik ook al niks.'

'Salema!'

'Nou ja... je weet hoe serieus die doet over muziek.'

Hij stond nog steeds naar het aanrecht gekeerd, maar Michael hoorde aan zijn stem dat hij zich ongemakkelijk voelde. 'Is Salema dan in Londen?' vroeg hij.

'Natuurlijk is ze in Londen.' Kieran keek om en klonk ineens defensief. 'Ze zit op het conservatorium, dat wist je toch.'

'Maar ik wist niet dat jullie twee nog steeds...'

'Nog steeds wat? We zijn vrienden, meer niet. We zijn nooit meer geweest dan vrienden.' De waterstroom uit de kraan raakte de onderkant van de pan precies zó dat er een hele straal over zijn broek ging. Hij vloekte en deed een stap terug van het aanrecht, zodat er zeepwater van de pan op de grond drupte.

'Ik wist niet dat jullie nog steeds contact hadden, wilde ik alleen maar zeggen.'

Kieran pakte een theedoek die over een stoel hing. 'Je vindt haar niet leuk. Prima. Daarom hoef je er nog niet zo moeilijk over te doen.' Hij praatte door opeengeklemde tanden terwijl hij met de theedoek over zijn broek wreef.

'Ik heb nooit gezegd dat ik haar niet leuk vind. Wanneer heb ik ooit gezegd dat ik haar niet leuk vind?'

Met de theedoek in de ene, en de natte pan in de andere hand blies Kieran langzaam zijn adem uit. Toen zei hij: 'Heb je er enig idee van hoe moeilijk het is om een begeleider te vinden die echt goed is en die je niet voortdurend alles hoeft uit te leggen? Volgens mij heb je nooit echt begrepen wat voor fantastische musicus Salema is.'

'Ik heb haar altijd leuker gevonden dan jij, zelfs toen jullie verkering hadden, of wat jullie dan ook hadden. En hoezo doe ik trouwens moeilijk?'

'Je doet gewoon moeilijk.'

'Ik vind haar leuk. Oké? En ik weet dat ze fantastisch is. En natuurlijk moeten jullie samenspelen.'

Kieran bleef even zwijgend staan. Toen droogde hij de pan af met de theedoek en zette hem op het fornuis.

'Echt, Kier,' zei Michael, 'het was geen kritiek.'

'Nou goed, als jij het zegt.' Kieran peuterde vier plakjes bacon uit het pakje en legde ze naast elkaar in de pan. Toen zei hij: 'We hadden wel een soort verkering, denk ik. We hebben nog steeds een soort verkering. Maar het is knap ingewikkeld, omdat ze nogal opgefokt doet over het lichamelijke gedeelte.'

'Hoezo opgefokt?'

'Het ligt nogal gevoelig. We slapen niet met elkaar, maar afgezien daarvan...' Hij streek een lucifer af en stak het gas aan. 'Ik wou dat ik van de ene week op de andere wist wat ik wel en wat ik niet mag.'

'En... wat mag je deze week?'

Kieran lachte. 'Niet veel.'

Michael zat te luisteren naar het gespetter van het spekvet in de pan. Een verandering van het licht, een warmere gloed over de oppervlakken onder het raam, bewoog hem ertoe zijn camera tevoorschijn te halen en met de sluitersnelheid te gaan rommelen.

Kieran had een blik witte bonen opengemaakt en brood in de rooster gestopt. 'Weet je,' zei hij, 'dat van die Ierse muziek neem ik haar niet kwalijk. Het verbaast me niet dat ze het niet snapt. Het gaat niet alleen om de muziek... ik bedoel, ik ben dol op de muziek, maar daar gaat het niet alleen om. Er zit ook nog die hele culturele kant aan. Heb je enig idee wat wij de Ieren door de eeuwen heen hebben aangedaan?'

'Wie bedoel je met wij?'

'Je weet wat ik bedoel – *wij, zij,* de *Engelsen.* Weet je hoe ver dat teruggaat?' Hij schraapte de bonen uit het blik in een pannetje en draaide het gas omhoog.

'Te lang.'

'Steeds wanneer zo'n middeleeuwse koning zich verveelde of zichzelf moest bewijzen ging hij de Ieren in elkaar slaan. Vervolgens probeerde koningin Elizabeth het ook maar eens. Ze had een hekel aan de Ieren omdat die katholiek waren en zij bang was voor katholieken. En Cromwell had nog een grotere hekel aan ze omdat hij een puritein was. En toen kwam de zogenaamde Glorieuze Revolutie, die in sommige boeken nog steeds de Bloedeloze Revolutie wordt genoemd omdat er alleen maar Ierse mensen bij werden afgeslacht.'

Michael keek naar hem door de zoeker. 'Om nog maar te zwijgen van de Grote Hongersnood.'

'Precies. En heb je er enig idee van wat hun is aangedaan na de Paasopstand?'

Michael liet zijn camera zakken. 'Hun?'

'Oké dan, óns. Weet je hoeveel Ieren er werden opgehangen en gemarteld en hoeveel van hun huizen er in brand zijn gestoken... Ónze huizen, bedoel ik.'

Michael stak zijn hand op, zoals Emily aan de ontbijttafel. 'Bedoel je de huizen van ons als Engelse huisbazen, of onze huizen als Ierse huurders?'

'Allebei!' Kieran keek hem kwaad aan. Achter hem sprong het brood omhoog uit de rooster en begonnen de bonen te pruttelen in het pannetje. 'Verveel ik je?'

'Nee, helemaal niet. Alleen weet ik het meeste al.'

'Ja, sorry.' Hij begon boter op de toast te smeren. 'Maar ik wed dat je geen Gaelic kent.'

'Ja, wrijf het er nog eens lekker in. Ik vind het al rot genoeg dat ik nauwelijks Latijn ken en een onvoldoende voor Frans had.'

'Ja, maar dat neemt niet weg dat je al ik weet niet hoeveel Latijn en Frans kent omdat je Engels spreekt.'

'Ja, en...?'

Kieran ademde diep in. 'Oké. Bekijk het eens van deze kant. Hoe lang is India deel geweest van het Britse Rijk?'

'Een paar honderd jaar?'

'Als het al zoveel was. En hoeveel woorden zijn er in de Engelse taal die uit India komen, woorden die we voortdurend gebruiken, zoals bungalow en pyjama?'

Michael haalde zijn schouders op en wendde zich af om een foto te maken van de doedelzak van Dan die op de bank lag.

'Er zijn er honderden. En hoeveel Engelse woorden komen uit het Gaelic?'

'Ik heb geen idee.'

'Twee ongeveer. *Galore* is er eentje – in overvloed.'

'Zoals *Pussy Galore*?'

'Precies.' Kieran verdeelde de bonen over twee borden.

'Of witte bonen galore.'

'Of whisky galore. Wat trouwens een beter voorbeeld is, want whisky is het andere woord. Het betekent levenswater. Whisky en galore en dat was het dan wat Gaelic woorden in het Engels betreft.'

'Dat bestaat niet.'

'Neem het nou maar van me aan. Maar uit India hebben we jungle en pandit en caravan en kaki en shampoo....'

'Shampoo, weet je dat zeker?'

'Curry, natuurlijk, en chutney.'

'Ja zeg, als je die meetelt, moet je gestoofde kool op de Gaelic lijst zetten.'

'Erg grappig.'

'Wat bewijst dat, trouwens, dat we al die Indische woorden hebben?'

'Het is alleen een voorbeeld van het totale gebrek aan respect dat de Engelsen voor de Ieren hebben. Of ook maar de minste interesse. Ik bedoel, wat taal betreft, zouden Salema's Indische familieleden zich hier in Engeland veel beter thuis voelen dan wij Ieren.'

Kieran zette de twee borden met bacon en bonen op tafel en ging zitten.

Michael zat hem met open mond aan te gapen. 'Heb je

er enig idee van wat je net voor belachelijke opmerking hebt gemaakt?'

Er kwam een brede grijns op Kierans gezicht. 'Oké, ik geef toe dat het wel lichtelijk overdreven was,' zei hij en pakte zijn mes en vork op.

Michael nam de foto – het bestek dat boven het spek en de bonen zweefde, het ijle licht dat van de straat naar binnen viel, een waas van muziekinstrumenten op de achtergrond en de grijns, die Kieran was, puur en onvervalst.

Toen ze de gehoorzaal van het conservatorium binnenliepen, zat Salema over het toetsenbord van de concertvleugel gebogen. Wat Michael steeds weer verraste, wanneer hij haar aan de piano zag zitten, was dat spontane, bijna instinctieve wat in haar spel zat. Nu, na een onderbreking van maanden, voelde hij er zich weer volslagen weerloos tegen. Haar waardigheid, haar concentratie, haar sereniteit droeg ze overal bij zich, maar deze heftige fysieke energie kwam alleen aan de oppervlakte wanneer ze speelde.

De klankstructuur werd ijler en ging over in open akkoorden en een stijgend loopje van kristalheldere tonen. Haar handen voegden zich naar het klavier alsof ze net op dat moment hadden ontdekt dat die specifieke toetsen er waren om bespeeld te worden. Ze boog zich naar het geluid toe, armen en schouders langzaam zakkend, het hoofd opzij om de subtiele klankveranderingen waar te nemen. Toen weer omhoog – eerst de ellebogen, daarna de polsen – en ten slotte de vingers die van de toetsen loskwamen en werden teruggetrokken. Toen het geluid ophield leek de stilte te zinderen, alsof de muziek buiten zichzelf was getreden.

Kieran vond haar niet gemakkelijk en daar kon Michael wel in komen. Maar dat ze dit kon, moest een boel goedmaken, dacht hij.

Salema keek om en knipperde met haar ogen. Ze merkte Kieran en Michael op en keek hen even fronsend aan, alsof hun aanwezigheid haar stoorde, of alsof ze niet wist wie ze waren. Toen lachte ze. 'Hallo, jongens,' zei ze.

'Hoi, Sal,' zei Kieran. 'Klaar voor wat Ierse muziek?'

Salema trok een gezicht. 'Als het moet.'

'Morgen gaan we Mahler oefenen, dat beloof ik.'

Ze hield haar hoofd schuin en keek hem ernstig aan. 'Na de mis?'

'Oké, na de mis.' Hij liet het stoer klinken om zijn verlegenheid te maskeren, maar zijn zijwaartse blik naar Michael verried hem. Een van de dingen waar ze zich op hadden verheugd toen ze uit huis gingen, was dat ze zich over dat hele gedoe niet langer druk zouden hoeven maken.

In het achterzaaltje van The Grapes zaten de muzikanten tegenover elkaar aan een tafel. Dan zat aan de ene kant met zijn Ierse doedelzak, Kieran zat naast hem en verder waren er nog een paar accordeons, een tin whistle, en een oudere man met zo'n dikke buik dat hij er onder het spelen zijn viool op kon laten rusten. Peggy zat aan het uiteinde met haar met geitenvel bespannen trommel, die ze een *bodhran* noemde. Haar haar was kortgeknipt met paarse strepen erdoor.

Vanaf de andere kant van het zaaltje, waar Michael met Salema zat, zag hij hoe Kieran zijn best moest doen om het allemaal te bolwerken zonder partituur en hoeveel plezier hij had in die uitdaging. Het was een onverbiddelijke discipline, waarbij iedereen behalve de trommelaar zich volledig inzette voor die genadeloze melodische zoektocht, en alleen de fluitist een begeleidende rol speelde. Van de violisten werd op het oog fysiek meer gevraagd dan van de anderen, omdat hun strijkarm het stijgen en dalen van de melodie volgde. Michael was onder de indruk van de manier waarop Kieran zich hierin gestort had, zoals hij zich in alles stortte wat hij deed. Hij bedacht dat het niet Kierans talent was dat indruk maakte. Het was zijn zekerheid dat wat hij nu deed, was wat hij moest doen. Het was een eigenschap die mensen aantrok, die maakte dat hij Dan en Peggy als vrienden kon opeisen, net zoals hij Salema had opgeëist, onopzettelijk, met zijn aandacht bij iets anders, voordat Michael zichzelf ertoe had kunnen brengen om iets te ondernemen.

Hij voelde de aanraking van Salema's hand en de warmte van haar adem bij zijn oor. 'Kieran denkt dat ik het maar niks vind,' zei ze. 'Hij denkt dat ik bang ben dat het zijn techniek geen goed zal doen.'

Michael draaide zich naar haar toe. 'En, is dat zo?'

'Ik denk het wel, ja. Zijn techniek is echt al minder geworden, al wordt hij boos als ik dat zeg. En dan nog al dat Ierse gedoe.'

'Hoe bedoel je?'

'Ik begrijp het niet echt en ik begrijp niet waarom het hem zo aan het hart gaat. Ik weet dat de katholieken willen dat Noord-Ierland deel wordt van de Ierse Republiek en ik denk dat je eigenlijk alleen maar naar de kaart hoeft te kijken om te zien dat ze gelijk hebben. Maar de protestanten willen Brits blijven en er zijn twee keer zoveel protestanten als katholieken, dus eigenlijk denk ik dat wat zij willen twee keer zo zwaar telt.' Nadenkend nam ze een slokje van haar shandy. 'Mijn moeder heeft het soms over de afscheiding van India, die plaatsvond toen ze klein was en Pakistan voor de moslims was, alleen was haar familie moslim maar wél aan de Indische kant van de grens, dus bleven ze Indisch. Maar eigenlijk is dat helemaal niet hetzelfde, want bijna niemand wilde dat de Engelsen bleven, maar de protestanten willen wel dat de Engelsen blijven. Snap je wat ik bedoel?'

'Ja.'

'Echt?'

'Nee, niet echt.'

Ze zuchtte. 'Ik ook niet. Ik denk dat wat voor mij het meeste telt, is dat ik Dan niet mag. Dan zal hem bederven, niet de muziek.'

De melodie kwam tot een rafelig eind. Mensen om hen heen stopten hun sigaret in de mond en zetten hun glas op tafel om te applaudisseren. De muzikanten maakten onderling grappen.

Salema draaide zich naar Michael toe en keek hem aan alsof ze iets dringends te zeggen had. 'Ik ben pater Hopkins aan het lezen.'

'Wie?'

'Gerard Manley Hopkins.'

'O, de dichter.'

'Wat had die een gevoel voor de immanentie van het goddelijke.'

Van achter de muzikantentafel zat Peggy met een soort glimlachje naar hem te kijken, alsof ze kon zien hoe verscheurd hij zich voelde.

'Hopkins denkt dat de Heilige Maagd is als de lucht die we ademen,' zei Salema. 'Wereldmoederende lucht, noemt hij haar. Is dat niet prachtig?'

Dan kwam hun kant op lopen, op weg naar de wc.

Salema had haar ogen dicht. Ze ademde langzaam in, ter voorbereiding op een citaat. 'Genadiglijk bewaart zij 't kloppend mensenhart, bedaart, als tere luchtevloed, de doodsdans in zijn bloed.' Toen keek ze Michael aan. 'Daar bid ik elke nacht voor, dat de Heilige Maagd de doodsdans in Kierans bloed zal bedaren.'

'Ik weet niet of ik het begrijp,' zei Michael. 'Kun je het nog eens zeggen?'

Dans hand rustte op de leuning van haar stoel. 'Ze bid, Michael, dat je broer met de maagd Maria naar bed gaat.'

Salema rechtte haar rug en richtte haar antwoord op de rokerige ruimte boven de tafel. 'Ik had kunnen weten dat jij zelfs de prachtigste poëzie nog weet te verpesten.'

'En ik had kunnen weten dat een priester je hoofd met kolder weet te vullen.' Dan zei het onverschillig, alsof het maar een lolletje was. 'Het is het leven dat in Kierans bloed danst, schat, niet de dood, en dat zou bij jou ook het geval zijn als je eens ophield ijswater in je aderen te injecteren.'

Toen hij was doorgelopen greep Salema Michaels arm vast alsof ze steun zocht. Na een ogenblik stilte zei ze: 'Mag ik je iets vragen?'

'Natuurlijk.'

'Waarom mogen mensen me niet?'

'Wie dan?'

'Dan, om te beginnen.'

'Misschien alleen omdat jij hém niet mag.'

'En andere mensen?'

'Ik denk dat ze zich misschien beoordeeld voelen. Ze kunnen nooit aan jouw normen voldoen.'

Ze keek beduusd. 'Denken mensen dat? Dat ik me verbeeld dat ik beter ben dan zij?'

Michael haalde de schouders op. 'Ik zou het niet weten.'

'Denk jij dat?'

'Soms.'

Ze leek even in gedachten verzonken. Haar ogen vulden zich met tranen. Ze veegde ze ongeduldig weg, maar ze bleven komen. 'Dat is raar, eigenlijk, want ik vind mezelf slechter dan de meeste mensen, veel slechter. Er zijn mensen voor wie het makkelijk is om goed te zijn. Jij bijvoorbeeld.'

'Ik!'

'Jou kost het geen enkele moeite. Het is zo makkelijk als ademhalen.'

'Ik vind mezelf niet een bijzonder goed mens. Ik snap niet waarom je dat zegt.' Hij vond het verontrustend om er na zo lange tijd achter te komen dat ze zo over hem dacht.

'Mannen als Dan kunnen soms zó naar me kijken dat ik maar wilde dat ik lelijk was.'

Hij dacht aan hoe opgezwollen en vlekkerig de meeste meisjes eruitzagen wanneer ze huilden en hoe verbazingwekkend het was dat Salema's ogen er alleen maar helderder van werden en de huid rond haar ogen lichtgevender.

'Jij kijkt soms ook zo naar me, Michael.'

'Waarom trek je dan geen zak over je hoofd?' Het stak hem om met Dan op één hoop te worden gegooid. Boos en verbijsterd staarde hij naar de tafel. Hij hoorde de geluidjes in haar keel van het huilen.

Na een poosje hielden de geluiden op. Ze snoot haar neus in een papieren zakdoekje en haalde haar neus op. 'Wil je iets voor me doen, Michael?'

'Ligt eraan wat.'

Ze zweeg even, dus keek hij naar haar op.

'Het zit er dik in dat je me steeds minder aardig gaat

vinden naarmate je me langer kent. Maar wil je me beloven dat je zult proberen om me aardig te blijven vinden?'

'Ja hoor, maar ik zou niet weten waarom ik je steeds minder aardig zou gaan vinden.'

'Maar je belooft het wel.'

'Ja. Ik beloof het.'

'Dank je.' Ze legde haar hand op de zijne en even zaten ze zo, zonder iets te zeggen. Toen stond ze met een waterig glimlachje op. 'Ik ga maar even mijn gezicht wassen. Ik ben zo terug.' Ze liep naar de hoek van de bar waar de toiletten waren en hield haar ogen op de grond gericht toen Dan haar vanaf de andere kant voorbijliep.

Toen de band weer begon te spelen, leunde Michael naar voren om te luisteren. In de melodie klonk een wanhopige vreugde door, waarop iets, ergens diep in hem, reageerde. Een vreugde die hem de muren van de pub deed ontstijgen, weg van die bedompte lucht die naar bier en warme lichamen en sigaretten rook, de velden in langs de rivier, achter de veemarkt van Kilross.

Hij werd wakker en vroeg zich af of zijn hoofd op de verkeerde plaats zat, want er was een muur in plaats van de kamer en een vreemde openheid aan de andere kant, een rechthoek van grijs licht waar de klerenkast hoorde te staan, en hij realiseerde zich dat hij niet in Brighton was maar in Kierans woning.

Er stond een bleke gedaante in de deuropening. 'Heb ik je wakker gemaakt, Michael?'

'Nee.'

Het was Peggy. Haar T-shirt zweefde in de schemerige ruimte tussen de gang en de keuken. Ze deed een stap het korrelige halflicht in en haar gezicht werd zichtbaar en haar paarsgestreepte haar. Vanaf de knieën waren haar benen bloot. Ze stond op de zijkant van haar voeten, de tenen omhoog en naar elkaar toe gekruld, en had haar armen om zich heen geslagen tegen de kou.

'Ik heb je wel wakker gemaakt. Sorry. Ga maar weer slapen.'

'Het geeft niet. Hoe laat is het?'

'Rond halfzeven.'

'Gaat het wel goed met je?'

'Dan is niet thuisgekomen.'

Michael kwam overeind, zette zijn voeten op de grond en trok het dekbed om zijn schouders. 'Denk je dat er iets met hem gebeurd is?'

'Iets anders dan anders, bedoel je?'

Er klonken voetstappen op de stoep. Peggy liep naar het raam en tilde de rand van het gordijn op om omhoog te kijken naar de straat. Er passeerde een auto en iets zwaarders, een vuilniswagen of een bestelauto, die de vaat op het afdruiprek deed schudden.

Ze liet het gordijn vallen. 'Eigenlijk maakt het ook niet uit,' zei ze. 'Het is niet zijn schuld dat ik niet van hem kan houden. Hij heeft zijn best gedaan om een deugdzame vrouw van me te maken, zoals Fergal steeds weer opmerkt, maar ik weet niet of ik het wel in me heb om een deugdzame vrouw te zijn.'

'Bedoel je dat hij met je wilde trouwen?'

'Ja hoor, hij heeft het aangeboden toen ik zwanger was...' Ze haalde haar schouders op alsof een dergelijk aanbod niet serieus genomen kon worden, of alsof ze het onderwerp niet meer interessant vond. 'Is er plaats voor twee onder dat dekbed? Ik sta dood te vriezen.'

'Ja, natuurlijk.'

Hij tilde het beddengoed op. Met een paar snelle stappen stond ze naast hem en gleed onder het dekbed, trok de rand als een sjaal om haar hals en trok haar voeten omhoog.

'Je bent zo warm als een geroosterd broodje,' zei ze. Er ging een huivering door haar heen terwijl ze tegen hem aankroop.

'Waarom ben je dan met hem gaan samenwonen als je niet van hem houdt?'

'Een mens moet nu eenmaal leven.' Even was het stil en toen klonk het geratel van een trein die richting London Bridge reed. 'Dat we samenwonen heeft eigenlijk niks met seks te maken, als je dat soms denkt. Dan hadden we vroeger in Kilross nog meer seks, ondanks het feit dat mijn vader me voortdurend in de gaten hield. Daar kwam Dan halfdronken door mijn slaapkamerraam naar binnen gekropen, of hij zette zijn auto stil in een weiland op weg naar huis van een avondje uit. En soms wilde ik het en soms was het me te veel moeite om hem af te weren. Zoveel keus had ik nou ook weer niet. Maar toen ik zwanger raakte, had ik het wel gezien – dat was niet wat ik me had voorgesteld van mijn leven.' Ze zuchtte. Hij voelde het gewicht van haar hoofd op zijn schouder toen ze zich ontspande. 'Maar toen zat ik daar in Londen, zonder iemand te kennen en zonder geld voor de huur. Ik maak het er allemaal niet beter op, hè? Je vindt me vast een vreselijk mens.'

'Nee, dat vind ik niet.' Hij vroeg zich af of dit een goed moment zou zijn om haar te kussen. Hij wilde wel, maar wist niet zeker of dat alleen maar kwam doordat ze er was, en of zij het, om dezelfde reden, zou toestaan. En toen bedacht hij hoe wonderbaarlijk het zou zijn om elke nacht iemand zo warm en grappig als Peggy in bed te hebben, iemand met wie je kon praten en met wie je seks kon hebben, ook al was je dan niet stapelverliefd op haar. En hij maakte een beweging met zijn hoofd, bracht zijn gezicht bij het hare.

Maar ze lag alweer te praten. 'Ik ben trouwens van plan om ergens anders te gaan wonen. Ik ga een zaak beginnen.'

'Wat voor zaak?'

'Daar heb ik een hele tijd over nagedacht.' Hij voelde de energie in haar lichaam, de schouders die van houding veranderden, het scherpe inademen. 'Toen Johnny Logan het Eurovisie Songfestival voor Ierland won met 'What's Another Year', was ik pas veertien, maar oud genoeg om te weten dat het bagger was. En nu ineens heeft Ierse muziek iets te betekenen – traditionele muziek of rockmuziek of wat voor muziek we ook maar willen maken. En dat is niet alleen in Ierland zo. Er zijn bands van over de hele wereld die te gekke dingen doen die de meeste mensen nog nooit eerder hebben gehoord – alles wordt vermengd, overal wordt geleend. We hebben wel wat van dat soort muziek in de winkel, maar alleen omdat Nora weet waar ze het kan vinden. Het is allemaal maar zo'n beetje lukraak. Niemand zet het echt in de markt.'

'Wie is Nora?'

'Nora is mijn baas.'

'Is zij ook Iers?'

'Nee, maar haar vader was een Nigeriaan en haar moeder Joodse, en dat is bijna net zo goed.' Ze lachte, draaide zich naar hem toe en hij zag het enthousiasme in haar gezicht. 'Wist je, Michael, dat ze eindelijk ontdekt hebben hoe je een cd-speler in een auto moet zetten?'

Michael haalde de schouders op. 'Ik weet niets over auto's.'

'Jee, nee, ik ook niet, maar ik weet wel iets van muziek en ik weet hoe ik dingen moet verkopen. En dan heb je nog die nieuwe Discman van Sony. Nora vindt dat we samen een zaak moeten beginnen. Het is precies de goeie tijd ervoor, nu alles aan het veranderen is.'

'Het klinkt als een prima idee.'

'Wereldvrouwen, vindt Nora dat we ons moeten noemen, omdat we muziek van over de hele wereld zouden gaan distribueren. En omdat we dat zijn, natuurlijk.'

Michael lachte, aangestoken door Peggy's opwinding. 'Je bent altijd zo positief en...'

'En wat?'

'Ik weet niet. Ondernemend, denk ik.'

'Net als jij.'

'Ik ben helemaal niet ondernemend.'

'Dat je het huis uit bent gegaan? Dat je naar de kunstacademie bent gegaan?'

'TJ, mijn docent, vindt mijn foto's burgerlijk.'

'Hoe kan een foto nou burgerlijk zijn?'

'Ik weet niet. Het is moeilijk uit te leggen. Ik heb foto's gemaakt bij mijn vader op de bouw, en TJ zei dat ik daarmee de vrije markt verheerlijkte. Er was er eentje van Darren, de handlanger van mijn vader, die een ladder opgaat met een trog vol bakstenen en TJ deed alsof het homoporno was.'

Peggy sperde haar ogen open van verrukking. 'Wat een giller.'

'Nou, op dat moment anders helemaal niet. Ik zou foto's moeten nemen van lelijke daklozen, alleen zou TJ die dan waarschijnlijk weer bevoogdend hebben gevonden.'

'Je zou foto's moeten nemen van Buckingham Palace, dat zou je moeten doen, en als hij iets te klagen heeft, zeg hem dan maar van mij dat hij er geen reet mee te maken heeft wie of wat je fotografeert.

Vanuit de gang kwam Kieran naar binnen, in zijn ochtendjas. Hij gaapte en krabde zijn hoofd. 'Mis ik iets?'

'Je broer is me aan het opvrolijken.'

'Mooi.' Hij liep naar het raam en trok het gordijn open.

'Wat ben jíj maar vroeg op,' zei Peggy.

'Jij anders ook.' Kieran keek naar hen tweetjes, daar dicht bijeengekropen op de bank, met het dekbed om hen heen. 'Of misschien ook niet – lastig te zeggen.'

'Ik had het koud.'

'En Michael heeft je bij zich genomen omdat hij je niet in de kou wil laten staan.'

'Als je onaardig gaat doen, maak ik geen ontbijt voor je.'

'Daar heb ik sowieso geen tijd voor. Ik heb met Salema afgesproken.'

'Een kop thee dan.' Peggy gleed onder het dekbed vandaan. 'Ik zet vast water op, dan kun jij je ondertussen aankleden.'

'Nee, echt niet. Ik ben zo weg.'

'Je blijft toch zeker niet nuchter!'

Kieran lachte verlegen.

'Ga je tegenwoordig weer naar de kerk?' Peggy lachte. 'Jezus, Kieran, het begint een heilige plicht te worden.'

'Ik doe het alleen omdat Salema graag naar de kerk gaat. We hebben afgesproken bij de universiteitskapel. Daarna gaan we een paar uur oefenen.'

'Dus je gaat naar de mis,' zei Michael, 'en ter communie en alles, terwijl je er helemaal niet in gelooft?'

Kieran keek door het raam omhoog naar de straat. 'Het

is niet zoals thuis,' zei hij, 'als je dat soms denkt.' Hij draaide zich naar Michael om. 'Christus, het is hier pastoor Riley niet. De diensten in de kapel zijn lang zo dom niet. Hier gaat het over ideeën en de juiste manier om te leven.'

'Maar ik dacht dat we dat allemaal eraan hadden gegeven.'

'Het domme deel wel, ja. Maar alleen omdat wij er geen goede ervaringen mee hebben, betekent dat nog niet dat er niets is. Ik bedoel, je zou ook niet niet in moleculaire fysica geloven, alleen omdat je domme leraren hebt gehad die er zelf niets van snapten. En alleen omdat je van je ouders een draai om de oren kreeg wanneer je niet E is MC kwadraat of zoiets kon opzeggen. Dan zou je ook niet zeggen: O, het is vast allemaal onzin – omdat kernfysica groter is dan zij, het is iets buiten hen, dat waar blijft, of ze het nu begrijpen of niet.'

'Maar E is écht MC kwadraat. We hebben de bommen en de kernreactoren om het te bewijzen.'

'En we hebben de kerken en de kathedralen die bewijzen dat God bestaat, en al de grote missen van Byrd en Mozart, en de oratoria van Bach, en die zijn een stuk beter dan bommen en reactoren.'

'Maar je redeneert niet logisch. Het gaat er niet om of je partij kiest voor ofwel natuurkunde of religie.' Michael ergerde zich eraan dat hij kernwapens als voorbeeld had gekozen.

'Nee, jíj redeneert niet logisch, want als God niet bestaat, als het christendom één gigantische ingewikkelde fictie is, dan betekent dat het einde van al die muziek. Dan kunnen we het net zo goed allemaal op een hoop gooien en in de fik steken.'

'Maar dan kunnen we ervan blijven genieten.'

'Nee, want dan zou het een leugen zijn.' Kieran keek Michael strak aan en richtte toen zijn blik op de muur.

'Kom op, jongens,' zei Peggy. 'Laten we in godsnaam geen ruzie maken over het geloof.'

'Ik moet me sowieso gaan aankleden, anders kom ik te laat.' Kieran slaakte een diepe zucht maar bleef staan waar hij stond.

Michael had met hem te doen. Het had duidelijk allemaal met Salema te maken, deze nieuwe belangstelling voor het geloof. Niet nodig om hem daarmee voor gek te zetten.

'Nou toevallig gaan Michael en ik ook naar de mis,' zei Peggy.

Michael keek haar verbaasd aan. 'O?'

'In de Heilige Sebastianuskerk.'

'De kerk van Fergal?'

'Van wie anders? Ik ben al tijden van plan om te gaan. Volgens mij is hij verschrikkelijk eenzaam. En hij vindt het vast fantastisch om jou te zien, dat weet ik zeker.'

'Oké, maar ík blijf niet nuchter.'

'Ik ook niet. Ik ben geëxcommuniceerd, wist je dat? Fergal was echt vreselijk streng. Hij zei: Ik hoop dat je beseft dat je jezelf buiten de gemeenschap van de moederkerk sluit.'

'Waarom ga je dan naar hem toe?'

'Omdat hij nog steeds mijn neef is.'

'Nou, veel plezier dan maar,' zei Kieran en hij liep de kamer uit om zich te gaan aankleden.

Fergals kerk stond tussen een krantenkiosk en een bookmakerskantoor – een vooroorlogs bakstenen gebouw met een puntdak. Op een stenen richel boven de deur stond een beeld van de heilige Sebastianus, gehuld in een lendendoek en met de roestplekken van een stuk of zes pijlen op zijn betonnen borst.

Ze waren laat. In het voorportaal werden ze met een knipoog begroet door een oude man die met een zijwaarts knikje en kromme vingers naar een deuropening in de hoek achter hen wees, waarachter ze een wenteltrap naar de galerij ontwaarden.

'Lopen maar, Michael,' fluisterde Peggy, 'ik kom achter je aan.'

Op de trap ving Michael de stank op van wierook en het gekraak van de kerkbanken en een stem die het evangelie voorlas – een passage uit Lucas die hij herkende, over een vriend die aanklopt en om brood vraagt.

Het was verontrustend om weer in een kerk te zijn en het allemaal weer onmiddellijk zo vertrouwd te vinden. Hij nam de laatste bocht en zag boven zich een hoog houten plafond. Het was Fergals stem die voorlas, al klonk die veel zwakker en moeizamer dan hij zich herinnerde.

Net voor hij bij de laatste trede kwam, struikelde Michael. Hij landde op een knie en viel opzij tegen de balustrade, en de holle bons van zijn elleboog tegen het houten paneel weerkaatste vanaf de kansel. Toen hij overeind kwam zag hij dat er beneden in het schip mensen naar hem omhoogkeken.

Fergal, die op de preekstoel stond, had even gepauzeerd en zocht nu in de tekst waar hij was gebleven. Hij hoestte een paar keer, wachtte tot hij weer op adem was gekomen en begon weer voor te lezen. 'En voor wie klopt, zal worden opengedaan.'

Michael hoorde gegiechel uit de kerkbanken beneden en onderdrukt gelach. Achter hem hoorde hij Peggy proesten. Er klonken sst-geluiden. Nog meer hoofden die zich omdraaiden.

Fergals hoofd was gebogen. Even leek het alsof hij ging overgeven, toen wendde hij zich af om, met hevig schokkende schouders, wel tien keer in zijn hand te hoesten.

Peggy pakte Michaels arm vast. 'Die arme Fergal. Zou het wel goed met hem gaan?'

Een vrouw naast hen boog zich naar hen toe. 'Het begon als een zomerkoutje,' zei ze 'en toen die hoest, waar hij maar niet van afkwam. Pastoor Gerard heeft erop aangedrongen dat hij eerst moest uitzieken, maar hij hield vol dat hij beter was. Arme kapelaan Noonan. Het klinkt alsof hij bronchitis heeft, vinden jullie ook niet?'

Hij zag er inderdaad ziek uit, dacht Michael. Zijn oogkassen waren holler en zijn jukbeenderen staken meer uit dan toen ze elkaar voor het laatst hadden gezien.

Fergal was weer begonnen te lezen. Zijn stem klonk ijl en rasperig. 'Welke vader onder jullie zou zijn kind, als het om een vis vraagt, in plaats van een vis een slang geven? Of een schorpioen, als het om een ei vraagt? Als jullie dus, ook al zijn jullie slecht, je kinderen al goede gaven schenken, hoeveel temeer zal de Vader in de hemel dan niet de Heilige Geest geven aan wie Hem erom vragen. Zo spreekt de Heer.'

Er klonk meer geestdrift door in het antwoord, *Wij danken God,* dan Michael gewend was, misschien omdat de mensen opgelucht waren dat hun jonge kapelaan het tot hiertoe gehaald had.

Beneden in het schip schoven ze hun handtassen en misboeken opzij en gingen weer zitten. Zij die geen zitplaats hadden, namen de kans te baat om van houding te veranderen of met hun schouder tegen de muur te gaan leunen. De vrouw die dacht dat Fergal bronchitis had, maande haar kinderen wat dichter naar elkaar toe te schuiven en gebaarde Michael en Peggy naast haar te komen zitten.

Zwaar ademend begon Fergal aan zijn preek. 'Vorig weekend is er voor de kust van County Kerry een treiler onderschept. U zult er vast wel van gehoord hebben op het nieuws. In de treiler trof de politie zeven ton wapens en explosieven aan – een levering, besteld en betaald door de provisionele IRA.' Hij keek de kerk rond. 'Een vissersboot! Welke vader die om een vis wordt gevraagd, zou zijn kind een slang geven?' Hij zweeg even en omklemde de rand van de preekstoel om een hoest te onderdrukken. 'Sommigen onder u zijn net als ik in Ierland geboren of hebben Ierse ouders. Ik weet dat velen in deze parochie van Ierse afkomst zijn. Toen u opgroeide zal men u, net als mij, verteld hebben over de Grote Hongersnood die uitbrak toen de aardappeloogst was mislukt en een kwart van ons volk stierf aan voedselgebrek en ziekte, of aan boord ging van de schepen die naar Amerika voeren. *An Grota Mór*, noemen we dat in het Gaelic. En ondertussen werd er in de Ierse havens graan en vee ingeladen om naar Engeland geëxporteerd te worden en er viel niets tegen te doen.'

Er klonk instemmend gemompel in de kerkbanken.

'De mensen vroegen om brood en het Engelse parlement gaf hun een steen. We herinneren het ons en het is goed dat we het ons herinneren. De almachtige God heeft ons geschapen met de gave van de herinnering. En geschiedenis is een gave die we doorgeven aan onze kinderen. Maar waar is het herinneren goed voor wanneer het slechts dient om bitterheid te koesteren en ons eigen wangedrag goed te praten? Is dat niet een schorpioen die wordt gegeven in plaats van een ei?' Fergal was luider gaan spreken en zijn stem begon onvast te worden. Hij stokte, bracht zijn hand naar zijn borst en drukte hem tegen de geborduurde stof van zijn kazuifel. Hij had zijn ogen gesloten en ademde door zijn neus.

Er klonk nu gehoest uit een andere hoek van de kerk, niet het bronchiale gekuch dat op de biechtstoel nu elk moment weer kon losbarsten, maar een moedwillig schrapen van de keel.

'Ik ben het natuurlijk met meneer kapelaan eens,' zei de vrouw, 'maar hij zou niet over politiek moeten praten, niet in de kerk. We komen niet naar de mis om naar politiek te luisteren.'

Halverwege de kerk was een oudere man opgestaan die zich nu langs de mensen in de kerkbank heen een weg baande naar het middenpad. Toen hij zich omdraaide, zag Michael zijn ingevallen gezicht en de opstandige blik in zijn ogen.

Fergal was van de wijs gebracht. Hij was over de hongersnood in Ethiopië begonnen, maar leek zelf niet meer zo goed te weten waar hij met zijn verhaal naartoe wilde. Vervolgens verliet hij de preekstoel, zwaar ademend terwijl hij het trapje afdaalde. Het was niet duidelijk of hij zijn preek had beëindigd of het voor gezien hield.

Een elektronisch orgel kwam pompend tot leven en ontlokte een gedreun van woorden aan de kerkgemeente. Het gaf Fergal heel even de tijd om in zijn zetel bij het altaar neer te zijgen en zijn ogen te sluiten. Aan weerskanten van hem zaten de misdienaars, twee tienermeisjes, met hun kaars vóór zich op de grond. Er klonk gerammel. Een man van middelbare leeftijd in een met kant gezoomd superplie liep met het wierookvat, dat hij aan een ketting heen en weer liet zwaaien, over het koor in de richting van Fergal. Een jongetje probeerde hem op een holletje bij te houden met het wierookscheepje. De man hield halt voor de priester en tilde het deksel van het wierookvat, waardoor er een wolk rook ontsnapte. Het jongetje hield het koperen scheepje omhoog zodat de priester nog wat wierook op de gloeiende houtskool kon scheppen. Maar Fergal had zijn hoofd naar de muur gekeerd en wuifde hen weg. Terwijl hij uit alle macht zijn hoesten in bedwang probeerde te houden, kwam er van onder de galerij een kleine processie in zicht met de hosties en de wijn en een mandje met geld. Fergal vermande zich en ging achter het altaar staan om aan het tafelgebed te beginnen.

Terwijl Michael samen met de anderen in de galerij knielde, keek hij toe hoe Fergal met het brood in de weer was en de woorden van de transsubstantiatie uitsprak terwijl hij de hostie tussen duim en wijsvinger van beide handen omhooghield en er boven de kelk een hapje van nam om maar geen kruimeltje verloren te laten gaan. Het gaf Michael een onpasselijk gevoel om na zo'n lange onderbreking weer de consecratie bij te wonen, na al die maanden van koppige weerstand, de strategische afwezigheid op zondagochtend, het gevecht om het voorrecht naar de mis te gaan wanneer het hem uitkwam, zodat hij de kerk gewoon voorbij kon lopen en een uur lang door de straten kon dwalen, na al dat vage gemurmel over welke liederen er gezongen waren, wie het epistel had voorgelezen, waar de preek over ging, totdat zelfs zijn moeder hem niets meer in de weg had gelegd om afvallig te worden – om geen haar beter te zijn dan een heiden als hij dat zo nodig wilde, God zij hem genadig.

Toen hij klaar was met het brood, richtte Fergal zijn aandacht op de wijn. De kelk glom in het licht toen hij hem omhoogtilde. Zijn stem was nauwelijks hoorbaar.

'Toen het avondmaal beëindigd was, nam hij de beker. Hij dankte en prees U opnieuw, gaf de beker aan zijn leerlingen en zei: *'Neemt deze beker en drinkt hier allen uit, want dit is de beker...'* Hij zweeg even om een hoestimpuls te onderdrukken. *'Dit is de beker van het nieuwe, altijddurende...'* Alleen de eerste lettergreep van het woord *verbond* was nog te horen en vervolgens alleen nog maar gehoest. Hij wendde zijn hoofd af terwijl hij de kelk weer neerzette, een eindje van hem vandaan, om de inhoud te beschermen tegen de belediging van speeksel en slijm. De kelk wankelde op de rand van het altaar. Een van de misdienaars schoot te hulp toen hij dreigde om te kiepen en gaf hem een zetje in de richting van de kerkgangers, voordat ze hem weer stevig op zijn voet zette. Er klotste wijn over de rand, een donkerrode golf die onmiddellijk donker werd toen hij in het altaarkleed trok. Er klonken schrikgeluiden uit de voorste banken en ineens was men weer één en al aandacht. De kelk stond weer stabiel en het grootste deel van de wijn zat er nog veilig in. Het meisje had het servet van de priester gepakt en begon er de vlek mee te deppen. De acoliet met het wierookvat stond ineens naast haar en rukte met zijn vrije hand haar arm omhoog, alsof er meer was geschonden dan alleen het protocol.

'Wat een eikel!' siste Peggy. 'Wat hééft-ie in godsnaam?'

Het meisje, bleek van de pijn of van woede, had zich losgemaakt en trok zich nu terug naar de zijkant van het koor terwijl ze haar schouder wreef. Ondertussen was Fergal in zijn zetel neergezegen en zat hij zijwaarts over de gotische armleuning gebogen.

De sacristiedeur zwaaide open. Een oudere priester haastte zich naar het koor terwijl hij zijn kazuifel schikte. 'Verkondigen wij het mysterie van het geloof,' zei hij alsof hij iedereen ervan wilde overtuigen dat het wonder van de transsubstantiatie wel degelijk had plaatsgevonden, ondanks het morsen van de wijn en alle verwarring.

De vrouw naast Michael raakte zijn arm aan. 'Dat is pastoor Gerard,' zei zij. 'Gelukkig dat hij er eindelijk is, nu komt het wel goed.'

Pastoor Gerard had zijn hand op Fergals schouder gelegd en boog zich naar hem toe om iets te zeggen. Fergal knikte, stond onvast op en liep in de richting van de sacristie. Achter hem gingen de woorden van de eucharistie door. 'Heer, wij doen dit ter gedachtenis aan Jezus Christus, Uw zoon...'

'Kom, we gaan,' zei Peggy. Michael volgde haar de wenteltrap af naar buiten.

Toen ze om de kerk heen liepen, kwam Fergal de sacristie uit. Hij zag eruit alsof hij het koud had, al was het een zachte dag en scheen de zon. Michael riep naar hem en hij draaide zich om met een geschrokken blik die veranderde in een gekwelde glimlach.

'Waren jullie in de kerk?'

'Heb je ons niet gezien?' vroeg Michael.

'Nee.' Fergal schudde moedeloos het hoofd. 'Wat een ramp!'

'Helemaal niet,' zei Peggy. 'Je hebt het prima gedaan.'

'Maar om de kelk omver te gooien.'

'Nou en? Wat zou het, Fergal? Denk je dat het God wat kan schelen?'

'Ik hoop dat het nog een poosje duurt, Peggy, voordat ik God onder ogen moet komen. Maar ondertussen moet ik wel rekenschap afleggen bij pastoor Gerard.'

Daar moest Michael om lachen, waardoor ook Fergal in de lach schoot, wat opnieuw eindigde in een hoestbui.

214

Peggy gaf een kneepje in zijn arm. 'Het gaat niet goed met jou. Je moet naar binnen, de warmte in.'

Ze liepen met hem mee naar de pastorie.

'En mijn preek vonden ze ook al niks.'

'Ik wel,' zei Michael. 'Dat de rest maar naar de hel loopt.'

'En het was er maar eentje die het niks vond,' zei Peggy.

'Er is er gelukkig maar één weggelopen. Ik heb ze al vaak genoeg bijna dood verveeld, maar er is nog nooit iemand weggelopen.'

'Zie je nou wel. Je wordt er duidelijk al beter in.'

De huishoudster kwam hen bij de keukendeur tegemoet. Ze had water opgezet en was door pastoor Gerard geïnstrueerd om voor Fergal een ei te pocheren en hem met een hete grog in bed te stoppen. Ze stak de gashaard in de zitkamer aan, zette Fergal met een deken over zijn knieën in een stoel en maakte het ontbijt.

Terwijl hij at, vermaakte Peggy hen met verhalen over de excentrieke types die bij haar in de winkel kwamen. Vervolgens beschreef Michael hoe Emily aan de ontbijttafel uit de kast was gekomen, maar kennelijk ontging Fergal de pointe van het verhaal – namelijk dat het grappig was – want hij had meer belangstelling voor de gevoelens van zijn moeder. Was ze er niet vreselijk ongerust van geworden? En die arme Emily, worstelend met zulke zwaarwegende kwesties op haar leeftijd? Veel te snel kwam de huishoudster terug om Fergal naar bed te sturen. En Michael verliet het huis met het gevoel dat hij een kans had laten lopen om contact te maken.

Peggy was teruggegaan naar haar woning om te zien of Dan al thuis was, dus ging Michael op zoek naar Salema en zijn broer. Bij de ingang van het conservatorium hing een mededelingenbord waar studenten zich konden in-schrijven voor een repetitiekamertje. Er sijpelde muziek de gang in – een klarinettist die toonladders oefende, lange tonen op een hoorn.

Toen hij Salema's kamertje naderde, verwachtte hij Kierans viool te horen maar er klonk alleen pianospel. Het leek in geen enkel opzicht op wat hij haar ooit eerder had horen spelen. Het bestond enkel uit dissonerende, kennelijk willekeurige notenclusters, die zich van de ene bonkende uitbarsting naar de volgende voort slingerden in een hortend, steeds sneller wordend ritme, en die wegstierven toen Michael de deur opendeed.

Kieran zat op het pianobankje, achterovergeleund tegen het toetsenbord, met zijn ogen dicht en een vreemde uitdrukking op zijn gezicht, alsof hij overweldigd was door een ogenblik van woeste muzikale schoonheid terwijl hij zag dat iemand per ongeluk op zijn viool trapte; een uitdrukking van extatische opwinding, die gepaard ging met een gekreun dat evengoed kon voortkomen uit vreugde als uit pijn. Salema zat schrijlings op zijn schoot met haar gezicht naar hem toe. Ze had witte sokjes aan. Aan de tenen van één voet hing een schoen, zo licht als een muiltje, nog steeds na te trillen van het slotakkoord. De andere schoen lag op de grond. Haar haar hing naar één kant en haar blouse was zo ver open dat Michael haar nek kon zien en de kromming van een prachtig gebeeldhouwde schouder. Een zilveren medaillon, zo groot als een muntje, was aan zijn tere zilveren kettinkje opzij gezwaaid. Meer bloot was er niet, alleen was haar rok een beetje omhoog gekropen en lag nu opgebold om haar heen op het bankje. Ze liet zich met een diepe, hoorbare zucht tegen Kieran aan zakken.

Michael zag dat de viool, die hij niet eerder had opgemerkt, op het toetsenbord lag, binnen het bereik van Kierans linkerhand, en de strijkstok op de grond bij zijn rechtervoet.

Heel even bleef Michael roerloos staan, maar voor Salema lang genoeg om haar hoofd zijn kant op te draaien, en voor Kieran om zijn ogen te openen en hem versuft aan te kijken. Er kwam een geluid uit Michaels keel dat het begin had kunnen zijn van een verontschuldiging, maar dat iets anders werd – een 'o, ik' dat overging in een gebrom van gêne en ontsteltenis. Toen deed hij een stap terug, de gang in, en trok de deur dicht. Hij had geen reden om gechoqueerd te zijn, geen recht om ontdaan te zijn. Wat hij desalniettemin voelde was zo intens dat het niet zonder geluid en beweging kon en het brommen in zijn keel bleef maar toenemen, zelfs toen hij al in de hal was en hij de leuning vastgreep en met roekeloze sprongen de trap af vluchtte.

†

De Kerk van de Heilige Ursula en
de Maagdelijke Martelaressen

Woensdag 19 februari 2003

President Bush heeft vandaag aangekondigd dat Amerika en zijn bondgenoten wederom geroepen zijn om de vrede te verdedigen tegen een agressieve tiran. Hij hield een toespraak in Georgia in een plaats die Kennesaw heet en daar werd uitbundig geklapt en gejuicht. Hij wil natuurlijk dat we aan Hitler denken. Maar het maakte me nieuwsgierig naar Kennesaw, waar men klapt voor een man die de taal op zijn kop zet. Ik heb het zo-even opgezocht en ik zie dat het plaatsje wordt aangeprezen als een fantastische plek om een gezin te stichten en dat er een wet is, pas twintig jaar geleden van kracht geworden, die elk huishouden verplicht een goed werkend vuurwapen in zijn bezit te hebben. In het plaatsje Kennesaw willen ze met alle geweld de orde handhaven.

De schapenboeren in ons deel van County Wicklow hadden geweren om de konijnen af te schrikken. In mijn jeugd gingen er geruchten over oude IRA-mannen die handvuurwapens in huis verstopt hielden. Maar het bewapenen van het gewone volk is in de Ierse Republiek nooit een prioriteit geweest. God weet dat we genoeg bloedvergieten hebben gezien. Zelfs Hitler kon ons niet de oorlog in lokken. Sommigen vinden het beschamend dat we in de strijd tegen het fascisme neutraal zijn gebleven, maar toen het Duitse leger Polen binnenviel, was het pas twee jaar geleden dat de Ierse Vrijstaat echt vrij was geworden. De generatie van mijn grootouders kon zich de Burgeroorlog nog al te goed herinneren. Misschien hadden ze wel meer dan genoeg van de strijd tegen de tirannie en van de onderlinge strijd over de strijd tegen de tirannie.

Het hoofd bieden aan tirannen lijkt hoe dan ook weer in de mode te zijn en de harde mannen popelen van ongeduld om ermee te beginnen.

Ik zit ondertussen met mijn eigen ongeduld, aangezien er nog zoveel te regelen valt voordat ik vertrek. Ik schreef al dat ik de bisschop had gevraagd of ik een poos weg mocht uit de parochie en daarvoor heeft hij me schoorvoetend toestemming verleend. Wat ik niet schreef, was dat ik niet helemaal rechtdoorzee ben geweest toen ik mijn verzoek deed. Ik bevind me wel degelijk in een spirituele crisis, dat is waar. En ik ben werkelijk van plan om me uit de wereld zoals ik die ken terug te trekken en me, voor onbepaalde tijd, te wijden aan de bezinning op wat er voor ons ligt – de dood, het oordeel, de hoop op eeuwige verlossing nadat ik van mijn zonden ben gezuiverd. Het verleden, die delen ervan die me het meest dwarszitten, hoop ik in deze brief achter me te laten.

Mijn eerste jaar in de Heilige Sebastianusparochie was niet gemakkelijk. Ik herinner me dat je een keer daar naar de kerk bent gekomen. Peggy was al eens eerder geweest, al had ik flink ruzie met haar gemaakt. Maar jou daar te zien, Michael, terwijl ik wist dat je in Brighton studeerde, was een verrassing en een grote vreugde voor me. En ook een vernedering, zoals bleek. En na de mis praatte ik te veel en vroeg jou niets over je kunststudie of je nieuwe leven in Brighton.

Ik was natuurlijk ziek. Longontsteking dacht de dokter, verhevigd door vermoeidheid. Hij schreef antibiotica voor en rust en zei dat ik veel moest drinken. Hij was er bezorgd om dat ik niet regelmatig at. Hij had het over stress. Ik ben een week lang de pastorie niet uit geweest. Daarna werd ik naar een seminarie gestuurd in Noord-Spanje voor een periode van studie en retraite. Pastoor Gerard vond dat ik nodig even iets anders moest doen dan parochiewerk. Hij dacht bovendien dat het klimaat me goed zou doen. Hij stelde zich waarschijnlijk een heet, droog landschap voor vol wijngaarden en olijfbomen. Het was begin november toen ik in Castilië aankwam en ik trof er niets dan storm en regen. Thuis in County Wicklow zou ik er beter aan toe zijn geweest.

Niettemin kijk ik op mijn Castiliaanse maanden terug als een gezegende tijd. Het was voor mij een Eden. Ik wijdde mijn vrije uren aan de studie van de heilige Theresia van Avila, ook een Castiliaanse. Ik hield van Theresia vanwege haar twijfel en verwarring, vanwege haar strijd met haar eigen halsstarrigheid. Ze werd non, maar leidde een frivool, genotzuchtig leven, wat in die tijd niet ongebruikelijk was voor nonnen. Uiteindelijk zou ze een hervorming doorvoeren van de kloosterregels in de orde van de karmelieten en nieuwe kloosters openen waar de nonnen blootsvoets gingen. Voor het aanvechten van de gevestigde orde zou ze worden vervolgd door de inquisitie en door de pauselijke nuntius aangeklaagd vanwege haar rusteloze ongehoorzaamheid.

Maar eerst had ze visioenen waarin Onze Heer tot haar kwam. Haar biechtvader zei haar dat de visioenen door de duivel waren ingegeven en dat ze deze valse Jezus moest afwijzen met een obsceen gebaar dat bekendstaat als *el nico* of de vijg. Jezus leek niet ontmoedigd door die belediging, maar prees haar om haar gehoorzaamheid aan haar biechtvader. Toen wist ze dat de priester het bij het verkeerde eind had. Dat element van Theresia's goedheid, dat zowel moedig als pragmatisch was, prikkelde me. Ik nam haar raad ter harte dat men goed moest eten, dat er een tijd is voor patrijs en een tijd voor penitentie, en besloot dat ik, eenmaal terug in Londen, meer aandacht zou besteden aan mijn eigen fysieke behoeften, om beter tegemoet te kunnen komen aan de spirituele behoeften van mijn parochianen.

Die hele periode was ik onwel. Ik had koortsaanvallen die gepaard gingen met deliria. Maar toen Theresia mij verscheen was ik wakker en zat ik te bidden in mijn kloostercel. Eerst dacht ik dat ze een verpleegster was die naar me toe was gestuurd omdat ik ziek was, maar er was een gloed om haar heen, een doorschijnendheid die niet van deze wereld was. Ze leek levendiger dan ik en toch bleef de muur waar ze tegenaan stond zichtbaar. Ze sprak tot me, voorspelde dat ik een gewelddadige dood zou sterven terwijl ik het opnam voor het ware geloof. Ze bood me de voorspelling aan als een gave en als zodanig ontving ik haar.

Het duurde niet lang of ik begon te twijfelen aan dit visioen, net zoals Theresia's biechtvader aan het hare had getwijfeld. Het was een uitnodiging tot spirituele trots – trots die weldra zou leiden tot een zonde van gelijke omvang, al wist ik dat toen nog niet.

Een hele tijd later suggereerde een vriendelijke biechtvader dat het misschien de herinnering aan mijn vader was geweest, en een onbewust verlangen hem te evenaren, die deze illusie hadden veroorzaakt.

Voordat ik terugkeerde naar Londen kreeg ik permissie om via Santiago de Compostela te reizen, zo'n driehonderd kilometer naar het westen, en van daaruit nog vijftig kilometer naar het meest noordwestelijke puntje van Spanje, om mijn tante Consuelo op te zoeken, het enige nog levende familielid van mijn moeder.

Consuelo had me eerder dat jaar geschreven. Haar brief ging vergezeld van een verjaardagskaart, dus waarschijnlijk is het in juni geweest. Tot dat moment had ik me nauwelijks herinnerd dat ze nog bestond. Ze vertelde me in de brief dat ze niet in staat was geweest om te komen toen mijn moeder was overleden, omdat ze in de gevangenis had gezeten vanwege een demonstratie tegen Franco. Het was voor het eerst dat ik me realiseerde dat ik mijn belangstelling voor politiek van beide zijden van de familie had geërfd.

Ik ben bijna klaar met dit verhaal, Michael, maar ik zal het vanavond niet afmaken. Morgen moet ik werken aan een stuk voor het parochieblaadje en mijn laatste preek voorbereiden.

Ik hoor op het nieuws dat de aartsbisschop van Canterbury zich bij kardinaal Murphy-O'Connor heeft aangesloten in een dringend verzoek aan de regering om zich niet tot oorlog te laten verleiden. Godzijdank dat er zulke mensen bestaan. Iemand van Christian Aid heeft gesproken over de humanitaire ramp die ongetwijfeld het gevolg zal zijn voor het lijdende volk van Irak. Tony Blair, die de Kerk een warm hart toedraagt, is op weg naar Rome. Ik vraag me af of de Heilige Vader er, te elfder ure, nog in zal slagen hem bij zinnen te brengen.

Brighton, oktober 1984

Toen de joint voor de derde keer langskwam, zei Michael: 'Dit doet me te veel denken aan de communie,' en hij stak hem Rhys Morgan in de mond terwijl hij op gedragen toon zei: 'Het stickie van Christus.' De anderen vielen, slap van het lachen, tegen elkaar aan, behalve Chrissie die knikte en zei: 'Wow!', waarbij ze een grote ronde vorm maakte van haar zwartgestifte lippen en haar armen om zijn hals sloeg.

Toen verwisselde iemand het bandje en luisterden ze naar de koele ruisstem van Nena die 'Neunundneunzig Luftballons' zong. Eerst was er de nukkige, onderzoekende opening en toen barstte de basgitaar los en Chrissie begon mee te schokken op het ritme. 'Ik vind dit zo gaaf. Vind je het niet gaaf? Veel beter dan de Engelse versie. De Engelse versie is zo slap. *Ninety-nine red balloons* – wat is dat? Alleen de Duitsers snappen de existentiële dreiging van een kernoorlog.'

Rhys, die naast hen op de bank hing, liet een boer en zei: 'Wat een gelul.'

'Dat is geen gelul, Rhys. Ze snappen het omdat zij leven

met de Berlijnse Muur. Die maakt deel uit van hun werkelijkheid.'

'Het is gelul en het liedje is ook gelul, in het Duits of in het Engels, maakt geen zak uit. Zelfs de Welshe versie is gelul.'

'Er bestaat geen Welshe versie,' zei Andy Cochran zonder zijn hoofd van het tapijt te tillen.

'Hoe weet jij dat nou, Schots uilskuiken? En de Derde Wereldoorlog gaat nevernooitniet in Berlijn beginnen, dat kan ik je wel vertellen.'

'Waar gaat hij dan beginnen, Rhys?' vroeg Michael.

'De meest voor de hand liggende mogelijkheden, oké?' En Rhys begon ze af te tellen, te beginnen bij zijn duim, waardoor Michael vermoedde dat het een lange lijst ging worden.

Chrissie onderdrukte een geeuw, dus misschien was bij haar dezelfde gedachte opgekomen.

'Ten eerste in Zuid-Afrika, omdat er een bloedbad komt als de zwarten zich organiseren om de apartheid omver te werpen, en dat is ons verdiende loon. Ten tweede...' – hij stapte over naar zijn wijsvinger – 'Afghanistan, want daar zijn Rusland en Amerika toevallig wel degelijk aan het vechten, en niet in Berlijn.'

'De Amerikanen zijn niet aan het vechten in Afghanistan.'

'Zo zie je maar weer dat je er niks vanaf weet. Wie denk je dan dat er achter de moedjahedien zit? En ten derde, Newport.'

'Newport?'

Rhys grijnsde. 'Nou ja, da's inderdaad een miniem kansje. Maar als ik er geld op zet en ik krijg gelijk, loop ik wel mooi binnen.'

'Hou nou je kop maar weer, Welshe debiel,' zei Andy Cochran, en de anderen begonnen weer te lachen.

Chrissie mompelde in Michaels oor: 'Laten we ergens heen gaan waar we kunnen dansen.'

'Het is bijna twaalf uur.'

'Nou en?'

'Nou, en dan is er niks meer open.'

'We vinden vast wel ergens een feestje. De hele stad zit vol Tory's. We kunnen op een van hun feestjes binnenvallen.' Ze giechelde. 'Een Tory-partijtje. Da's best grappig, eigenlijk.' Ze stond op en veegde een lange lok zwart haar uit haar gezicht. 'Ik moet even mijn schoenen halen op mijn kamer.' Ze deelde het huis met drie of vier andere meisjes. 'Je mag wel mee als je wilt.'

Michael volgde haar de trap op. Ze struikelde toen ze bijna boven was en kroop, slap giechelend, de overloop op. Ze liet zich op haar rug rollen en stak haar handen naar hem omhoog om overeind getrokken te worden. Ze loodste hem haar kamer binnen. Aan de verste kant van het bed lagen twee meisjes met elkaar verstrengeld. Ze leken te slapen.

'Wie zijn dat?' vroeg Michael op fluistertoon om ze niet wakker te maken.

'Ik weet niet. Vriendinnen van Polly.'

'Waarom zijn ze dan niet op Polly d'r kamer?'

'Omdat Polly op Polly d'r kamer is? Met een of andere knul?'

Ze ging op het bed zitten en sloeg haar benen over elkaar, eerst naar de ene kant, toen naar de andere om haar schoenen aan te trekken, wat pas lukte na twee, drie keer mikken. Toen trok ze een laatje open in het nachtkastje en haalde er een plastic zakje uit. Ze stak haar hand erin en haalde er twee pilletjes uit – klein en rond als roze aspirientjes.

'Wat heb je daar?' vroeg Michael. 'Drugs?'

'Ja, wat anders?'

'Wat doen ze?'

'Ze maken je gelukkig.'

'Zoals speed?'

'Niet opgefokt – gelukkig.'

'Zoals lsd?'

'Nee, het lijkt niet eens op lsd. Je gaat er niet van hallucineren of zo. Je ziet gewoon wat er al is, alleen beter – wat er altijd al was, alleen is het je niet opgevallen. Je ziet hoe prachtig alles is.'

'Dus het is niet gevaarlijk?'

'Het is lol, meer niet. Ik heb ze van een jongen in San Francisco.' Ze keek wat ongericht naar hem omhoog, legde haar hand op zijn borstkas en vond het zakje van zijn hemd. 'Hier,' zei ze, terwijl ze ze erin liet vallen, 'we nemen ze strakjes.'

'Wanneer, strakjes?'

'Dat weten we als het juiste moment gekomen is,' zei ze, knikkend om de wijsheid van haar woorden.

'Als we omgeven zijn door Jonge Conservatieven, bedoel je?'

'Zo erg zijn ze niet, conservatieven, niet als je het alternatief bekijkt.' Ze stond op, fronste en liet zich weer neerploffen.

Een van de meisjes kreunde en bewoog op het bed.

'Weet je,' zei Chrissie, 'ik ben duizelig.' Ze ging op het kussen liggen met één voet van de grond. 'Maak me maar wakker als het tijd is om te gaan.'

'En wanneer is dat?'

Chrissie gaf geen antwoord. Michael wilde het nog eens vragen, maar ze was begonnen te snurken. Hij keek naar de drie slapende meisjes, van wie er twee lepeltje lepeltje lagen, en Chrissie met haar opgekropen rok en haar benen zomaar lukraak uitgespreid over het bed. Ze was bruin en haar ledematen waren sterk van het zwemmen of tennissen. Het was vijf dagen geleden dat hij bij Kieran en Salema was binnengelopen en hier zo te staan, terwijl Chrissie lag te slapen, maakte dat hij zich opnieuw een griezel voelde. Hij liep de slaapkamer uit, trok de deur achter zich dicht en bleef even in de deuropening van de zitkamer staan luisteren naar Rhys en Andy die beledigingen uitwisselden. Hij merkte dat hij daar geen zin in had en ging door de voordeur naar buiten.

Het huis waar Michael woonde, stond aan het uiteinde van een doodlopende straat, niet ver van het strand. Er bewoog iets bleeks in de schaduwen bij het huis – een gordijn misschien, dat naar buiten bolde door een open raam. Toen hij dichterbij kwam zag hij dat het geen gordijn was, maar een jurk. Hij dacht aan Katherine. Hij had een brief van haar gekregen waarin ze schreef dat het thuis verschrikkelijk was en dat ze wilde proberen om dit weekend te komen, als dat oké was. Even voelde hij zich bezorgd bij de gedachte dat ze vast op hem had zitten wachten. Vrijdag, had ze gezegd. Maar ze zou toch vast niet vrijdagochtend halfeen hebben bedoeld?

Het was Katherine niet. Hij zag het zwarte haar en de donkere teint, de starre houding, als van een pop. Zelfs in haar ellende – en haar ellende was onmiskenbaar voor hem toen hij over straat naar haar toe liep – was er iets vormelijks in de manier waarop ze stond, de benen recht, voeten naast elkaar, de armen om zich heen geslagen tegen de kou.

Haar ogen gingen wijd open toen hij op haar toeliep, alsof hij misschien van plan was haar iets aan te doen, en kregen toen weer die wezenloze blik, het enige teken dat ze hem had herkend.

'Wat doe jij hier?'

De vraag leek haar te verwarren.

'Wat is er aan de hand? Is Kieran bij je?'

'Ik kon niet in Londen blijven na wat er gebeurd is. Ik ben naar huis gegaan, maar de belastingman was er.'

'Je stiefvader? Die woont daar toch?'

'Hij gaat niet naar zijn werk. Hij is door het garagedak gevallen en heeft zijn enkel gebroken.'

'En dus kon je niet blijven?'

'Hij zit voortdurend naar me te kijken.' De gedachte daaraan bracht wat leven in haar gezicht. 'Hij zit in de woonkamer te lezen of naar Radio Four te luisteren en hij kijkt naar me. Ik word er ziek van.'

Michael vroeg zich af wat hij moest zeggen. Hij wist alles over ouders die je op je huid zaten en zich overal mee bemoeiden en die maakten dat je je schuldig voelde, zelfs wanneer je niets verkeerds had gedaan. Maar de misdaden van de belastingman gingen zijn ervaring te boven. 'Je kunt maar beter mee naar binnen komen. We moeten wel zachtjes doen anders storen we de huisbaas en dan sleept hij ons zijn hol in en moeten we het schilderij bewonderen waar hij op dit moment weer mee bezig is.'

Hij draaide met zijn sleutel de voordeur open en liep voor haar uit de gang in. Ze volgde hem door het bijna volslagen donker drie krakende trappen op naar zijn kamer. Hij maakte een rondje door de krappe ruimte, deed het bedlampje aan en de bureaulamp en richtte ze allebei naar de muur. 'Heb je het koud? Ik kan het elektrische kacheltje aandoen. Heb je zin in een kop thee of zo?'

Salema ging met haar armen over elkaar geslagen op de rechte stoel bij het bureau zitten en knikte lukraak op zijn vragen, totdat het knikken overging in een deinende beweging.

Michael, die niet goed wist hoe hij haar moest kalmeren, deed water in de ketel en stak de stekker in het stopcontact. Hij was blij dat ze naar hem was gekomen en voelde zich daar tegelijkertijd weer rot over, omdat het betekende dat ze niet naar Kieran was gegaan. Hij haalde een trui uit een la. 'Die kun je aantrekken als je wilt,' zei hij terwijl hij hem haar toestak.

Ze had hetzelfde zilveren kettinkje om dat hij in het muziekkamertje had gezien. Het kleine ovalen medaillon zwaaide tegen haar aan en weer weg terwijl ze heen en weer zat te schommelen.

'Mooi dingetje is dat.'

'Het is Cecilia, beschermheilige van de muziek.'

'Mag ik eens zien?'

Salema leunde naar voren en hield het hem voor.

Hij hurkte voor haar neer en legde zijn hand onder de hare om het medaillonnetje stil te houden.

'Ze speelt op het orgel, wat eigenlijk een anachronisme is. Ze hadden geen orgels in het Rome van de tweede eeuw. Maar ach...' Ze huiverde en trok haar hand terug.

'Trek die trui dan aan.'

Ze kwam in beweging, trok de trui over haar hoofd en stak haar armen in de mouwen.

'Wat ben je nu van plan?'

'Ik weet het niet.'

'Wat is er tussen jou en Kieran gebeurd?'

'Je hebt gezien wat er is gebeurd.' Ze boog zich naar voren en bracht haar handen naar haar gezicht. 'Ik schaam me zo.'

Hij ging tegenover haar zitten op de rand van het bed. 'Er is niets om je voor te schamen. Mensen hebben voortdurend seks.'

'Dus het was niets – dat is hoe jij erover denkt?' Ze mompelde de vraag door haar handen in haar schoot zodat ze nauwelijks hoorbaar was. 'Daarom rende je zeker ook weg, omdat het niets was.'

Hij wist niet wat hij hierop moest antwoorden zonder zichzelf te verraden. *Ik was jaloers*, had hij kunnen zeggen. *Ik ben altijd al jaloers geweest. Ik dacht dat ik niets meer voor je voelde, maar toen zag ik je zo, met Kieran, en ik voelde me buitengesloten.* Maar het enige wat hij zei was: 'Ik voelde me opgelaten.'

'Opgelaten. Ach, dat stelt uiteindelijk niet zoveel voor, toch? Dat heeft alleen te maken met hoe je eruitziet in bijzijn van andere mensen. Stel je voor dat je je opgelaten voelt in het bijzijn van God. Maar dat kun je niet, want het slaat nergens op.' Ze zwaaide haar hoofd van de ene kant naar de andere. 'Waarom kan ik niet normaal omgaan met mensen?'

'Als je het vaker hebt gedaan, wordt het vast makkelijker.'

In een opwelling van woede tilde ze haar hoofd op. 'Dat bedoel ik niet.'

Hij had meteen spijt van zijn onhandigheid, dat hij het nog steeds over seks had en zij niet.

'Ik bedoel,' zei ze langzaam en nadrukkelijk, 'gewoon normaal omgaan met mensen. Praten over dingen waar gewone mensen over praten. Het is niet dat ik het niet wil. Maar het is net alsof iedereen Duits praat en ik alleen zit na te denken over de grammatica en mijn best doe om het werkwoord in mijn hoofd te houden tot het tijd is om het te zeggen, en maar hoop dat ik dan nog weet waar het ook alweer op sloeg.'

'Bij mij ben je zo niet.'

Ze tuurde naar hem, zocht zijn gezicht af naar de waarheid. De wanhoop in haar ogen beangstigde hem.

Toen keek ze weer naar de grond. 'Met muziek is het anders. Niet dat ik er echt gelukkig van word, of zo. Maar als ik pianospeel gaat mijn hoofd naar een andere plek. Als ik ophoud, komt het weer terug en brengt het alles weer mee.'

Michael vroeg zich af wat hij met haar aan moest.

Ze begon weer heen en weer te schommelen. 'Ik wil gewoon dat de pijn ophoudt.'

'Ik zal je iets geven wat helpt.'

Ze keek op en wachtte op uitleg.

'Iets wat je gelukkig maakt.' Hij haalde Chrissies pilletjes uit zijn borstzakje.

'Wat is dat?'

'Gewoon iets waardoor je je beter gaat voelen.'

'Kan ik er beter door slapen?'

Hij haalde de schouders op. 'Waarschijnlijk, als je moe bent.'

'Is het geen kalmeringsmiddel? Mijn moeder slikt valium. Dat maakt haar alleen suf, zodat ze de zinloosheid van haar leven niet onder ogen hoeft te zien.'

'Het is geen kalmeringsmiddel.' Hij herinnerde zich wat Chrissie had gezegd. 'Het laat je zien hoe mooi alles is.' Hij hield haar de pilletjes voor.

'Is dat fijn?'

'Om de schoonheid van dingen te zien? Ik dacht het wel.'

231

'Dat is wat je doet als je foto's maakt, neem ik aan.'

Hij stond van het bed op. 'Ik heb nog steeds geen thee gemaakt.'

'Het zijn er twee,' zei Salema. 'Twee pillen.'

'Ja.'

'Voor ons allebei één.'

'Precies.'

'Dus we nemen ze samen.'

'Natuurlijk.'

Ze stak haar hand uit en hij legde er een pilletje in.

Ze pakte het op met haar andere hand en hield het naar het licht. 'Waar staat die *e* voor?'

'Een of andere merknaam, denk ik.'

Ze ademde diep in, deed haar mond open en legde het pilletje op het puntje van haar tong. Daar lag het even, bleek tegen het donkerdere roze. Ze sloot de ogen en slikte het door. 'Nu jij,' zei ze.

Hij nam zijn pilletje en een ogenblik lang zaten ze naar elkaar te kijken en te wachten tot ze iets zouden voelen.

'Ik dacht eerst dat je misschien Katherine was,' zei hij, 'toen ik je buiten zag staan. Ze komt van het weekend en ik dacht dat jij haar was en dat ze eerder was gekomen.'

'Wat leuk, dat ze bij je op bezoek wil komen.'

'Thuis is het een gekkenhuis, zoals gewoonlijk. Je weet hoe gestoord mijn ouders zijn.'

'Ik vind je ouders leuk.'

Ze zei het met een weemoedige stem en hij voelde zich schuldig dat hij had geklaagd.

Hij pakte twee mokken, hing in beide een theezakje en goot het water erover. 'Ze zijn in alle staten omdat Eileen terug is. Ze is afgelopen zomer getrouwd en mijn moeder en Emily zijn met de bus naar Manchester gegaan omdat mijn vader er absoluut niets mee te maken wilde hebben. En nu heeft Eileen blijkbaar een zenuwinstorting. Ze was in elk geval al een week thuis, toen Harold kwam opdagen omdat hij haar terug wil. Dus nu zijn ze er allebei. Harold slaapt in onze oude kamer, die van Kieran en mij, en Eileen bij de meisjes.' Hij zette een mok thee op het bureau voor Salema. 'Ik heb helaas geen melk meer. Mijn moeder schijnt ze midden in de nacht te wekken, Harold en Eileen, om ze huwelijksvoorlichting te geven en de rozenkrans te bidden. Midden in de nacht kan ze het beste denken, zegt ze – of net niet, ligt er maar aan hoe je het bekijkt. En ondertussen is mijn vader ook wakker geworden en besluit dat hij dan net zo goed nog wat karweitjes kan doen, de losse vloerplanken vasttimmeren, bijvoorbeeld. En het is drie uur 's nachts en iedereen wordt hysterisch.' Michael lachte. 'Dus heeft Kath behoefte aan een weekendje Brighton en ik kan het haar niet kwalijk nemen.'

Een tijdlang zaten ze te luisteren naar het kraken van het hout in het oude huis. De wind kroop onder het dak door naar binnen en bracht de lucht in de schoorsteen in beweging.

Hij voelde zich ineens rusteloos. 'Heb je zin om een stukje te wandelen?'

'Ja,' zei ze terwijl ze opstond.

'Maar wel zachtjes op de trap, anders maken we Abbott wakker.'

'Je huisbaas? Is hij dan opgehouden met schilderen, denk je?'

'Hij houdt nooit op met schilderen. Hij schildert in zijn slaap.'

'Wat schildert hij dan?'

'Een boel katten. Een boel wervelende acrylschilderijen.'

'Ik hou van katten.'

'Dat wist ik niet.'

'Misschien niet om in huis te hebben. Maar ik vind het een aangename gedachte dat ze daarbuiten in het donker zijn en hun katachtige dingen doen.'

Ze lieten de lampen aan en de twee mokken thee bleven vrijwel onaangeroerd op het bureau staan met in de lucht erboven twee ondoorzichtige vlekken, waar het licht van de bureaulamp zich met de stoom vermengde.

Toen ze beneden op straat aankwamen, hadden ze elkaars hand vast. Er waaide een frisse wind van zee en er waren geen verkeersgeluiden die het geruis van de golven dempten. In de buurt van de Palace-Pier slenterden ze in westelijke richting de boulevard op, onder de lantaarns en langs de bleke gevels van de hotels en appartementsgebouwen, waar hier en daar een raam oplichtte. Michael trok Salema naar zich toe en ze ging dicht tegen hem aan lopen met zijn arm om haar schouder. Hij voelde hoe tenger ze was. De wind zou haar zo mee kunnen nemen, dacht hij, en dan zou ze boven de gebouwen warrelen en omhoog, over de stad in de richting van het station en hij zou haar volgen. Of ze zouden met een sprongetje de smeedijzeren balustrade nemen en wegdrijven over de branding. Dat zei hij tegen haar en ze glimlachte en ze bleven staan om naar de zee te kijken. Hij was al bijna een maand in Brighton en hij had nog niet één keer naar de zee gekeken, niet echt. Zelfs in het dempende duister, met slechts een paar sterren en straatlantaarns en een nevel voor de maan, waren de kleuren van de zee nog steeds zo diep dat je erin kon verdrinken. Ook dat zei hij tegen haar en ze lachten want, je erin laten verdrinken was precies wat de zee met je kon doen. Het was zo koud dat ze maar weer verder liepen. Hij liet zijn hand langs de houten reling glijden en voelde de glad gesleten nerf. Het gaf niet dat Salema Kierans vriendin was, want hij hield ook van Kieran.

Ze passeerden het Grand Hotel en hij trok haar mee de lange trap af, het kiezelstrand op in de schaduw van de strandmuur. In het donker struikelden ze over de ribbels op het strand en lachten, proefden de scherpte van de lucht in hun mond. Zelfs hun gestruikel voelde soepel, als een dansbeweging. Toen ze bij het water kwamen, probeerden ze het te vermijden, sprongen snel opzij als de golven op hen afkwamen, om er dan weer achteraan te lopen als ze zich terugtrokken. Ze renden elk één kant op en weer naar elkaar toe, genoten van elkaars warmte en de prikkelende frisheid om hen heen. Ze bewonderden de sterren en de open ruimten tussen de sterren. Het kiezelstrand onder hun schoenen voelde tintelend en levend.

Een golf achtervolgde hen en Salema lachte, buiten adem van opwinding. 'Exaltatie,' zei ze.

'Wat is daarmee?'

'Dáár staat die "e" voor.'

'O, ja, natuurlijk. Of elixir.'

'Het geheim van de onsterfelijkheid. Of Elysium, waar de dapperen en rechtschapenen na hun dood naartoe gaan.'

'Of euforie.'

'Ja, e-u-forie.' Ze klapte in haar handen. 'O, ik weet het...' Ze draaide zich met stralende ogen naar hem toe. 'Epifanie. Daar staat het voor. Dat viel me zomaar in.'

'Wat wel vaker voorkomt bij een epifanie. Eigenlijk knap e-rbazingwekkend.'

Ze kirde van plezier. 'Eee-rukkelijk.'

'Eee-fantastisch.'

Ze trok een gezicht alsof ze diep verontwaardigd was. 'Dat slaat dan weer nergens op.'

'Dat slaat nergens op? En al die e-woorden van jou dan? Wat dacht je van e-rukkelijk?'

'E-rukkelijk is prima. E-rukkelijk is volgens de regels.'

Hij keek haar enthousiast aan. 'Zijn er regels?'

'E-rukkelijk komt van ver-rukkelijk. Maar je kunt niet gewoon maar een "e" voor elk willekeurig woord plakken en net doen of het iets betekent.'

'Gaat een vrouw de grafsteen van haar man ophalen en daar staat op – HIER RUST MIJN GELIEFD MAN, NORM. Dus zegt ze tegen de steenhouwer: Je bent een "e" vergeten. En de steenhouwer zegt...'

'Ik ben dol op moppen.'

'En de steenhouwer zegt: Verdomd, mevrouwtje, u heb gelijk. Kom over een halfuurtje maar terug. Dus ze komt terug en op de grafsteen staat: HIER RUST MIJN GELIEFD MAN, ENORM!'

'Ik ben niet bang om dood te gaan.'

Michael was aan het lachen. Salema lachte niet omdat ze over iets anders was begonnen. En Michael zag hoe fantastisch dat was, dat ze zich niet verplicht voelde om te lachen. Lachen om elkaars grappen was overbodig nu er zo'n diepe wederzijdse band tussen hen was.

'Daar hoef je ook niet bang voor te zijn,' zei hij. 'Doodgaan, daar hoef je niet bang voor te zijn.'

'Als we doodgaan moeten we het alleen een poosje zien vol te houden in het vagevuur...'

'Een paar honderdduizend jaar in mijn geval...'

'En een paar honderd miljoen in het mijne, wat nog steeds niets is vergeleken bij de eeuwigheid – niet meer dan een keer met zijn ogen knipperen voor God. En dan is er enkel nog maar gelukzaligheid. Het zal zijn alsof we voor eeuwig op die oceaan ronddrijven.'

Dat was ook zoiets waarom hij zo dol was op haar, dat je nooit wist wat ze ging zeggen. Het was zo vaak iets wat niemand anders ooit zou bedenken.

Ze glimlachte. 'En dan zie ik mijn vader...'

'Die in de hemel zijt.'

'Tenzij ik er eerder aankom en hij nog in het vagevuur zit en ik een goed woordje voor hem moet doen...'

Michael keek haar verbaasd aan. 'Maar hij was een goede man, je vader.'

'Of in de hel en dat ik alleen maar kan kijken hoe hij helemaal daar beneden zijn kwelling ondergaat.'

'Maar hij was een heilige.'

'Ja, hij was een heilige.' Salema knikte plechtig alsof ze een geloofsartikel opzei. 'Hij heeft ons geheim bewaard tot aan zijn dood en het meegenomen naar het hiernamaals, en hij heeft het nooit opgebiecht, zelfs niet op zijn doodsbed, zelfs niet toen de pastoor hem kwam bedienen, en ik was bang, want ik wist dat hij zou sterven, al deed iedereen net alsof dat niet zo was, en mijn moeder trok me de overloop op en ik was aan het huilen en de pastoor deed de deur dicht.'

'Jouw geheim.'

'Ja.'

'Bedoel je Opus Dei?'

'Nee, niet Opus Dei. Een veel groter geheim.'

Het water rolde op hen af, kwam aarzelend het strand

op en repte zich tussen de kiezels. En de maan was zo enorm en prachtig dat het Michael duizelde en hij naar beneden moest kijken om zijn evenwicht te hervinden. Hij deed zijn ogen dicht en toen hij ze weer opende, zag hij de zwarte kiezels aan zijn voeten. Iets aan wat Salema had gezegd zat hem dwars. 'Maar hoe weet je dat dan?' vroeg hij.

'Hoe weet ik wat dan?' Ze was al doorgelopen en stond nu tussen de gietijzeren pijlers die oprezen uit de kiezels als de ruïne van een tempel – het enige wat nog over was van de landzijde van de West-Pier.

'Als de pastoor de deur had dichtgedaan, hoe weet je dan dat je vader je geheim niet verteld heeft?' Toen hij naar haar toe liep, onttrok de loopbrug, die naar het verlaten concertgebouw voerde en als een donkere vorm boven het water zweefde, een rij sterren aan het oog.

'Ik bedacht net dat ik hier al eens ben geweest,' zei Salema, 'als kind. We waren naar zo'n ouderwetse mis geweest, die bij iemand thuis werd opgedragen. Ik herinner me de geur van meubelwas en wierook, de koperen kandelaars in het zonlicht, het gemompel in het Latijn – *In nomine patris et filii et spiritus sancti*. En dat ik toen later in de wind op de pier stond en door de spijlen omlaag keek naar de zee.'

'Deze pier? Niet de Palace-Pier?' Hij maakte een handgebaar in oostelijke richting langs het strand.

'Nee deze, ik weet het zeker.'

'Deze is in 1970 gesloten – dat heb ik ergens gelezen – omdat hij niet meer veilig was.'

'Dan was ik dus vier.'

'En hoe oud was je toen hij doodging?'

'Negen.'

Ze liep met voorzichtige pasjes over de kiezels met haar armen zijwaarts alsof ze aan het koorddansen was.

'Hoe weet je dat je vader je geheim niet verteld heeft, Salema?'

Terwijl ze zich met één hand aan een pijler vasthield, ging ze zijwaarts hangen en draaide er met een zwaai omheen, zodat ze opeens tegenover elkaar stonden. 'Omdat de pastoor me niet heeft doodgeslagen toen hij de kamer van mijn vader uit kwam.'

Het was Michael nog nooit opgevallen hoe enorm groot haar pupillen waren – poelen van duisternis, zo groot dat je erin kon zwemmen.

Het geluid kwam zo plotseling en zo luid dat het tegen zijn maag klapte en zijn longen indrukte. Het was tastbaar. Hij dacht dat hij aan het verdrinken was, maar toen hij zijn ogen opendeed was de zee nog steeds daar bij zijn voeten, waar ze net ook was geweest. Een regen van kleine splintertjes prikte in zijn hoofd en schouders. Salema zat ineengedoken aan de voet van een pijler. Over haar haar lag een web van stof en gruis, als een sluier, en de lucht smaakte naar kalk. Na een poosje klonken er andere geluiden, stemmen en autoalarmen. Iemand gilde, harder dan de anderen.

'Was jij dat?' Hij bedoelde of het haar stem was die hij had gehoord. Maar ze zat nu te jammeren en hij begreep dat het geschreeuw ergens anders vandaan kwam. Het vermengde zich nu met de andere verre stemmen.

Hij hurkte naast haar neer, sloeg zijn armen om haar middel en tilde haar overeind. 'Gaat het?'

'Deed ik dat?'

'Het was een explosie. Daarginds ergens, geloof ik. Kijk.'

Achter hen langs de kustlijn, waar de bleek gepleisterde

gevels over de balustrade naar het strand uitkeken, was in de rij daken een donkere scherf lucht uitgesneden. Er klonk een sirene.

'Ik heb het koud,' zei Salema.

'Ja, ik ook. We moesten maar teruggaan.'

'Terug?'

'Naar mijn kamer. Ik neem aan dat daar nog alles in orde is.'

'Wat gaan we daar doen?'

'Warm worden.'

'Kunnen we gaan slapen?'

'Ja. Goed idee.'

'Ik ben moe.'

Hij pakte haar bij de hand en leidde haar terug langs dezelfde weg die ze gekomen waren, struikelend over de kiezels in de richting van het lawaai, waar ze de stenen trap vonden in de zeemuur. Met een gesis dat de branding overstemde, spoot er water uit gebroken leidingen, dat als een waterval naar beneden kwam zetten door het puin. De straat werd versperd door een menigte mensen en Michael dacht dat alle zwervers van de stad bij elkaar waren gekomen om te kijken, tot hij zag dat het hotelgasten waren, sommigen in dekens gewikkeld, sommigen half gekleed, die hun bed uit waren gevlucht. Door het stof flitste een blauw licht aan en uit. De politieauto stond verlaten in de straat met open portieren.

Iemand vroeg Michael of hij dacht dat het een gaslek was – een oudere man in een zwarte broek met bungelende bretels. Hij had een hangbuik en zijn borstkas was bedekt met grijs haar. 'Er zijn daarbinnen doden gevallen,' zei hij, 'mensen die liggen te sterven onder het puin,' en hij slofte weg. Er zat bloed op zijn voeten.

Een jongere man vertelde aan iedereen die het horen wilde dat het vast niet door gas was veroorzaakt, dat het de Libiërs waren, of de IRA.

Michael hoorde een vrouw om hulp roepen. Een andere vrouw rende voorbij in een fladderende bontjas met een nachtpon eronder. Alles was ontwricht en verplaatst. Het hotel zag eruit als een zorgvuldig geglazuurde bruidstaart, waar een stuk uit was gehakt en waar zwarte ingewanden van metselwerk en hout uitpuilden tot op straat.

Michael voelde dat alles wat op hem afkwam – het lawaai en de verwarring – hem scherper raakte dan normaal, alsof hij een laagje huid was kwijtgeraakt. Salema klemde zich aan hem vast, trillend, en een deel van het trillen kwam van hemzelf. Hij sloeg beide armen om haar heen en wrong zich door de menigte. Ze passeerden de voorkant. Er renden mensen voorbij in de richting van het tumult. Overal waren op de bovenverdiepingen lichten aangegaan. Mensen hingen reikhalzend uit hun slaapkamer, of kwamen halsoverkop hun voordeur of hotellobby uit in hun ochtendjas. Een politieauto kwam een zijstraat uit jakkeren. Het licht van koplampen spoelde over hen heen en weer weg, en even pulseerde de straat in misselijkmakend blauw. Eindelijk was de zee weer te horen en ze keerden haar de rug toe en lieten haar achter zich.

Het was heet in Michaels kamer. Ze hadden de kachel aan gelaten. Michael goot de thee uit de mokken, spoelde ze af onder de koude kraan en vulde ze met water. Bewegend als slaapwandelaars, schopten ze hun schoenen uit en veegden het ergste gruis uit elkaars haar. Ze gingen om de beurt naar de badkamer, die een verdieping lager was. Ze praatten onsamenhangend over wat er was gebeurd, vielen in herhaling, praatten elkaar na. Ze voelden zich als verdwaalde kinderen. Ze voelden zich honderd jaar oud. Met hun kleren aan gingen ze naast elkaar op het smalle bed liggen en sliepen.

Hij droomde dat hij thuis in de keuken was. Het dak was boven op hem gevallen. Zijn moeder huilde en bad de rozenkrans. Zijn vader, daarboven tussen de chaos van planken, stond nog steeds spijkers te slaan in een poging het dak te repareren.

Toen was hij wakker en bonkte er iemand op zijn deur. Hij stond op en de vloer golfde onder hem, zodat hij een stap opzij moest doen om zijn evenwicht te hervinden.

Hij deed de deur open en Kieran liep naar binnen. 'Heb je gehoord van de bom?'

'Ja, ik heb het gezien.'

Kieran bleef maar rondlopen, keek Michaels kamer rond met een blik die nergens lang genoeg op bleef rusten om het waar te nemen. 'Het was op het nieuws. Twee mensen dood, twee vermist, twee op de intensive care...'

'Niet meer?'

'Wat is dat nou weer voor een vraag?'

Michael deed zijn best om een antwoord te formuleren en voelde zich traag en stom. Zijn hoofd bonkte. 'Sorry,' zei hij. 'Ik heb dat hotel gezien toen die bom was afgegaan. Ik dacht gewoon...'

Kieran liet zich op een stoel neerploffen. Hij zag er uitgeput uit. 'Dan was er gisteravond niet bij toen we speelden. Hij is ook niet naar huis gekomen.'

'Dan kan prima op zichzelf passen.'

'Jezus, ik ben niet bezorgd om Dan.'

Iets ontging Michael. Hij wist niet waarom zijn broer

hier was. Hij voelde zijn hart tekeergaan en vroeg zich af waar Salema was. Misschien op de badkamer. Ze had een canvas tas bij zich gehad, maar die zag hij nergens. En hier had je Kieran – in de achtervolging natuurlijk. 'Kieran,' zei hij. 'Gisteravond...'

'Wist je dat het de IRA was?'

'Echt? Iemand zei de IRA of Libië.'

'Het was de IRA. De provo's, zoals Peggy ze noemt. Dan noemt ze "de jongens". Er zijn mensen dood. Er zijn slaapkamers ingestort waar mensen lagen te slapen...' Hij zweeg alsof hij niet meer verder kon. '*De jongens*. Wat betekent dat, denk je, dat hij ze de jongens noemt?'

Michael haalde zijn schouders op. 'Zo worden ze nou eenmaal genoemd.'

'Maar wat betekent het?'

'Dat de mensen zich met hen identificeren, neem ik aan. Of dat ze van kinds af aan gehoord hebben dat ze zo genoemd werden en wisten dat ze bij de familie hoorden, of ze dat nu leuk vonden of niet. Gaat het wel, Kier? Je ziet er vreselijk uit.'

'Ik heb niet geslapen. Salema is ervandoor gegaan. Ze kan niet uit de voeten met de seks.'

'Weet ik.'

'Het was niet eens op mijn initiatief.'

'Dat zag ik.'

'Dat jij daar binnen kwam zetten maakte het er ook al niet beter op.'

'Je had de deur op slot kunnen doen.'

'We hadden ergens naartoe kunnen gaan waar we alleen waren, maar bij haar is alles één en al drama. Net als met het geloof – niets dan zelfbestraffing en hysterie. Ik bedoel, schuldgevoel is tot daar aan toe, maar zij doet echt af en toe alsof ze door de bliksem zal worden getroffen of zoiets.'

'Gisteravond...' Het was weer komen bovendrijven in Michaels hoofd, iets wat ze op het strand had gezegd, net voordat de bom afging. Hij kon het maar niet scherp krijgen. Het was te lang geleden. Wát het ook was geweest wat ze geslikt hadden, het had alles blootgelegd. Het was alsof ze naakt door de tuin hadden gewandeld en alles hadden benoemd, gewichtloos en zonder angst. Nu de doffe zwaarte van de dag weer op hem neerdaalde, kon hij zich een dergelijke moed nauwelijks voorstellen. 'Vóór de explosie...' zei hij.

'Werd je er wakker van?'

'Ik was al wakker.'

'Toen het vanmorgen op het nieuws kwam, werd ik misselijk. Ik was de halve nacht op geweest en toen hoorde ik Peggy rondscharrelen.'

'Denk je dat er iets vreselijks met Salema is gebeurd toen ze klein was?'

'Ja, dat lijkt me nogal wiedes. Om te beginnen is haar vader gestorven.'

'Maar daarvóór nog.'

'Hoe moet ik dat nou weten?' Hij stond van de stoel op en liep naar het raam. 'Peggy was bezorgd om Dan. Hij was nog niet thuisgekomen.'

'Hij blijft toch wel vaker een nacht weg?'

'Maar hij is nog nooit niet komen opdagen als we ergens speelden. Voor hem was de muziek altijd belangrijker dan voor alle anderen.'

Michael haalde zijn schouders op. 'Dan leidt een mysterieus leven.'

'Dat is nou precies waar ik bang voor ben. Weet je wat de IRA-woordvoerder zei?'

'Hebben ze een woordvoerder?'

Kieran trok een klapperblaadje uit zijn zak. 'Ik heb het opgeschreven. *Vandaag hebben we pech gehad, maar vergeet niet dat we maar één keer geluk hoeven te hebben, terwijl jullie altijd geluk moeten hebben.*'

'Waarom hebben ze pech gehad?'

'Hoe moet ik dat nou weten? Je kunt het niet beredeneren. Daarom hebben ze het over pech en geluk.'

'Maar het slaat nergens op. Ze hebben mensen om het leven gebracht. Ze hebben het hotel vernietigd.'

'Ben je nou zo stom of doe je maar zo?'

'Ik dacht dat je zei...'

'Ze hebben Margaret Thatcher niet om zeep geholpen, dat is wat ze bedoelen.'

'Maar ze hebben twee andere mensen om zeep geholpen – twee, zei je toch? En nog een paar vermisten...?'

'Laat maar zitten. Waar het mij om gaat zijn de woorden. Die heb ik eerder gehoord. Daarom heb ik ze opgeschreven. Dan zei vorige week vrijwel exact hetzelfde.'

'Wat zei hij dan?'

'Wij hoeven maar één keer geluk te hebben. Zij moeten altijd geluk hebben.'

'En?'

'Wat bedoel je, en? Snap je het dan niet?'

'Ze hoeven haar maar één keer te vermoorden, dat snap ik – dan is ze dood.'

'Niet het idee – de woorden. Dan gebruikte dezelfde woorden.' Kieran deed zichtbaar moeite om zich te beheersen. 'Hij had net een van zijn eindeloos lange, bloederige liederen gezongen over de een of andere Ierse jongen op weg naar de strop...'

'Verraden voor Engels zilver en de martelaarsdood stervend voor de goede zaak... ik dacht dat je dat hele gedoe wel zag zitten.'

'De muziek, ja.'

'En de politiek.'

'Oké, ja, de politiek ook. Ik wil een verenigd Ierland en ik wil dat de Britse soldaten oprotten, maar niet op deze manier – niet door mensen in hun slaap te vermoorden. Bij die vent heb ik in huis gewoond, denk ik steeds maar – met hem heb ik muziek gemaakt en gedronken.'

'De allereerste keer dat ik Dan tegenkwam, had hij het over Bobby Sands en dat die toch maar mooi de tussentijdse verkiezingen had gewonnen in Fermanagh, terwijl hij in de gevangenis in hongerstaking was, en over de honderdduizend mensen die naar zijn begrafenis kwamen.'

'Ja, maar dit is anders. Dit is veel meer dan gepraat. Want hij was hier, toch?'

'Wie?' Michael keek vaag om zich heen. 'Waar heb je het over?'

'Niet hier op je kamer. Ik bedoel in Brighton. Dan was in Brighton.'

'Hoe weet je dat?'

'Dan, of de vrienden van Dan. Geloof me nou maar, Mike. Hij is een van "de jongens". Hij wist wat ze dachten, wat ze zouden gaan zeggen. En als hij wist wat ze dachten, dan wist hij wat ze van plan waren.'

'Dat geloof ik niet.'

'Dan geloof je het niet, daar wordt het niet minder waar door.' Kieran liep van het ene raam naar het andere en staarde omlaag, de tuin in. Ergens beneden in het gebouw was een telefoon aan het rinkelen. 'Laten we in godsnaam weggaan. Ik hou het hier in die benauwde kamer niet uit.' Hij bleef stilstaan bij het bureau en legde zijn handen tegen het schuine plafond alsof hij het weg wilde duwen.

Michael bukte zich om een schoen onder het bed uit te halen en voelde het bloed in zijn slapen kloppen. 'Ik moet eerst even plassen,' zei hij.

Kieran liep naar de deur. 'Oké.' Hij gaf de deurstijl een paar klappen. 'Ik wacht buiten wel op je.'

Michael luisterde hoe hij met grote sprongen de trap af denderde. Hij zocht om zich heen naar Salema's tas, of iets anders van haar. Hij vroeg zich af of ze misschien in de badkamer was, maar het enige wat hij daar vond was haar zilveren kettinkje dat van het planchet boven de wasbak omlaag hing. Ze moest het hebben afgedaan om zich te wassen en het zijn vergeten. Hij pakte het op en liet het in zijn broekzak glijden.

Abbott stond onder aan de trap. 'Dus dat was jij niet die daarnet met zoveel herrie de deur uitging.'

'Nee, dat was mijn broer. Sorry.'

'Ik mag hopen dat hij niet lang blijft. Je weet dat we niet echt zijn toegerust voor logés.'

'Nee, hij blijft niet hier.'

'Ik betrapte je donkere geliefde toen ze naar buiten sloop. Betoverend, natuurlijk. Niettemin...'

'Zij komt ook niet terug, denk ik.' Toen hij het zei, realiseerde hij zich dat het waar was. Wat voor broos evenwicht er ook in zijn omgang met Salema en Kieran was geweest, en in de omgang met Salema zelf, het was nu onherroepelijk beschadigd.

'Ze schrijdt in schoonheid als de nacht van wolk'loos weer en sterrengloed.'

'Ze kwam gewoon onverwacht langs. Ze is trouwens de vriendin van mijn broer.'

'Ah.' Abbotts ogen begonnen te schitteren. 'En jij bent de schouder om op uit te huilen. En nu is híj hier.'

'Ja, maar niet daarom.'

'Wapengekletter en commotie!'

'Hij staat buiten op me te wachten.' De voordeur stond open maar Kieran was nergens te zien.

'En daarnet aan de telefoon, dat was je zus die belde om te zeggen dat ze dit weekend toch niet kan komen. De verwikkelingen nemen toe.'

'Ik heb gisteren pas gehoord dat ze van plan was om te komen.'

'En toch ben je ondeugend, Michael. Ik heb liever niet dat er misbruik van me wordt gemaakt. We kunnen het niet hebben dat je hele familie hier op mijn zolder komt hokken.'

'Sorry. Zei ze waarom ze niet kwam?'

'De bom, natuurlijk. Je moeder wilde het absoluut niet hebben.' Abbott trok een bezorgde rimpel en raakte Michaels arm aan. 'Je weet toch wel van de bom?'

Op straat leek alles grijs en vlak, alsof hij naar de wereld keek door de mist. Hij haalde Kieran in op de hoek, bij het antiekwinkeltje. Hij stond naar een viool te staren die rechtop op een eiken dressoir stond uitgestald met een groot prijskaartje om de hals.

'Overweeg je een ruilhandeltje?'

'Nah. Ik heb niets meer om mee te ruilen. Ik heb de mijne weggegeven.'

'Wát heb je gedaan?'

'Ik heb hem weggegeven.'

'Aan wie?'

'Ik weet het niet. Zomaar iemand.'

'Hoe kun je dat nou niet weten? Je geeft je viool niet aan zomaar iemand.'

'Ik heb hem aan een straatmuzikant gegeven, nou goed? Toen ik vanmorgen de flat uit ging, had ik hem bij me. Ik wilde hem meebrengen. Maar op het London Bridge Station zit zo'n oude man zonder benen.'

'Ja, die heb ik weleens gezien.'

'Hij speelt op een oude gebarsten viool die eruitziet alsof hij hem in de oorlog heeft gebruikt om er Duitsers de kop mee in te slaan.' Kieran grinnikte even flauwtjes, maar de pijn in zijn gezicht bleef. 'Hoe dan ook, ik heb hem mijn viool gegeven.'

'Je bent niet goed bij je hoofd!'

'Oké, ik ben niet goed bij mijn hoofd. Maar wat maakt het uit? Ik kan er sowieso niet op spelen. Niet goed genoeg om het de moeite waard te maken. Daarom wilde ik hem meebrengen, om je te laten zien hoe slecht het gaat. Ik ben nu al maandenlang alleen maar achteruitgegaan. Maar van de week was wel het dieptepunt. Ik weet ondertussen niet meer of ik nu wel of niet met vibrato moet spelen, in wat voor hoek ik de viool moet houden, hoe de strijkstok in mijn hand hoort aan te voelen. Niets gaat meer vanzelf. Mijn hersens zitten in de weg. Ik zeg tegen mijn vingers dat ze moeten bewegen en er gebeurt niets. Otto is woedend. Niet dat hij begon te schelden, of zo. Hij trok gewoon wit weg.'

'Otto is een sukkel.'

'Ja, Otto is een sukkel, maar ik kan niet eens meer "Altijd is Kortjakje ziek" spelen zonder in de knoei te raken, dus wie is de grootste sukkel?'

'Hou dan op met die Ierse muziek en begin gewoon weer te oefenen.'

'Het heeft niets met oefenen te maken. Godsamme, luister je eigenlijk wel?' Kieran maakte zich van de etalage los en begon te lopen.

Michael volgde op een halve pas afstand. Ze liepen berg-af, in de richting van de zee.

'Hoe meer ik oefen, des te erger het wordt. Het is net alsof ik aan het koorddansen ben en daar net pas achter ben gekomen. Nooit geweten dat er onder me al die ruim-te was, en nu kan ik het niet níét meer weten. Het heeft niet eens meer wat met muziek te maken. Wie kan het wat schelen of ik viool kan spelen of niet? Dat is maar een symptoom.'

'Waarvan?'

'Van alles. Ik blijf maar denken: waar is het allemaal goed voor? Dat heb ik me nooit eerder afgevraagd, en nu kan ik er niet meer mee ophouden. Muziek was gewoon de zoveelste serie proefwerken, de zoveelste aaneenschake-ling van examens waar ik voor moest slagen. Waarom heb ik me op de universiteit ingeschreven? Wil ik dokter wor-den? Ik zou het moeten willen omdat ik het kan – gaat het daarom? Jij hebt je hele leven lang alleen maar gedaan wat je wilt en ik heb gedaan wat alle anderen willen.'

'Dat is absoluut niet waar – althans niet wat je over mij zegt.'

'Het is wel waar.'

'Hoe weet jij dat nou? Er zijn massa's dingen die ik had willen doen, waarvan ik nu zou willen dat ik ze hád ge-daan, en die ik waarschijnlijk niet heb gedaan juist omdát iedereen wilde dat ik ze deed.'

'Dat slaat nergens op.'

Ze waren aangekomen bij de boulevard. Kieran stak de straat over alsof het verkeer maar beter bij hem uit de buurt kon blijven. Michael volgde wat voorzichtiger, voel-de het gewicht van zijn ledematen, de kater die achter zijn ogen klopte. Ze stonden naast elkaar naar de zee omlaag te kijken. De reling was vochtig van de mist of van nachtelijke regen. Er kwam een golf aanrollen die over het strand sloeg en zich weer terugtrok, waardoor er een glinsterend kiezellint achterbleef.

'Ik weet dat het pathetisch klinkt,' zei Kieran, 'en ik weet dat het niet iets is wat ik iemand kan verwijten, maar je hebt er geen idee van hoe het is om verkloot te worden door wat alle andere mensen succes noemen.'

Michael vond het knap lastig om zich hier iets bij voor te stellen. 'Je diploma's mag je in elk geval houden.'

Kieran stootte een kort lachje uit en zijn mond vormde zich tot iets wat op een glimlach leek.

Ze keken zwijgend naar een volgende golf die zich op het strand stortte.

'Kier,' zei Michael. 'Over Salema...'

'Wat is er met Salema?'

'Als je haar weer ziet, moet je haar dit geven.' Hij trok het zilveren kettinkje uit zijn zak.

Kieran keek ernaar. 'Waar heb je dat vandaan?'

'Ze was vannacht hier. Ze heeft het in de badkamer laten liggen.'

'Was Salema hier? Bij jou?'

'Ze kwam zomaar opdagen.'

Kieran pakte het kettinkje en liet het van de ene in de andere hand glijden. Toen de betekenis ervan tot hem doordrong, maakte de verbijstering in zijn gezicht plaats voor boosheid. 'Je weet dat ik al de hele week in alle staten ben om haar – dat heb je ondertussen begrepen. Ik heb nauwelijks geslapen. En jij hebt haar gezien en met haar gepraat en je komt niet op het idee om me dat te vertellen? Christus!'

'Ik heb nauwelijks de kans gekregen.'

'Ik neem aan dat ze over me kwam klagen – hoe ik haar leven heb verpest.'

'Zo'n soort gesprek was het niet. Het was…'

'Wat?'

'Ik weet niet. Diepgaander.'

'Over hoe "diepgaand" ik haar leven heb verpest.'

'Ze heeft niets over jou gezegd, geloof ik. Niet echt.'

'O, mooi is dat! Het is toch godverdomme niet te geloven!' Kieran draaide een paar rondjes, alsof hij ergens anders wilde zijn, maar niet kon besluiten welke kant hij dan op moest. Toen begon hij in de richting van de stad te lopen.

Michael holde achter hem aan. 'Ze had het over toen ze klein was. Ze had het erover dat ze zich schaamde.'

'Om je de waarheid te zeggen, is het niet zo'n geweldige prestatie – om diep te gaan met Salema. Oppervlakkig doen met haar, dat is pas moeilijk.'

'Dit was anders.'

'Precies. Anders zijn is haar specialiteit.'

Michael wilde door deze kribbige oppervlakte heen breken en de dingen rechtzetten. 'Zullen we ergens koffie gaan drinken? Ik moet mijn hoofd helder krijgen.'

'Ik moet terug naar Londen.'

'Alsjeblieft, Kier.'

'Ik moet van alles doen. Ik moet ergens een kamer zien te vinden.'

'Wat mankeert er aan de flat van Dan en Peggy?'

'Daar kan ik nu niet echt meer blijven, toch?'

Het beangstigde Michael om zijn broer in deze stemming te zien. Hij dacht eraan dat hij zijn viool aan een straatmuzikant had gegeven. 'Doe geen overhaaste dingen, Kier… iets stoms waar je straks spijt van krijgt.'

'Prima advies, Mike. Was daar achttien jaar geleden maar mee gekomen.'

Michael wist niet wat hij verder nog moest zeggen. Hij ging met Kieran in de pas lopen, pal achter hem, met de zeewind in de rug en de cirkelende meeuwen boven hem in de lucht. Na een poosje werd het zinloos. Hij vertraagde zijn pas, maar Kieran liep door. Hij bleef staan en keek zijn broer na tot die als een deinende, wazige vlek opging in de ochtendmenigte.

Cheltenham, februari 2003

Ze staan op het dak van het ouderlijk huis in de met lood beklede goot tussen de borstwering en de leien. Het schuine dak naast hen is overdekt met allerlei verschillende zonnepanelen, en een reeks miniatuurwindmolens zit met bouten aan de borstwering bevestigd. Daarvoor is Michael hier – om ze te bekijken is hij achter Kieran aan de ladders opgeklommen en hem over de steigers gevolgd.

'Ik zou het geen prototypes noemen,' legt Kieran uit. 'Het gaat eigenlijk meer om educatie dan om onderzoek. Hoe we ze moeten maken, weten we al. Maar er komt waarschijnlijk een moment dat we hele bossen van die dingen moeten bouwen, dus het zou geweldig zijn als de mensen er enig enthousiasme voor leren opbrengen.' Sommige van de molens lijken op propellers, met bladen van fiberglas. De meer excentrieke zijn in elkaar geflanst uit plafondventilators of fietswielen met tussen de spaken in vorm gebogen plastic peddels. Eentje, met canvas zeilen die op een houten frame zijn gespannen, lijkt op een ouderwetse windmolen uit een plaatjesboek.

Er zijn andere dingen die ze tegen elkaar zouden moeten zeggen, nu ze wat tijd met zijn tweeën hebben, nu Peggy Katherines problemen met haar vriendjes aanhoort en Trinity ergens achter het huis rondslentert, dat, hoe raar het ook is, toch een stuk leuker is dan de gevangenis, heeft ze geconcludeerd. Er zijn gevaarlijke onderwerpen die aangesneden moeten worden. Maar voorlopig volstaat het even om deze primitieve toestellen te bewonderen die beginnen te gonzen en te kraken als de wind erdoorheen blaast. Het vergezicht over het dal bevordert het zwijgen. De kerktoren en de pannendaken eromheen zijn ineens roze in het licht van de ondergaande zon. Het briesje brengt in de verte het gebladerte in beweging zodat het hellende land, dat oploopt naar de heuvel, lijkt te huiveren.

Het dak vormt de laatste etappe van Kierans rondleiding. Het huis heeft een gedaanteverandering ondergaan sinds de laatste keer dat Michael het heeft gezien. De kamers en gangen stralen een nieuwe doelmatigheid uit. De eetkamer staat vol computers. In de zitkamer, waar Kieran en Salema vroeger oefenden en zijn moeder thee serveerde aan de nonnen, zijn de staande schemerlampen, de bobbelige leunstoelen en de dressoirs met hun allegaartje aan snuisterijen verdwenen. De muren zijn wit. De vloerplanken, ontdaan van hun door motten aangevreten karpetten, ademen weer. De oude cafépiano met zijn koperen armaturen en zijn tierlantijntjes is weg. De ingelijste prenten en religieuze afbeeldingen zijn vervangen door posters en collages over klimaatverandering, alternatieve energiebronnen en systemen van openbaar vervoer. Er staan schraagtafels en klapstoelen. Dit is het intellectuele hart van Kierans milieuvriendelijke toevluchtsoord.

Als je door de openslaande deuren de tuin ingaat, blijkt

in het spaarzame gras rond de beuken een kolonie geïmproviseerde bouwsels te zijn opgeschoten. Eén daarvan, bestaande uit glimmende, metalliek witte en zilverkleurige rechthoeken, is gebouwd van oude koelkasten en wasmachines. Het heeft concave patrijspoorten en deuropeningen met rubberafsluiting. Bij een ander zijn waterafstotende sappakken gebruikt, gestapeld als bakstenen. Er is een Parthenon van kartonnen hulzen uit een tapijtzaak en muren van piepschuimen blokken met spookafdrukken van printers, televisietoestellen en dvd-spelers erin, onder een dak met pannen van het soort voorgevormde plastic verpakkingen waar inktpatronen en computeronderdelen in worden verkocht. Binnen de doorzichtige muren van deze tempel van verpakkingsmaterialen klinken de geluiden vanbuiten gedempt.

In de kelder is een elektronicaworkshop met werkbanken vol gereedschap. De bijkeuken is omgevormd tot een huislaboratorium waar Kierans studenten schoonmaakmiddelen maken van azijn, zuiveringszout, alcohol en verschillende soorten zeep.

Over de buitenmuren buigen de goten af in onverwachte richtingen om watertonnen en stortbakken te vullen. Op het toilet op de benedenverdieping trek je door met regenwater en de overlooppijpen worden naar een reeks keukengootstenen naast de groentetuin geleid.

Kieran heeft plannen om het huis los te koppelen van het riool. Hij wordt helemaal lyrisch van de biochemie van rioolwaterzuivering. Wat hij voor zich ziet, is een reeks rietlandjes en gefilterde vijvers, als hij dat alles tenminste aan de lage kant van de tuin kan inpassen, waar de beek loopt. Idealiter zou hij beginnen met een beerput, maar hij zou eventueel ook genoegen nemen met een septic tank, waarvan het rioolwater, geurloos en steriel maar nog steeds vol mineralen, het drasland met riet en bies en zegge in zou sijpelen en water zou opleveren waar kikkers zich in thuis voelen, en een vijver die wemelt van de karpers en de riviergrondels die zo de pan in kunnen. Toen ze dat hoorde, was Trinity met grote passen weg gelopen in de richting van de compostbakken terwijl ze ons luidkeels verzekerde dat ze nooit van haar leven meer vis zou eten in dit huis.

Kieran is er al in geslaagd om minder stroom af te nemen van het nationale elektriciteitsnet. In sommige slaapkamers knippert het licht aan en uit naargelang de intensiteit van de zon of de kracht van de wind.

Michael, die naast het muurtje van de borstwering staat, kijkt aandachtig naar de draaiende bladen van de dichtstbijzijnde windmolen. Een meter of drie verderop, aan de andere kant van de hoekspar, staat Kieran te morrelen aan een van de tragere modellen. Van beneden tussen de fruitbomen komt het gemurmel van een gesprek naar boven drijven. Ergens anders vandaan klinkt het geluid van een klarinet. Er drijft een parelend loopje naar hen omhoog, over de dakrand en rond de schoorstenen.

'Ze is hartstikke goed, Kieran,' zegt Michael. 'Wanneer is ze zo goed geworden? Vroeger was het niets dan gepuf en gepiep.'

'Ja, verbazingwekkend, hè? En ze heeft al maanden niet meer gespeeld. Ze heeft de westerse muziek afgezworen toen ze zich Yasmin begon te noemen.'

'Dat is toch Mozart?'

'Ja. Het klarinetkwintet. Ik doe mijn best om haar niet te pushen. Ze moet het zelf willen, anders heeft het geen zin.'

Ze blijven even staan luisteren. Dan vraagt Michael: 'Mis je het nooit?'

'Wat?'

'Vioolspelen.'

'Het was gewoon iets wat ik kon. Net als Latijn. Het had nooit mijn leven kunnen bepalen. Je bereikt altijd een punt dat je een beslissing moet nemen – wordt dit een carrière of een hobby.'

'Of niets?'

Kieran doet het haarkloven af met een schouderophalen. 'Bij mij is het altijd alles of niets, waar ik ook mee bezig ben. Er is hier in de stad een dokter die in zijn vrije tijd pianorecitals geeft. Hij zal nooit zo goed pianospelen als hij wellicht gekund had en hij is waarschijnlijk een minder goede dokter dan hij zou moeten zijn.'

'Maar noemden ze zo iemand vroeger niet gewoon veelzijdig?'

'Ik hoef niet veelzijdig te zijn.'

'Nee, jij bent liever stekelig en stroef.'

'Natuurlijk, want dat is de enige manier om grip te krijgen, de enige manier om iets gedaan te krijgen.'

'En Trinity?'

'Voor haar zal het anders zijn. Ik hoop dat voor haar alles anders wordt. Ze lijkt niet echt op mij.' Op het moment dat hij de woorden gezegd heeft, maakt Kieran een ongemakkelijke beweging, alsof hij zich bewust is van de onbedoelde implicaties. Hij staart over het dal uit.

Michael voelt het gewicht van wat er moet worden opgedregd. 'Eigenlijk lijkt ze juist heel veel op jou,' zegt hij.

Kieran kijkt naar zijn gezicht, bereidt zich voor op een verrassingsaanval.

'Trinity zei dit weekend iets...'

'Wat zei ze?'

'Iets waardoor ik me afvraag of... alles wel goed zit tussen ons.'

Kierans houding krijgt opeens iets stijfs. 'Vind jíj dat alles goed zit tussen ons?'

'We lopen steeds vast. We praten, en alles lijkt in orde en dan blijven we weer ergens achter haken. Vind je dat ook niet?'

'Ik heb je al vijftien jaar nauwelijks gezien. Beetje lastig om het zomaar te generaliseren.'

'Zie je wel, dát bijvoorbeeld, wat je net zei...'

Om hen heen klinkt het gonzen en kraken van de windmolens en de stemmen in de tuin en Trinity die Mozart speelt.

'Ik vraag me af, Kier... Heb je ooit het gevoel dat je zou willen praten over wat er gebeurd is in onze studententijd?'

'Niet speciaal.'

'Waarom niet?'

'Omdat het een poel van ellende is.'

'Oké. Eén ding dan. Waarschijnlijk wil je er niet over praten...'

'Doe maar niet dan.'

'Ik doe het wel, dus hou effe je kop. Trinity zei in het voorbijgaan iets over het tijdstip van haar geboorte.' Hij ziet dat Kierans gezicht zich verhardt, maar gaat door. 'Volgens haar had jij, tijdens een ruzie met Salema, iets geroepen over Salema's zwangerschap die elf maanden had geduurd.'

'Wanneer was dat?'

'Voordat ze geboren werd, neem ik aan.'

'Niet dat. Die ruzie waarin ik dat geroepen zou hebben.'

'Is dat belangrijk?'

Kieran kijkt kwaad. 'Het klinkt namelijk alsof ik een grap maakte, vind je ook niet?'

Het bezorgt Michael een beklemd gevoel op de borst om dit gesprek voort te zetten. Maar zijn broer doet stompzinnig en de irritatie die dat wekt, helpt. 'Hoor eens, Kieran, dit is een mathematische kwestie met biologische vertakkingen en jij bent in allebei altijd beter geweest dan ik, maar laten we ervan uitgaan dat je terug aan het tellen was van september 1985. Elf maanden zou je in oktober brengen, wat rond de tijd moet zijn geweest dat ik jullie twee betrapte in Salema's oefenkamertje.'

'Het weekend voordat ze het Grand Hotel opbliezen.'

'Juist. Dus moet ik ervan uitgaan dat je alle verdere datums en gelegenheden hebt afgewogen en dat je december, vanuit je eigen oogpunt, hebt uitgesloten. En ook november, neem ik aan, en misschien januari. En dat je zo je vraagtekens hebt bij je eigen rol in dit alles. Heb ik gelijk, of heeft Trinity die elf maanden soms zomaar zelf verzonnen?'

'Doe niet zo frikkerig.'

'Als jij niet zo achterlijk doet, doe ik niet frikkerig.'

'Je hebt er geen zak mee te maken.'

'Ik heb er, in de meest letterlijke zin, wel een zak mee te maken als er een of ander verhaal de ronde doet, een of ander uit de lucht gegrepen scenario, dat Trinity ter ore is gekomen en dat mij hier op de een of andere manier bij betrekt.'

Kieran heeft een moordzuchtige blik in de ogen. 'Heeft ze dat gezegd?'

'Niet met zoveel woorden. En ik realiseer me dat ik het misschien bij het verkeerde eind heb. Maar mocht er aan deze kwestie ook maar iets raadselachtigs zitten, dan wil ik dat je weet dat ik daar absoluut geen opheldering over kan geven.'

'Is dat wat je me wilde vertellen – dat je niets te vertellen hebt?'

'Precies. Absoluut niets.'

'En nu moet ik me... wat? Beter voelen?'

'Dat mag ik hopen.'

Kieran heeft zich afgewend en zijn hand uitgestoken naar het fietswiel waarvan hij de plastic bladen in hun trage omwenteling flap, flap, flap langs zijn handpalm laat gaan. Michael wacht, weet niet goed wat hij moet zeggen. Als hij een geluid maakt alsof hij wil gaan praten, kapt Kieran hem af. 'Is het ooit bij je opgekomen... Als je er even bij stil had gestaan... Is het ooit bij je opgekomen dat, áls het al iemand anders moet zijn, ik er de voorkeur aan had gegeven dat jij het was?' Als hij zich omdraait, staan er tranen in zijn ogen.

Michael voelt zich gewichtloos. De wind is bij hem naar binnen gewaaid, heeft hem gevuld en van het dak getild – of het huis is van onder zijn voeten verdwenen. Alleen zij twee zijn nog over en de gapende hemel.

'Nee,' zegt hij. Hij praat zorgvuldig, herhaalt Kierans woorden. 'Nee, dat is nooit bij me opgekomen.'

Na een ogenblik richt Kieran zijn blik weer op het uitzicht. 'Herinner je je nog,' zegt hij, 'dat ik slaapwandelde toen we klein waren en dat jij me dan altijd terug naar bed loodste. Soms werd ik niet eens wakker en dan vertelde je het me de volgende ochtend – dat je me op de overloop had gevonden of dat ik de klerenkast probeerde open te maken.'

Michael glimlacht bij de herinnering. 'Ja.'

'Daar was je goed in – in mijn oudere broer zijn.'

'Zeven minuten ouder.'

'Maar toch.'

De zon is zijn onderste rand in de wolken verloren. De kleur sijpelt over de heuvel.

Kieran slaakt een zucht. 'Ik heb een borrel nodig.'

'Jij bent haar vader, Kier – dat weet je. En dat weet zij ook.'

Hij denkt aan hoe ze zich eerder die dag, toen ze hier waren aangekomen, aan Kieran had vastgeklampt. Ze was op de achterbank in slaap gevallen en werd wakker toen het geluid van de motor stopte. Ze was snel Peggy's auto uit geglipt en de trap voor het huis opgerend, waar Kieran hen stond op te wachten, en had zich in een stevige omhelzing tegen hem aan gedrukt. Uiteindelijk was dit waar ze thuis was. En Kieran had haar zijn onverdeelde aandacht kunnen schenken, want Katherine was er om tranen te plengen over Michael en om aan Peggy te vragen wat ze al die jaren had uitgespookt, en om hun beiden te vertellen dat ze het had uitgemaakt met die klootzak van een vriend en dat ze voor het eerst sinds tijden weer goed in haar vel zat. En dus duurde het even voordat Trinity zich in zoverre van Kieran moest losmaken dat hij hun allemaal kon voorgaan naar de keuken, waar Jack Cartwright Michael begroette met een vrolijke glimlach van herkenning en zei: 'Ah! De zwerver keert terug,' terwijl hij zijn hersens pijnigde om op zijn naam te komen.

De zon gaat onder als ze via de steigers terug naar beneden gaan. Eenmaal uit de wind is het minder koud. Weer terug in de tuin zien ze waar de muziek vandaan komt – uit een iglo die helemaal gemaakt is van plastic melkflessen, als een klomp kikkerdril, en door het koepeldak, in het licht van een zaklantaarn, is de vage vorm van de klarinettiste zichtbaar, die op haar hurken zit, met haar achterste op haar hielen.

'Dus hier woon je nu,' zegt Michael.

De muziek stopt. 'Hoi, oom Mike.'

'Goed dat je kennelijk gewend aan het raken bent aan kleine ruimtes. Dat zal nog van onschatbare waarde zijn in je criminele loopbaan.'

'Ha, ha, niet grappig.' Trinity gaat op haar buik liggen om haar hoofd door de deuropening naar buiten te steken. 'Hoi, pap.'

'Hoi, Trin.'

'Zou je me gemist hebben, pap, als ze me voorgoed hadden opgesloten?'

'Ik zou je zonder mankeren minstens één keer per jaar hebben bezocht.'

'En ik zou je brieven hebben geschreven over de schokkende ondoelmatigheid van het verwarmingssysteem in de gevangenis.'

Peggy komt de hoek van het huis om met een glas in haar hand. 'We zijn aan het koken en ons aan het bezatten. Niet noodzakelijkerwijs in die volgorde.'

'Mooi zo,' zegt Michael.

'Heb je het al gehoord, Michael, van je zus? Ze waren het huis aan het laten uitbouwen en toen ze van haar werk thuiskwam, vond ze haar vriend in bed met de loodgieter.'

Kieran geeft een zijwaarts knikje in de richting van zijn dochter die in de opening van de iglo ligt. 'Ik vraag me af of dat verhaal geschikt is voor het grote publiek.'

'Ik ben niet gechoqueerd, hoor pap. Waarom zou ik gechoqueerd moeten zijn?'

'Natuurlijk niet,' zegt Michael. 'Je hebt tenslotte een nacht in het gevang doorgebracht.'

Trinity wurmt zich naar buiten, het gras in, met haar klarinet in de hand. 'Twee nachten, bijna.' Ze heeft nu een katoenen tuinbroek aan en een sjaaltje om haar hoofd gebonden als een haarband, zoals haar moeder vroeger.

'Nu je twéé nachten in het gevang hebt doorgebracht weet je natuurlijk alles wat er te weten valt over het leven.'

Ze komt moeiteloos van de grond omhoog. 'Nou, ik weet in elk geval dat er vrouwelijke loodgieters zijn, oom Mike. Daarvoor had ik niet gearresteerd hoeven te worden.'

'Is dat een grap?'

Ze loopt bij hen vandaan naar de duisternis onder de beuken, terwijl ze haar riet bijstelt.

Michael kijkt naar Kieran. 'Was dat als grap bedoeld?'

Peggy moet lachen. 'Ze heeft een terugval. Kennelijk vervallen mensen in een kinderlijke toestand als ze terug naar huis komen. Ik heb Katherine net giechelend achtergelaten in de keuken. Ze stond met een mes in een meloen te hakken en riep: "Dat was dan mijn prins op het witte paard."'

'Het vriendje,' legt Kieran Michael uit. 'Ze noemde hem altijd haar prins op het witte paard, vanaf het allereerste begin. Op enig moment moet er een omslag hebben plaatsgevonden van bewondering naar ironie, maar die is me ontgaan.'

Peggy loopt een rondje om de melkflessiglo, die nog steeds opgloeit in de schemering, en om de piepschuimen tempel. 'Dus dit is jouw beeld van de toekomst, Kieran.'

'Het is mijn beeld van het heden.'

'Maar de raderen der commercie zouden tot stilstand komen als iedereen zo ging leven.'

'Die raderen vallen er sowieso al af.'

'En jij denkt dat we hiertoe verlaagd worden – wonen onder plastic?'

'Als we geluk hebben. In de tussentijd is het geen gek idee om eens te kijken naar wat we zoal op het stort dumpen.'

'En daar kun je je boterham mee verdienen?'

'De zaken floreren. Iedereen wil de planeet redden, is je dat nog niet opgevallen?'

'Niet te snel, mag ik hopen, anders heb je geen baan meer.'

Kieran lacht. 'Je hoeft je voorlopig geen zorgen te maken.'

'Tja...' Peggy laat haar glas in zijn richting overhellen. 'Misschien moesten we maar eens gaan eten voordat Katherine omvalt.'

'Je hebt gelijk. Ik zal Trin even optrommelen.' Kieran loopt weg in de richting van de bomen, waar het geluid van de klarinet vandaan komt.

Peggy houdt haar glas bij Michaels mond. 'Neem eens een slokje,' zegt ze, zachtjes, zodat alleen hij het hoort.

Hij proeft het drankje. 'Heel veel gin en niet zoveel tonic.'

'Recept van je zus, voor als het weer eens uit is. Je hebt dus met Kieran gepraat.'

'Ja. Hoe komt hij op jou over?'

Ze kijkt even opzij naar de bomen. 'Gespannen, zou ik zeggen. Hoe reageerde hij?'

'Verbazingwekkend goed, eigenlijk. Ik vertel het je strakjes wel.'

'Zal ik er ook zo eentje voor jou maken?'

'Een van ons moet nuchter blijven.'

'Tenzij we blijven en morgenochtend terugrijden.'

'Mag je dan te laat op je werk komen?'

'Ik ben de baas. Ik mag doen wat ik wil.'

Hij pakt haar hand vast en zij laat een laag, kirrend lachje horen als hij haar de veranda op trekt naast de openslaande deuren, waar de schaduwen het diepst zijn. 'Maar laten we dan ergens anders overnachten,' zegt hij.

'Waar?'

'Maakt niet uit. Ergens hier in de stad als je wilt. Alleen niet hier in huis.'

De tegelvloer is van rommel ontdaan en schoongeveegd. Boven hen zijn rechthoekige stukken lucht te zien waar de gebroken glasplaten zijn weggehaald maar nog niet vervangen. De blauweregen is zo innig met smeedijzeren pijlers vervlochten dat het wel lijkt of hij de overkapping draagt.

Ze leunt met haar hoofd tegen het zijne en hij ademt de geur van haar huid in en ze zegt zo zachtjes 'Oké' dat het niet zozeer het geluid is waar hij op reageert, als wel de beweging van de lucht en hoe haar mond voelt als ze het woord uitspreekt. Onder zijn jasje door slaat ze haar armen om zijn middel. 'Je was zelf ook nogal gespannen.'

'Ja.'

'Maar nu gaat het beter?'

'Veel beter.' Hij denkt aan Irena Lipska en aan hoe belangrijk ze leek. En hij ziet dat ze een soort hersenspinsel was, een zelfverzonnen hindernis die hem deed struikelen en hem belette vooruit te komen.

Bij de keukendeur komen ze Jack Cartwright tegen die bij een muur omhoog staat te kijken. 'Prutswerk!' Hij doet een soort dansje van ontzetting door hoofdschuddend terug te deinzen.

Kieran is bij hem blijven staan om hem te vragen wat hem dwarszit.

'Kijk dan. Dat klopt niet.' Jack wijst omhoog naar een geïmproviseerd stukje goot – een plastic pijp die in een hoek omlaag loopt naar een smeedijzeren vergaarbak.

'Maak je maar geen zorgen, pap, we hebben het er morgenochtend wel over.'

'Maar daar moet naar gekeken worden.'

'Eerst moeten we eten.'

'Ah, ja, ze is iets heerlijks aan het klaarmaken.'

'Kath is een goeie kok. En Peggy heeft haar geholpen. Herinner je je Peggy O'Connor nog? En hier is Michael.'

Jacks gezicht klaart op als Michael op hem afkomt. 'Ah! De zwerver!' Hij lacht van blijdschap. 'Ze vroeg zich al af waar je gebleven was.'

'Wie vroeg zich dat af, pap?' vraagt Michael.

'Je moeder.'

Later, wanneer Jack naar bed is en Trinity zich heeft teruggetrokken om haar vrienden te bellen, zitten Michael, Kieran, Katherine en Peggy aan de keukentafel kaas en fruit te peuzelen. Om elektriciteit te sparen, of omdat Katherine het leuk vindt, hebben ze bij kaarslicht gegeten. Er staan een paar lege wijnflessen op tafel. In deze beschonken toestand is het niveau van het gesprek gedaald tot wat gedol, als Katherine opeens haar neus rimpelt en haar broers vraagt waarover ze op het dak aan het ruziën waren. Kieran kijkt even opzij naar Michael, staart in zijn wijnglas en kondigt aan dat hij niet weet wie Trinity's vader is. Het woord 'vader' komt eruit in een soort proestlachje nu de spanning van het voor zich houden van die gedachte gebroken wordt, of misschien omdat hij inziet hoe absurd zijn onwetendheid is.

Alleen Katherine is verbaasd. 'Sinds wanneer?'

'Sinds altijd al, min of meer.'

'En weet Trinity dat?'

Kieran kijkt opnieuw naar Michael voordat hij antwoordt. 'Mike zegt dat ze vragen begint te stellen.'

Katherines intuïtieve reactie is hem te troosten door een arm om zijn nek te slaan en haar hoofd tegen zijn schouder te leggen. Dan beginnen er andere dingen tot haar door te dringen. 'Ik neem aan dat je het daar met Salema over hebt gehad.'

Kieran drinkt zijn glas in één teug leeg. 'Volgens Salema was het een maagdelijke geboorte.'

Michael, die van tafel is opgestaan om nog een fles open te maken, blijft met de kurkentrekker in zijn hand staan.

'En, sterker nog,' zegt Kieran, 'een maagdelijke conceptie.'

Katherine kijkt verward. 'Is dat niet hetzelfde?'

'Nou, nee.'

'Dus het was zoiets als een *onbevlekte ontvangenis*?'

'Nee, dat is heel wat anders. Hoe kun je dat vergeten zijn, Kath? De nonnen moeten jou dat toch ook allemaal hebben geleerd.'

'De nonnen in Kilross hebben ons niets geleerd,' zegt Peggy. 'Ze waren heel sterk in heilige mysteriën. En in alle andere mysteriën. Waar iemand z'n baby vandaan kwam, stond niet in het leerplan. En jij, Michael?'

'Ik had pater Kenton. Die had zo zijn eigen prioriteiten. Ik weet nog dat hij ooit een verhaal heeft gehouden over de intra-uteriene doop.' Michael trekt de kurk uit de fles en begint de glazen te vullen.

'Hoor eens, zo ingewikkeld is het allemaal niet!' Er klinkt een soort hysterische lichtzinnigheid door in Kierans uitroep die over de tafel galmt. 'Man neukt vrouw op de normale manier. Dat kunnen jullie nog volgen?'

'Dat mag ik toch heel erg hopen,' zegt Peggy.

'Dus vervolgens... kind verwekt, maar door de een of andere miraculeuze tussenkomst onbevlekt door erfzonde. Je hebt toch niet vergeten wat erfzonde is, hoop ik, Kath?'

'Een aangeboren neiging om alles te verpesten?'

'Precies. Waarmee dit kind niet belast is, aangezien het *onbevlekt ontvangen* is zodat zij een rein werktuig is om bijvoorbeeld te dienen als de moeder van God.'

Michael steekt een hand op. 'Zijn er nog andere voorbeelden?'

'Niet dat ik weet. Maar nu – een volslagen ander geval... Maagd bezwangerd door de Heilige Geest. Het daaruit resulterende kind is niet alleen goddelijk, maar is ook nog eens *maagdelijk* verwekt, aangezien er geen fysieke geslachtsdaad heeft plaatsgevonden. Duidelijk?'

Er klinkt instemmend gemurmel.

'En nu komt het verbijsterende deel...'

'Want dit was allemaal niet verbijsterend?' vraagt Peggy.

'Niet half zo verbijsterend als dit. De vrouw baart en blijft toch *virgo intacta*. Ziedaar de maagdelijke geboorte. Goddelijk kind komt ter wereld als zonlicht dat door een raam naar binnen valt.

'Ja,' zegt Peggy, 'dat is verbijsterend.'

'En verrekte ingewikkeld, zoals gebleken is.'

Er valt een stilte waarin de anderen deze informatie tot zich door laten dringen en hun voorhoofd fronsen in het kaarslicht.

Peggy probeert als eerste een vraag te formuleren. 'Bedoel je...?'

'Salema en ik hebben altijd een zeer innige geestelijke band gehad.'

'O, ja?'

Kieran kijkt op, bloedserieus nu. 'Voor zover ik al weet wat een geestelijke band precies is, denk ik dat echt, ja, en we hebben altijd één ding gemeen gehad – iets wat absoluut alleen maar van ons tweeën was – en dat is dat we Trinity's ouders zijn. Het is moeilijk uit te leggen hoe belangrijk dat is.' Hij kijkt weer in zijn wijnglas, zoekend naar de juiste woorden. 'Voor Trin zorgen is het enige echt zinvolle wat ik ooit heb gedaan.'

Katherine nestelt zich tegen hem aan en maakt opbeurende geluidjes.

'Het was raar,' zegt Peggy na een poosje, 'om Salema gisteren weer te zien. Het bracht een boel dingen naar boven die ik al lang vergeten dacht te hebben. Ik weet nog dat ze een keer langskwam in de winkel. Dat moet zijn geweest kort nadat jij uit de flat bent weggegaan, Kieran. Ze zag er verdoofd uit en er zaten dode bladeren in haar haar, alsof ze in het park had geslapen. Ik dacht natuurlijk dat ze op zoek was naar jou. Maar ze zocht Fergal.'

'Fergal? Wat moest ze met Fergal?'

'Alsof ik dat weet. Kapelaan Fergal, noemde ze hem altijd. Ze zei dat ze moest biechten. Ik vertelde haar dat ze pech had, omdat hij naar Spanje was. En weg was ze weer. Dat was de laatste keer dat ik haar heb gezien voor jullie trouwen.' Ze neemt een slokje van haar wijn. 'Weet je nog de universiteitskapel, Kieran, en dat wij daarna met die hele troep naar buiten kwamen zetten, de gang in en de trap af alsof de school uitging.'

'Ja, en vervolgens lunchen in die spaghettitent.'

'Waar we allemaal toespraken hielden, alsof het een echt grotemensenhuwelijk was.'

Katherine doet een oog open. 'Als Salema bij Fergal

heeft gebiecht, dan weet Fergal misschien wie Trinity's vader is.'

'Behalve dan dat hij dat nooit zou vertellen,' zegt Michael. 'Hij zou nooit het biechtgeheim schenden.'

Een tijdlang zwijgen ze allemaal. Ze drinken. De kaarsen flakkeren. Katherine begint zachtjes te snurken. Onder de tafel beweegt Peggy haar hand over Michaels been. Het is tijd om te gaan.

$$\dagger$$

De Kerk van de Heilige Ursula en
de Maagdelijke Martelaressen

Zaterdag 22 februari 2003

Het had al de hele week gestormd en het waterpeil was zo hoog dat de huizen bij de haven dreigden onder te lopen. 's Nachts had de wind om het huis gegierd en de luiken doen rammelen en ik had, om het zacht uit te drukken, niet al te best geslapen. Omdat ik me rusteloos voelde was ik die ochtend opgestaan en tegen Consuelo's advies in naar buiten gegaan om een wandeling door de stad te maken, maar ik kwam nauwelijks vooruit en werd door de stormachtige wind en de kou weer naar binnen gedreven, waarna ik me koortsig voelde en terug naar bed ging.

Het was middag. De lucht was nog steeds donker, maar de zon scheen met een vreemd licht. Consuelo was naar haar werk gegaan in de bibliotheek en had mij toevertrouwd aan de zorg van een oudere buurvrouw. Ik lag in bed wat te soezen, mijn brevier was al uit mijn hand gegleden, toen de oude vrouw op de deur klopte en zei dat er iemand aan de deur was die zei dat ze mijn nichtje was.

Ik moet je iets uitleggen, Michael, wat je, naar ik vrees, zal choqueren. Niemand, behalve mijn biechtvader, wist wat voor complexe gevoelens ik in die jaren koesterde voor Peggy. Tijdens die zomer in Kilross, toen ik je voor het eerst ontmoette, ervoer ik voor het eerst gevoelens voor Peggy waarvan ik wist dat ze verkeerd waren. Ik was voor priester aan het studeren. We waren neef en nicht. Maar ik was verliefd op haar. Ik worstelde met lustgevoelens en alle bijkomende vernederingen. 's Nachts kon ik vaak de slaap niet vatten door de wetenschap dat ze in de kamer naast me lag te slapen. Ik zou willen dat ik kon zeggen dat ik gedurende die hete zomer steeds de verleiding heb weerstaan om er zondige fantasieën op na te houden, en erger.

Mijn eerste dwaze gedachte toen de oude vrouw zei dat Peggy me was komen opzoeken, was dat ze had gehoord dat ik nog steeds ziek was en voor me wilde zorgen. Toen bedacht ik dat het meer voor de hand lag dat ze zelf ernstig in de problemen zat, als ze helemaal uit Londen was gekomen. Heel even hoopte ik – ik schaam me het toe te geven, Michael – dat ze een net zo intense hartstocht voor mij koesterde als ik voor haar, en dat ze hier was om daar eindelijk voor uit te komen. Sinds mijn wijding had ik mijn best gedaan om zulke gedachten uit mijn geest te bannen en was ik erin geslaagd celibatair te blijven in de meest wijde zin van het woord. Het deed me verdriet dat ik zo eenvoudig van het rechte pad te brengen was door een waangedachte.

Toen de deur openging, was het Peggy helemaal niet, maar een jonge vrouw in het zwart, en gesluierd met een mantilla. Ze leek me nog jong, al kon ik haar gezicht niet zien. Maar toen ze door de kamer naar me toe kwam, liep ze met een slepende gang om één been te ontzien. Toen ze bij het voeteneinde van het bed kwam, liet ze zich op haar knieën vallen, sloeg een kruis onder het uitspreken van de bekende woorden en zei dat ze wilde biechten. Ondertussen had ik de dekens van me afgeworpen en was ik overeind gaan zitten met mijn benen over de rand van het bed. Ik stak een hand naar haar uit met de bedoeling haar te doen opstaan. Ik had haar stem inmiddels natuurlijk herkend.

Ze had een fles olijfolie in haar hand – een plaatselijk merk dat ik herkende uit Consuelo's keuken. Voordat ik het kon voorkomen, voordat ik doorhad wat ze van plan was, schonk ze wat olie uit de fles over mijn voeten en zei ze dat ze gekomen was zoals Maria Magdalena, als een boetvaardige zondares. Haar hand stak donker af bij mijn voet toen ze de olie over mijn wreef naar mijn tenen verspreidde. Ik ging staan, maakte me struikelend los uit haar greep en liep snel bij haar vandaan, waardoor ik vetvlekken achterliet op de vloerplanken.

Ze tilde de mantilla omhoog en smeekte me haar niet volledig af te wijzen. Het kon zijn dat ze huilde, want haar gezicht was nat, maar ik denk het niet want ook haar haar was nat van de regen en het water droop eruit op de vloer om haar heen. Ze zei dat ze zich voor mijn nichtje had uitgegeven uit angst weggestuurd te worden. Er waren zeven demonen, zei ze, die uit haar verdreven moesten worden. Ik vroeg haar welke demonen dan, en ze begon de zonden op te sommen, waarmee zij volgens haar belast was – hoogmoed over haar muzikaliteit, afgunst jegens jou, Michael, voor het gemak waarmee je door het leven ging, de begeerte die was opgekomen tussen Kieran en haar en die hun onsterfelijke ziel bedreigde, woede jegens haar stiefvader omdat hij absoluut niet voldeed aan wat zij voor ogen had. Luiheid noemde ze ook – haar luiheid in het negeren van de groeiende wanorde in haar leven. Ik herinner me niet dat ze iets zei over vraatzucht of hebzucht. Misschien heb ik haar onderbroken. Ik weet dat ik wilde dat ze ophield. Maar vraatzucht of hebzucht waren sowieso onwaarschijnlijke zonden voor Salema en een poging om zich ook die nog toe te eigenen zou heel wat gevergd hebben van haar niet-onaanzienlijke vindingrijkheid in het veroordelen van zichzelf. Ik herinnerde me haar van de spaarzame eerdere ontmoetingen als een onwerelds kind, dat niet neigde tot veel eten. En nu was ze graatmager. Haar jurk, gescheurd en onder de vlekken, slobberde om haar lijf. En ze had een geur mee de kamer in gebracht alsof ze zich al dagen niet meer had gewassen.

'Laat ik eerst wat te eten voor je halen,' zei ik. Of misschien vroeg ik haar eerst om overeind te komen. Ze zag er uitgeput uit. Misschien zei ik wel iets totaal anders – ik weet het niet meer. Haar verschijning was zo onverwacht, en haar gedrag zo zonderling, dat ik had kunnen denken dat ze een voortbrengsel was van mijn delirium, als ik het, met enkel mijn pyjama aan in de tocht van de open deur met blote voeten op de eiken vloerplanken, niet zo koud had gehad.

Toen ik haar eindelijk zover had gekregen dat ze ging zitten, zei ze dat Peggy haar had verteld waar ze mij kon vinden en dat ze het als een teken had opgevat toen ze hoorde dat de stad waar mijn tante woonde zo dicht bij Santiago de Compostela lag. Ze had gelezen over mensen die op bedevaart gingen naar Santiago. En nu was ook zij te voet gekomen, op zoek naar absolutie. Ik vroeg haar of ze op die dunne schoentjes had gelopen en ik weet nog dat ze me niet-begrijpend aankeek en dat ik me afvroeg of ze eigenlijk nog iets anders bij zich had dan de kleren die ze droeg. Ze had een canvas tas bij zich, die ze in de deuropening op de grond had laten vallen, maar er was niets wat erop wees dat ze wandelschoenen had, of warme kleding. Ze trok haar schoenen uit en ik zag dat ze helemaal kapot waren door het ruwe pad en dat haar sokken vol gaten zaten, en ik begreep waarom ze zo strompelde.

Ik vroeg haar waar ze geslapen had, hoe ze aan eten was gekomen. Ze vertelde me dat ze een paar dagen geleden op weg hiernaartoe een tijdje in een klooster had doorgebracht.

Het volgende wat ik me herinner is dat ik naast haar op het

bed zat. Zij was daar gaan zitten en ik dus blijkbaar ook. De deur was dicht, dus ik neem aan dat ik hem dicht had gedaan. En ik had een deken van het bed gepakt en die om haar schouders geslagen. Ze pakte mijn hand vast en zei dat ik haar moest zegenen. 'Natuurlijk,' zei ik. 'Maar hoe moet het nu als ik al verdoemd ben,' vroeg ze, 'en mijn vader gered is, omdat hij zijn verhaal als eerste heeft verteld?' Ik herinner me dat ik die vraag blijk vond geven van een kinderlijke zienswijze omtrent het godsgericht, vanwege de suggestie dat de doden elkaar wellicht belasteren. 'God zou dat weten,' zei ik, 'God heeft altijd geweten wat er in je hart is.' En ik herinnerde haar eraan dat we verzekerd zijn van hemelse genade als we onze zonden openlijk opbiechten, met de vaste intentie ons leven te beteren. Ondertussen liet ze haar blik steeds op verontrustende wijze door de kamer dwalen, alsof we daar niet alleen waren en ze nog iets anders hoorde dan de woorden die we spraken.

'Maar er is een diepere zonde,' zei ze, 'een zonde die ik heb overgenomen van mijn vader.'

'Natuurlijk,' zei ik, 'de zonde waarmee we allemaal geboren worden, sinds de val van Adam, sinds onze universele moeder de vrucht heeft geplukt van de boom der kennis.'

Ze had mijn rechterhand nog steeds in de hare en bewoog hem naar haar schoot terwijl ze hem verbazingwekkend krachtig omklemd hield. Toen ze haar jurk vastpakte en er een rukje aan gaf, dacht ik eerst dat ze pijn aan haar been had of zich wilde krabben, maar ik wist dat dat niet het geval was toen ze de zoom optilde en mijn hand tussen haar benen legde. 'Hier,' zei ze, 'u moet me hier zegenen en mijn zonde wegnemen.'

Wat bezielde mij dat ik zelfs toen niet in staat was haar tegen te houden? God weet dat ik haar, hoe verzwakt door mijn ziekte ik lichamelijk ook was, en geestelijk ook, niettemin had kunnen tegenhouden, als mijn wil het niet had laten afweten.

Ik hoef niet te beschrijven wat er volgde.

Als Salema mij had aangetroffen in mijn soutane met zijn drieëndertig knoopjes, een voor elk levensjaar van onze Heiland, als ik die ochtend mijn gordel om mijn middel had gedaan en had gebeden zoals ik dat had geleerd – omgordt mij Heer met de singel van de kuisheid en doof in mijn lendenen de drijfveer van de begeerte, opdat in mij blijve de deugd van onthouding en kuisheid – zouden die obstakels ons zeker hebben gered. Mij hebben gered, moet ik zeggen, want de grootste zonde kwam van mijn kant. Wat voor haar een kleine misstap was, des te vergeeflijker vanwege haar angstige, verwarde toestand, was en blijft op mijn ziel de smet van een doodzonde.

Maar het gebeurde en het was al haast voorbij voordat ik in de gaten had dat het was begonnen. Op het kritieke moment kwam de gedachte bij me op dat dit Gods wil was. Het was alsof de Heilige Geest een zegen over me fluisterde en me in Zijn vleugels sloot. Ik weet natuurlijk dat ik het absoluut bij het verkeerde eind had en ik doe er nu dan ook niet verslag van om me te verschonen, maar om aan te tonen van welke sluwe streken de duivel zich bedient, want het moet de duivel zijn geweest die me voortdreef. Vanaf het moment dat Peggy het toeliet dat haar ongeboren kind in haar buik werd vermoord, had ik mezelf verweten dat ik niet harder voor zijn leven had gevochten. Er is geen dag voorbijgegaan dat ik niet gebeden heb voor dat arme zieltje. En nu – was mijn gedachte op dat moment – zou God, als dat zijn wil was, mij kunnen gebruiken om een kind te scheppen dat het mogelijk maakte om in deze wereld de plaats in te nemen van het kind van Peggy. Te laat kwam ik weer bij zinnen en Salema lag over me heen met haar duim in haar mond. Ik werd getroffen door die ongerijmdheid. Zij was het instrument van ontaarding geweest en zag er nu ineens uit als een klein kind.

Ik tilde haar van me af op het bed en liet haar slapen. Ik kleedde me snel aan en liep naar de haven. Ik probeerde te bidden maar voelde me volledig afgesneden van de aanwezigheid van God. Onder me verhief de zee zich en stortte zich tegen de havenmuren en ik kon er geen doel in zien dan enkel chaos en vernieling.

Toen ik naar het huis terugkeerde en de deur naar mijn slaapkamer opendeed, was Salema wakker. Volgens mij was ze net dat moment wakker geworden door het kraken van de trap of door de kerkklok die het uur sloeg. Het was drie uur en ik dacht aan Petrus die Jezus verloochende toen de haan kraaide. Ze stond op en geeuwde met de rug van haar hand voor haar mond. Zo beleefd, dacht ik, te midden van een dergelijke verloedering. Ze keek me aan alsof het haar moeite kostte om me scherp in beeld te krijgen. Toen glimlachte ze. 'Dank u wel, meneer kapelaan,' zei ze, 'dat u me heeft laten uitrusten.' Het was alsof ze al haar onrust, al haar schuld en schaamte, bij elkaar had gepakt en ze aan mij had gegeven. Ze raapte haar tas op van de vloer.

Ik vroeg haar of ze zich wel zou redden. Hoewel ik me verantwoordelijk voelde voor haar veiligheid, wilde ik het liefst dat ze wegging. Ze zei dat ze naar het klooster zou teruggaan, dat er een bus naartoe ging en ze rommelde in haar tas en haalde een dienstregeling tevoorschijn. Toen ze daarmee in haar hand stond en ik zag hoe zorgeloos ze was, werd ik kwaad. Ze had mijn leven totaal overhoopgegooid, maar zij had een dienstregeling. Die kwaadheid kwam me goed van pas, want daardoor was ik in staat de deur achter haar te sluiten.

Dat was begin december. Pas in januari hoorde ik weer van haar, toen ik terug was in Londen. Kieran kwam om te vertellen dat Salema en hij zich hadden verloofd en of ik hen wilde trouwen. Ik wist onmiddellijk dat dat onmogelijk zou zijn. Natuurlijk was hij verbaasd over mijn onwilligheid. Ik drong erop aan nog te wachten. 'Waarom zo'n haast?' vroeg ik hem. 'Jullie zijn allebei nog zo jong en jij hebt nog een jarenlange studie voor de boeg.' Kieran zei dat hij al gestopt was met geneeskunde en op zoek was naar werk. En bovendien was Salema zwanger. Stomme pech, zei hij, aangezien ze het slechts eenmaal hadden gedaan. Ik besefte dat het kind voor evenveel geld van mij kon zijn als van hem. Hij had me benaderd in mijn hoedanigheid van priester, had zich aan mij blootgegeven. Goede God, ik had de boord van mijn hemd moeten rukken en voor hem op mijn knieën moeten vallen. Maar ik zweeg.

Later hoorde ik van Peggy dat het huwelijk gewoon doorgang vond, dat jij erbij was als getuige, en je zussen, maar je ouders niet omdat je moeder te boos was. Toen het kind werd geboren, zag ik aan de datum dat het van mij moest zijn. Niet lang daarna trokken Kieran en Salema weg uit Londen, verloor Peggy het contact met hen en hoorde ik niets meer. Ik voelde me als iemand die gedachteloos aan een draadje trekt en vervolgens het hele kledingstuk ziet uitrafelen.

Ik heb je bijna alles verteld. Ik las vanmorgen in de krant dat de Heilige Vader er bij onze premier op heeft aangedrongen om een pas op de plaats te maken en zijn beslissing te heroverwegen, en dat hij daarop heeft geantwoord dat alleen Saddam Hoessein deze oorlog kan tegenhouden. En dus wassen onze verkozen leiders hun handen in onschuld en doen ze afstand van de macht die wij hun hebben toevertrouwd. Hun voorkeur gaat uit naar een lenteoffensief, ondanks de zomerse hitte. Vanmorgen heb ik de reis die ik geboekt had bevestigd. Ik zal eerst naar Madrid vliegen en van daaruit naar Libanon. Vanuit Libanon zal ik met de bus naar Bagdad gaan. Ik heb geen idee wat er met me zal gebeuren als de bommen beginnen te vallen. Ik betwijfel of mijn aanwezigheid daar, en de aanwezigheid van anderen zoals ik, mensen die daar om andere redenen zijn van gedachten zal doen veranderen. Maar we zullen tenminste opkomen voor de gelijkwaardigheid van elk leven. Als het leven van de Irakezen goedkoop is, laat het mijne dat dan ook maar zijn. En zolang ik gespaard word, zal er werk te doen zijn tussen het puin. Ik heb jouw vaardigheden niet, Michael, of die van je vader, maar ik kan stenen dragen.

Hoop ik, door dit te doen, ondanks alles verlossing te vinden? Handel ik uit egoïsme? Ik heb geworsteld met deze vraag. Ik heb achttien jaar lang een leugen in stand gehouden, maar dat is niets vergeleken bij de sluwe streken van het menselijk hart. Alleen God kan door de lagen van bedrog en zelfbedrog kijken tot op de bodem.

Uiteraard hoop ik iets goed te maken. Maar martelaarschap is niet waar ik op uit ben. Ik ben niet uitverkoren om vervolgd te worden vanwege mijn deugden. Ik mag dan het priestergewaad dragen en de biecht horen, en mij mag dan het mysterie van het Heilig Sacrament zijn toevertrouwd, ik ben daardoor niet beter, maar slechter dan mijn medemensen die een fatsoenlijk leven leiden zonder de valkuilen van een hogere roeping. Als ik sterf zal mijn dood heel gewoontjes zijn – verpletterd onder vallend beton, bloedend door de granaatscherven, of net als mijn vader, geraakt door een afgedwaalde kogel uit een machinegeweer.

Ik heb één troost: dat er een kind op deze wereld leeft dat een vreugde is voor haar ouders. Ik weet nu van Peggy hoe ze heet. In mijn verlangen mijn zonde ongedaan te maken kan ik voor Trinity niets anders wensen dan een overvloed aan leven.

God zegene je, Michael. Weet dat ik altijd een bijzondere genegenheid voor je heb gekoesterd, liefde zelfs, die naar ik hoop in mijn voordeel zal tellen wanneer ik word geroepen om rekenschap af te leggen. Vergeef me dat ik zoveel minder ben dan de man voor wie ik doorging en voor het feit dat ik je uiteindelijk met deze wetenschap belast, waarmee je moet doen wat jou goeddunkt.

Je liefhebbende vriend,

Fergal

Kilross, maart 2003

De kinderen Cartwright zijn bijeengekomen op het kerkhof om de urn met de as van hun moeder bij te zetten. Ze
staan naast de kerkmuur, bij het graf van hun grootouders. Een paar van de oudere parochianen zijn na de mis
gebleven om hun respect te betonen aan Moira Doyle, wier
ouders vroeger hun pakken en jurken naaiden en die vijf-
enveertig jaar geleden naar Engeland is vertrokken. Het is
een koude, winderige ochtend en de mensen op het kerkhof worden stilaan natter in de vlagerige motregen. Langs
de heuvel omlaag, in de richting van de parochiezaal,
gaan de donkere vormen van de grafstenen langzaam op
in de mist.

Aan zijn oudere broers en zussen heeft Michael leven-
dige herinneringen, afzonderlijke, heldere momenten die
rechtstreeks vanuit hun voorbewuste zelf tot het zijne
spreken. Met hen heeft hij de onbelemmerde intimiteit
van de kindertijd gedeeld. Maar nu treedt hij hen tegemoet als welwillende vreemdelingen.

Christopher, de architect, heeft sinds kort belangstelling voor kerken opgevat, aangezien hij opdracht heeft ge-

kregen er zelf een te ontwerpen. Hij staat bij het graf tussen zijn tienerdochters die net nog ruzie hadden. Eileen, die lerares Duits is, heeft haar nieuwste echtgenoot op sleeptouw en een verzameling kinderen. Matt, die met moeite het hoofd boven water houdt als freelancejournalist, heeft een groene stropdas om met klavertjes, de enige die er op een zondagochtend in Kilross te koop was. Emily heeft om de een of andere reden een roze hoed op. Ze heeft haar partner, Binh, bij zich, een Vietnamese choreograaf. Het Engels van Binh is beperkt. Emily is Vietnamees aan het leren. Ondertussen spreken ze, wanneer spreken nodig is, gebrekkig Frans. Ze lijken uitstekend bij elkaar te passen. Katherine heeft zich over Jack ontfermd, die gehoorzaam een ernstig gezicht opzet. Trinity, bedrukt door de treurigheid van het gebeuren, staat dicht tegen haar vader aan.

Ook Michael is verdrietig, al strijdt zijn verdriet met andere gevoelens. Peggy, die dat alles weet zonder ernaar te hoeven vragen, geeft een kneepje in zijn arm en legt even haar hoofd tegen het zijne. Het verdriet geldt zijn moeder en de delen van zijn leven waaraan niets meer te veranderen valt.

De pastoor, klaar met het voorgeschreven deel van de dienst, is aan de litanie van de Heilige Maagd Maria begonnen – 'Heilige Maria, moeder van God' – en de kinderen Cartwright doen mee met de responsoriën, al zijn ze geen van allen nog praktiserend katholiek – 'Heilige Maagd der maagden' – *bid voor ons* – 'Moeder van Christus' – *bid voor ons* – 'Moeder van de goddelijke Genade' – *bid voor ons* –

Michael mist haar niet zozeer om wat ze in zijn leven is geweest, als wel om wat ze had kúnnen zijn. Hij betreurt de gesprekken die ze niet hebben gehad – over zijn kindertijd, over hoe het voor haar was om hier op te groeien en over hoe zij als vreemdeling Engeland heeft ervaren, wat hij begrepen zou hebben. Zijn zicht wordt wazig en hij heeft het gevoel dat hij zomaar voorover kan vallen. Peggy verstevigt de greep om zijn arm en brengt haar mond bij zijn oor om hem te vragen of het wel gaat. Hij knikt en pakt haar hand vast.

'Getrouwe Maagd' – *bid voor ons* – 'Spiegel van gerechtigheid' – *bid voor ons* – 'Zetel van wijsheid' – *bid voor ons* – 'Oorzaak van onze blijdschap' –

Hij denkt aan de onverwachte wending die zijn leven heeft genomen sinds hij in Londen is geland. Nu de reiswebsite gelanceerd is, is hij gevraagd als hoofdredacteur van *De zwerversgids*. Er zijn plannen voor een fotoboek. Hij heeft een huurcontract voor een jaar getekend voor zijn flat. Hij heeft alle bus- en metroroutes onder de knie naar Pimlico, waar Peggy woont. Na jarenlang te hebben rondgereisd, vervult de wetenschap dat een dergelijk leven voor hem beschikbaar is hem met opwinding.

'Mystieke roos' – *bid voor ons* – 'Ivoren toren'– *bid voor ons* –

De Britse en Amerikaanse leiders hebben een ontmoeting in de Azoren, terwijl hun legers samentrekken. Met dat rare scheve glimlachje van hem heeft de vicepresident in een interview voor de televisie verklaard dat de troepen als bevrijders verwelkomd zullen worden.

'Heil van de zieken' – *bid voor ons* – 'Toevlucht van de zondaren' – *bid voor ons* – 'Troosteres van de bedroefden' –

En het kan nu elke dag gebeuren dat Michael Fergals brief openmaakt, die verleden week arriveerde met de cryptische opdracht hem alleen te lezen in het geval van oorlog. Op de dag dat de brief aankwam, had Peggy hem meegenomen naar Fergals parochie, waar ze van de huishoudster te horen kregen dat pastoor Noonan op retraite was in Spanje. Omdat hij vreest voor de gezondheid van zijn oude vriend, heeft Michael een brief naar het adres van tante Consuelo gestuurd en wacht nu op een antwoord, maar het zit er dik in dat de oorlog eerder zal komen. Hij verwacht hoe dan ook slecht nieuws.

De mist is opgelost. De zon is door de wolken gebroken. Jack Cartwright geeft afwezige klopjes op Katherines arm, alsof hij niet zo goed weet waarom ze opeens staat te snikken. Ook Eileen is aan het huilen, en Trinity, met Kierans arm om zich heen. Michael voelt Peggy's hand in de zijne verstrakken, nu omdat ze zelf troost nodig heeft. Hij krijgt een brok in zijn keel bij de rituele woorden die te diep in zijn geest zijn geplant om ooit volledig weggevaagd te worden.

De pastoor geeft de zegen en er is gemompel en hier en daar gelach te horen nu de spanning afneemt en de mensen uiteengaan.

Michael en Peggy zullen zich een paar uur bij de rest van de familie voegen, maar zijn van plan de middag alleen door te brengen. Peggy heeft beloofd hem het Kilross uit haar jeugd te laten zien – de hoek waar je makkelijk over de muur van de kloosterschool kon klimmen en die verborgen lag achter de bomen, de geheime plekjes aan de rivier, de winkel waar je sigaretten per stuk kon kopen uit een open pakje achter de toonbank. En ze zullen naar de veemarkt wandelen, waar de geur van het vee nog in de lege hokken zal hangen, en verder over de landweg, die ooit de hoofdweg naar Cork was, en ze zullen praten over reizen die gemaakt zijn en reizen die nog zullen komen.